고구려

1

고구려 1 도망자 을불

초판 1쇄 발행 | 2011년 3월 1일
초판 8쇄 발행 | 2011년 3월 10일

지은이 김진명
발행인 이대식

편집주간 김세권
편집진행 김화영　**마케팅** 이의고　**디자인** 모리스

주소 서울시 종로구 평창동 437-6(우편번호 110-848)
문의전화 02-394-1037(편집)　02-394-1047(마케팅)
팩스 0505-115-1037(02-394-1029)
홈페이지 www.saeumbook.co.kr
전자우편 saeum98@hanmail.net

발행처 새움출판사
출판등록 1998년 8월 28일(제10-1633호)

ⓒ 김진명, 2011
ISBN 978-89-93964-26-4　03810

고구려

김진명 역사소설

1

도망자 을불

새움

차 례

작가의 말

첫 소설 〈무궁화꽃이 피었습니다〉를 쓴 직후부터 나는 줄곧 고구려를 생각했다. 그로부터 17년이 지난 지난해, 나는 드디어 10월 3일을 택해 대하소설 고구려의 첫 줄을 쓰기 시작했다.

고구려는 내가 처음 우리나라 역사에 눈을 뜨게 되었던 열 살 무렵부터 내 마음속에 커다란 설렘과 아쉬움으로 자리 잡아 왔다. 이 비상한 글자를 대하기만 하면 먼 옛날 요하 유역과 만주벌판을 누비던 조상의 말발굽 소리가 가슴에 메아리쳤고, 한편으로는 찬란했던 과거를 모두 잃고 한반도 남부에 반동강이 나 처박혀 있는 조국의 슬픈 현실에 가슴앓이를 해야만 했다.

이것은 비단 나만의 경우가 아닐 것이다. 한국인이라면 그 누가 가슴 두근거리지 않고 고구려라는 세 음절의 단어를 떠올릴 수 있을 것인가.

그러나 그 고구려는 실상 너무나 멀리 있다. 학자들의 학설도 사람에 따라 천차만별, 중구난방이다. 예를 들어, 미천왕 때의 고구려 도읍은 평양성이라고 기록되어 있는데 이 평양이 어디인지는 누구의 설명도 명확하지 않다. 평양이 중국 하남 지방에 있었다는 사람도 있고 북경 바로 아래에 있었다는 사람도 있다. 게다가 일본인들은 한국 역사를 한반도 안에 국한시키기 위해 두 개의 서로 다른 평양을 지금의 평안북도 평양으로 통일해버렸고 우리는 지금까지 그렇게 배우고 가르치고 있는 것이다.

도읍의 위치도 이렇듯 비틀어져 있는 바에야 다른 대소사들은 더 말해 무엇하랴. 이처럼 고구려는 우리의 환상을 자극하지만, 막상 찾으려면 어느 곳에도 없는 게 현실이다.

지금 중국은 무서운 속도로 요하(遼河)문명을 자국의 역사로 편입시키고 있다. 이제껏 동이(東夷)족의 역사로 버려두었던 요하문명에서 황하문명보다 근 천오백 년이나 앞선 유물들이 쏟아져 나오자 서둘러 동이의 조상 치우(蚩尤)를 자신들의 조상으로 둔갑시키고, 고조선과 고구려는 물론 지금의 우리 한국인까지 자신들의 후손으로 편입시키는 작업을 맹렬히 진행 중이다.

중국이 이럴진대 우리의 현실은 어떠한가. 작가와 출판사들은 앞을 다투어 삼국지와 초한지와 수호지를 재번역하고, 편역하고 의역하여 출판하고 있다. 반면 정작 우리 역사인 고구려를 제대로 알 수 있는 문학은 어느 곳에도 없고 누구도 쓰지 않고 있는 것이다.

상황이 이렇다 보니 우리 사회는 삼국지에 등장하는 그 숱한 장수들의 이름은 다 외우면서도 정작 미천왕이 누구이고 소수림왕이 누구인지조차 모르는 청소년들이 상당수인 게 현실이다.

나는 중국의 고전을 폄하하고 싶지는 않다. 그 오랜 역사 속에 등장하는 다양한 인물들을 통해 세계관을 넓히는 일은 젊은이들에게 절대로 필요한 일이기도 하다. 그러나 적어도 그러한 독서의 다양성은 자신의 뿌리를 확고히 인식하고 난 다음 순서가 되어야 한다고 생각한다.

하여 나는 우리의 젊은이들이 삼국지를 읽기 전에 먼저 고구려를 읽어야 한다는 신념으로 이 소설을 집필하게 되었고, 17년간에 걸친 자료의 검토와 해석 끝에 이제 그 첫 성과를 세상에 내보내게 되었다.

실로 감개무량하다.

2011년 2월

김진명

마성의 등장

　요동벌 평양성 부근의 한 야산.

　사위가 칠흑처럼 어두운 그믐밤에 어디서 시작되었는지 모를 바람이 흰 도포차림으로 가부좌를 틀고 앉은 사내의 뺨을 훑고 지났다.

　바람 속에는 비릿한 흙냄새가 담겨 있었다. 몇 시간째 미동도 않고 하늘을 살피고 있던 사내의 입에서 한마디가 흘러나왔다.

　"괴이한 일이로군."

　머리를 단정히 빗어 넘겨 상투를 튼 모습이나 이마가 넓고 인중이 깊은 걸로 보아 신중한 성격에 학문의 깊이도 만만치 않아 보이는 사내였다.

　"장자님, 무슨 일이라도 있는 건가요?"

　그러고 보니 어둠 속 한 귀퉁이에는 사내 말고도 뺨에 홍조를 띤 어린 시자 한 명이 하늘을 살피고 있는 스승을 지키고 앉아 있었다.

사내는 결심이 선 듯 자리에서 일어나며 말했다.

"얘야, 말을 준비해라."

"네? 장자님, 지금이요?"

"하늘의 움직임이 심상치 않구나. 선곡으로 가야겠다."

선곡이라는 말에 시자는 고개를 들어 하늘을 바라보았다. 여느 날과 조금도 다를 게 없는 하늘이었다. 평소보다 바람이 조금 세다는 것을 느꼈지만 지금은 그조차 멎었다. 그믐밤이니 어두운 것은 당연한 일이고, 아무리 하늘을 올려다봐도 어제 보이던 바로 그 별들이 그 자리에 변함없이 붙박여 빛을 내고 있었다. 그런데 장자는 무얼 본 것인가? 선곡은 장자 자신이 감당하기 어려운 일이 생길 때라야 가는 곳이라는 걸 시자는 알고 있었다.

"스승님 뵈러 가시게요?"

장자가 말없이 고개를 끄덕이자 시자는 돌아갈 채비를 차렸다. 집으로 돌아온 장자는 서둘러 행장을 꾸리고 나서 시자가 끌고 온 말을 부드럽게 한 번 쓰다듬은 후 고삐를 잡고 날렵하게 말 등으로 뛰어올랐다.

"이번엔 얼마나 걸리시나요?"

"오가는 데 칠 야씩, 십사 야면 족할 것이다."

"네, 장자님. 조심해 다녀오십시오."

그는 고개를 들어 하늘을 한 번 더 살피더니 일각도 지체할 수 없다는 양 채찍을 들어 힘차게 말 엉덩이를 후려쳤다.

"가자!"

"히히히힝!"

평소 이토록 매운 채찍 맛을 본 적이 없었다는 듯 백마는 크게 울부짖으며 좁은 길을 미친 듯 내달리기 시작했다.

새벽길을 떠난 장자는 흙먼지를 뒤집어쓰며 메마른 벌판을 꼬박 이레 동안 달려서야 푸른 산이 시작되는 선곡에 다다랐다. 그는 말을 멈추고 주변을 잠시 살폈다. 젊은 시절 스승을 따라 천문 지리를 익히고 전술과 진법을 연구하던 곳이었다. 언제나 그렇듯 다시 그 자리에 서자 그때의 기억이 생생히 피어올랐다. 익힐 만큼 익혔다 생각하고 떠난 길이었는데 언제나 어려움에 처하면 찾게 되는 스승의 우듬지는 깊고 웅숭했다.

한동안 주위의 정경과 추억에 잠겨들던 장자는 문득 정신을 차리고 다시 말에 박차를 가했다. 그가 지친 말을 몰아 당도한 곳은 시원한 물줄기가 폭포를 이루며 쏟아져 내리는 계곡 입구였다. 계곡 저편으로 작은 모옥(茅屋) 하나가 눈에 들어왔다. 그는 모옥에서 제법 떨어진 곳에서 미리 내려 흐르는 물에 얼굴을 씻고 의관을 정제한 다음 모옥을 향해 걸었다. 이미 날이 저물고 이른 별이 하나둘 얼굴을 내밀기 시작할 때였다.

작은 모옥은 문이 닫혀 있었지만 안에서 새어 나오는 가느다란 불빛이 사람이 있음을 짐작케 했다. 장자는 성큼 앞으로 나서며 무릎을 꿇었다.

"제자, 스승님을 뵈옵니다."

잠시 정적이 흐른 후 방 안에서 카랑카랑한 목소리가 들려왔다. 연로한 노인의 음색이었지만 결코 쇠약한 음성이 아니었다.

"무휴가 왔느냐?"

"네, 스승님."

"하늘을 본 모양이구나?"

"그러하옵니다."

마치 올 줄 알았다는 투였다.

"최근 네가 본 별은 백 년에 한 번 나오는 마성(魔星)이다. 이 나라에 아주 특별한 녀석이 나타난다는 뜻이지."

제자도 그 별이 흉조라는 건 알고 있는 모양이었다.

"스승님, 대흉을 벗어날 길이 없는지요?"

"마성이 든 걸 어떡하겠느냐? 나라의 운명이 그러한걸."

"지금껏 한 번도 본 적이 없던 지독한 악성(惡星)입니다. 나라가 완전히 무너질까 두렵습니다. 제세(濟世)의 방도는 없는 것입니까?"

"방도라…… 고구려를 살리는 방도 말이냐?"

"그러하옵니다. 아직 이 나라 고구려는 할 일이 많습니다."

"너는 선도(仙道)의 제자인데 어찌 속세의 흥망성쇠에 일희일비하는 것이냐?"

"선도는 본래 조선의 도이고, 조선의 후예들이 고구려를 이루었습니다. 저 역시 이들 속에서 났습니다."

"허허, 너는 아직도 홍진의 티끌을 털어버리지 못하고 사는구나."

"스승님!"

노인의 목소리가 끊겼다. 잠시 후 혼잣말처럼 무덤덤하게 이어졌다.

"천마성이 뜨면 임금은 대가 끊기고 나라는 망하기 마련. 이제 고구려의 영웅들이 줄줄이 죽어갈 것이로다. 하늘의 뜻을 어찌 인간의 힘으로 거스를꼬."

"스승님……."

어둠을 건너 들려온 무서운 얘기에 무휴는 다시 한 번 애원하듯 머리를 조아렸다.

"억지를 써볼 길이 있긴 하지만……."

"이 우둔한 제자를 깨우쳐주십시오."

"지금은 누구라도 저 마성을 대적하지 못한다. 싸움이 안되면 어찌하면 되겠느냐."

"……."

"피하는 길이 있을 뿐이다."

"붉은 기세가 워낙 강성해 제자의 눈에는 피할 곳이 없어 보입니다."

"무휴, 너의 공부는 아직 갈 길이 멀기만 하구나. 안으로 들어오너라."

무휴는 자리에서 일어나 무릎에 묻은 흙을 털고는 모옥의 문고리를 조심스레 잡아당겼다.

방 안에는 도무지 나이를 짐작할 수 없는 노인이 형형한 안광을 내쏘며 제자를 맞았다. 머리카락과 수염이 성성한 백발인 것으로 보아서는 상노인인 듯했으나, 붉고 주름 하나 없는 얼굴은 마치 청년 같았다.

무휴는 다시 한 번 스승에게 공손히 절하고는 그 앞에 무릎을 꿇었다.

"지금 밖에 별이 떴더냐?"

무휴가 무릎을 당겨 모으며 대답했다.

"네."

"네가 본 마성이 바로 태자성이니라. 그건 아느냐?"

"네."

"그러면 마성이 가장 먼저 덮는 큰 별이 누구인지도 알겠구나."

"이 나라 영웅 중의 영웅이 아닐는지요."

"그러하다. 그러나 그뿐이 아니다. 주변의 모든 별들이 마성에 의해 붉게 물든 게 보이더냐?"

"네, 보았습니다."

"거기 흐릿한 천학성도 보았느냐?"

"보았습니다."

"그게 왕자의 별이다. 그런데 천학성 옆에 아직 마성에 덮이지 않은 작은 별도 보았느냐?"

"네."

"네가 길을 찾는다면 그 별을 살려야 하느니라. 그 별이 마성을 피해 살리면 어디로 가야 하겠느냐?"

"제자는 보지 못합니다."

"가까이 보려고만 해서 그렇다. 내가 천문을 가르칠 때 화성을 피하려면 청성을 찾아야 한다고 하지 않았느냐?"

"아! 무곡성."

"그래, 저 멀리 무곡성 곁으로 달아나야 한다. 그게 천문의 이치야. 그런데 그 작은 별은 스스로는 움직이지 못해. 그 별이 무곡성으로 가려면 외부의 힘이 필요하다. 밀고 끌 힘 말이다. 그런데 마성에 잠식된 별들은 밀 힘이 없어. 방법은 오직 하나, 무곡성의 별이 내려가 끌어야 한다."

"하지만 무곡성 주변의 별들은 모두 진(晉)의 별이 아닙니까?"

"그러하다. 그러면 어찌해야 하겠느냐?"

"……?"

스승의 선문답 같은 가르침에 무휼는 생각에 잠겼다. 한참이나 고개를 숙이고 생각에 잠겼던 무휼장자가 이윽고 고개를 들었다. 스승 뒤편의 흙벽에 긴 그림자가 지어져 있었다.

"제자 무휼는 진으로 가겠습니다."

평양성.

고주몽이 남으로 내려와 졸본 땅에 첫 도읍을 정하고 나라를 세운 이래로 고구려는 세 번 도읍을 옮겼다. 처음은 유리왕 22년. 고구려는 험준한 산세에 의지한 산성 중의 산성이었던 졸본성을 버리고 평지성이었던 국내성으로 천도했다. 나라의 기틀이 잡히기 시작하고 조정의 관원과 성내의 백성 수가 많아짐에 따라 새로운 왕도(王都)가 필요하게 되었던 것이다.

두 번째 천도는 그로부터 이백 년 후, 산상왕 13년에 있었다. 국내성 서쪽에 위치한 환도성으로의 천도는 한(漢)의 몰락과도 관계가 있었다. 고구려는 중원의 세가 약해지는 기미가 보일 때마다 서쪽으로 진출하려 했다. 조선 땅에 한의 군현이 세워진 후로 한사군을 멸하고 조선의 고토를 수복하겠다는 고구려의 열망은 끊임없이 이어지고 있었던 것이다.

그리고 사십 년이 지난 동천왕 21년, 조선의 왕검성이 있던 이곳 평양성으로 종묘와 사직을 옮겨온 것이다.

"국상 중에 그대들이 나를 보자고 한 연유가 무엇이냐?"

평양성 안 대장군부의 방 안에서 나직한 목소리가 흘러나왔다. 목소리의 주인공은 다름 아닌 안국군 달가였고 심복인 창조리와 고구가 그의 앞에 무릎을 꿇고 앉아 있었다.

서천왕의 아우인 달가는 수십 차례의 크고 작은 전쟁에서 고구려를 승리로 이끈 명장으로 북쪽의 숙신을 정벌한 후 그 땅을 덕으로 다스려 수많은 숙신 백성들을 고구려로 귀화시킨 영웅이었다.

달가는 그 공으로 대장군에 더해 안국군에 봉해진 터였다. 서천왕은 한때 이 훌륭한 왕제(王弟)에게 위(位)를 물려줄 생각도 했지만, 장자 세습을 어길 경우 두고두고 사직이 불안할 것이라는 국상(國相) 상루의 간언을 받아들여 왕위는 태자 상부에게로 그냥 이어졌다.

"창조리, 그리고 고구!"

창조리와 고구. 이들은 모두 남쪽 관노부 출신으로 안국군을 따른 지 오래된 이들이었다. 힘없는 관노부 출신임에도 이들이 요직에 오를 수 있었던 것은 오로지 안국군의 배려 덕분이었다. 전장에서 생사를 같이했던 이들은 안국군을 위해서라면 언제든지 목숨까지도 던질 준비가 되어 있는 인물들이었다.

"국상 중에 나를 보자고 한 연유를 물었다."

국상(國喪). 어진 임금이었던 서천왕은 재위 23년 만에 세상을 떠났는데, 그의 치세 동안에는 숙신의 난을 제외하고는 큰 외침이 없었다. 심한 가뭄이 들어 백성들이 굶주릴 때마다 왕은 국고를 열어 이를 구제하였으므로 온 나라 사람들이 왕을 어버이처럼 섬기고 따랐다.

두 사내는 안국군의 초연한 얼굴 앞에 쉽게 입이 떨어지지 않아 한동안 머뭇거렸다. 이윽고 고구가 결연한 목소리를 내뱉었다.

"대장군, 그냥 계시면 안 됩니다!"

"무슨 말인가?"

"대장군! 어찌 가만히 당하고만 있겠다는 말씀이십니까! 태자 상부와 국상 상루는 지금……"

안국군이 노한 기색으로 고구의 말을 끊었다.

"너 고구는 어찌 이리도 무례한가. 이제 그분은 고구려의 태왕 폐하이시다. 말을 삼가라."

"그 태왕께서 곧 대장군을 해하려 할 것입니다!"

"음!"

상전의 꾸짖음에도 오히려 지지 않고 언성을 높이는 고구의 말에 안국군은 신음을 토해냈다. 노장군 역시 죽음이 눈앞에 다가오고 있음을 모르지 않았다.

평양성에 진의 사신이 든 것은 며칠 전 조회 무렵이었다.

"진의 사신이 예를 갖추려 왔습니다. 태왕 폐하, 은혜를 베푸소서."

국상 상루가 막 왕위에 오른 상부의 옆에서 사신의 입전을 알렸다. 안국군에게 갈 뻔했던 왕위를 지금의 태왕 상부에게 되찾아준 상루였기에 그는 고령의 나이임에도 계속해서 일인지하 만인지상의 자리에 머물렀고 앞으로도 오래도록 그 자리를 지킬 것이었다.

서천왕은 국상 상루에게 후계 절차를 주관하도록 하라는 유언을 남기고 떠난 터라 누구도 그를 반대하지 못했다. 그리하여 왕위 계승은 상루의 주관 아래 절차를 생략한 채 매우 빠르게 이루어졌고, 미처 선왕의 시신을 안치하기도 전에 태자 상부는 왕위에 올랐던 것이다.

"들라 하라."

상부가 손을 들자 곧 사신이 대전에 들어 잠시 읍(揖)을 해 예를 갖춘 후 고개를 숙인 채 백라관을 쓰고 용상에 앉은 상부 앞으로 다가갔다.

"황제의 사신이 고구려의 새로운 태왕을 뵈옵니다."

"먼 길 오느라 수고하셨소."

"태왕을 뵈러 오는 길을 어찌 수고라 하겠나이까."

그러나 다음 순간, 고개를 든 사신은 용상에 앉아 있는 상부를 바라보다 갑자기 어리둥절한 표정을 지었다. 잠시 무언가를 골똘히 생각하던 사신은 이윽고 웃음을 머금으며 신하들의 맨 앞열에 서 있는 안국군을 향해 말했다.

"고구려의 신태왕께서는 이웃 나라의 우의를 시험하지 말아 주옵소서."

사신의 입에서 터져 나온 말에 대전에 늘어선 대소 관원들이 모두 놀라 절로 입이 벌어졌다. 특히 당사자인 안국군은 순간 너무 당황해 얼굴이 하얗게 질린 채 황급히 손을 내저었다.

이때 용상의 상부가 어색한 웃음을 지으며 답했다.

"진의 사신은 무슨 말을 하는 거요. 본 태왕은 진의 호의를 두 팔 벌려 받아들일 준비가 되어 있소."

"고구려 조정에서는 저를 너무 놀리지 마십시오. 선태왕께서 돌아가시기 전에 안국군을 후사로 정하신 일은 천하가 다 아는 사실이옵니다. 그럴진대 어찌 저를 이토록 시험하십니까."

"그 무슨 말인가. 그대는 사신이라는 자가 어찌 이리도 무례한가!"

안국군이 눈만 껌벅이는 상부를 대신하여 호통을 쳤다. 사신은 그럼에도 웃음기가 남아 있는 얼굴로 말을 이었다.

"고구려 태왕께서 저를 놀리시니 웃으며 답하는 것이 옳지 않겠습니까. 과거 전국시대 때 적국 사신의 암살을 피하기 위해 한(韓)나라가 왕을 가장해 신하를 내세운 적이 있고, 제(齊)나라는 명민한 왕의 자태를 숨기기 위해 미욱한 자를 용상에 앉혀 사신을 맞기도 했지만, 본 사신은 진정 신태왕의 즉위를 경하하기 위해 먼 길을 마다 않고 찾아온바, 더 이상 저를 시험할 필요는 없을 것입니다."

사신은 말을 끝내자 허리를 펴고 안국군 앞으로 다가가 섰다. 그리고 정중히 예를 갖추어 인사를 올렸다.

"진제의 사절이 새로운 고구려 태왕을 뵈옵니다."

갑자기 대전이 찬물을 끼얹은 듯 서늘해지며 쥐 죽은 듯 조용해졌다. 모두의 시선이 안국군에게 집중된 가운데 그의 성난 목소리만이 쩌렁쩌렁 울렸다.

"그대는 더 이상 무례를 범하지 말라! 번연히 태왕 폐하께서 계신데 이 무슨 실례란 말인가!"

"예?"

"그대는 무슨 작당을 하고 있는 것인가! 검은 속셈이 있지 않고서야 이렇게 무례할 수가 있는가!"

사신은 진정으로 놀란 듯 뒤로 한 걸음 물러서며 외쳤다.

"그럴 리가! 안국군이 즉위했다는 소문은 저희 진나라 안에 퍼질 대로 퍼져 있습니다."

"사신은 더 이상 무례를 범하지 말라! 이쯤이면 너의 목을 베어도 너희 나라 황제가 할 말이 없을 터! 여봐라, 칼을 가지고 오라!"

안국군이 성난 목소리로 외치자 그제야 사신의 얼굴에서 웃음기가 싹 걷혔다. 그리고 황급히 상부를 향해 허리를 깊이 숙였다.

"태왕 폐하, 용서하십시오. 진정으로 몰라뵈었나이다."

상부는 분기로 얼굴이 붉으락푸르락했지만 딱히 뭐라 말을 할 수가 없었다. 대신 안국군의 옆모습을 독기 어린 눈으로 훔쳐볼 뿐이었다.

이날 사신의 방문은 그렇게 황당하게 끝이 났다.

전날의 일을 되짚어보던 고구가 분노와 우려가 가득한 목소리로 말했다.

"사신은 낙양에서 대장군의 후계 지명 사실을 들었다고 변명하지만 대장군을 음해하려는 얕은꾀에 불과합니다."

"모르는 바가 아니다."

"허나 국상과 폐하는 이미 그 꾀에 넘어간 것과 다름없습니다. 설사 넘어가지 않았다 하더라도 그들은 대장군을 제거할 좋은 핑곗거리로 삼을 것입니다."

"그렇다 한들 어쩌겠는가."

"이대로 계실 것입니까?"

안국군은 그 물음에 답하는 대신 고구를 그윽이 쳐다보았

"칼은 칼을 부르고 역모는 역모를 낳는 법이야. 나라가 사직과 전통을 중시하는 것은 바로 그 때문이다. 국상 역시 폐하의 성정이 다소 거칠다는 걸 알지만 그럼에도 그분은 그 왕통을 지키려 하는 걸세. 아마 그도 이 늙은이에게 닥칠 일을 짐작하고 있었을 것이다."

"대장군……."

"그대가 할 말이 그뿐이라면 이제 그만 물러가라. 역모를 꾀하라 하는 수하를 어찌 곁에 두겠는가."

"여보게 창조리, 자네도 뭐라 말을 해보게. 왜 아무 말이 없는가?"

고구는 답답한 듯 지금까지 한 마디 말도 없이 묵묵히 앉아만 있는 창조리를 향해 힐난의 눈짓을 했다. 그럼에도 창조리는 젊은 나이에 어울리지 않게 쉬 입을 열려 들지 않았다.

"이봐, 창조리!"

"……."

"그대도 내게 할 말이 있는가?"

안국군의 속 깊은 눈길이 자신의 얼굴에 한참 머무르자 창조리는 그제야 입술을 뗐다.

"대장군, 제가 한 말씀 올려도 되겠습니까?"

이제 서른 남짓한 젊은 무관이었지만 창조리는 안국군이 가장 신임하는 군략가였다.

"해보게."

"제가 대장군을 처음 찾아뵈었을 때를 기억하십니까?"

안국군의 얼굴에 절로 미소가 떠올랐다. 창조리를 처음 만나던 날의 기억이 새록새록 되새겨지는 것이었다.

서천왕 11년 10월, 고구려 북방을 침범한 숙신의 군사들은 날래고 용감했다. 여러 부족들을 통합하여 세력을 키운 숙신의 병력은 수천을 넘어선 지 오래였다. 여느 때의 노략질과는 달리 노련한 족장 아달상목의 지휘 아래 숙신은 일사불란하게 고구려 성들을 격파하며 파죽지세로 남하했다.

서천왕은 용맹하고 지략이 있는 자신의 아우 달가로 하여금 숙신군을 막도록 명했다. 대장군 달가의 신출귀몰한 용병술에 따라 고구려 기병들은 숙신군의 양쪽 측면을 찌르고 도주하기를 반복했고, 이에 대열이 무너진 숙신군은 연전연패하며 북쪽으로 쫓겨가 단로성에서 운명을 건 일전을 겨루게 되었다.

그러나 달가로서도 이 전투가 쉽지만은 않았다. 숙신군이 천혜의 요새인 단로성에서 문을 굳게 걸어 잠근 채 출성치 않고 응전하자 고구려군의 주력 부대인 기병이 아무짝에도 쓸모가 없어진 것이었다. 전투가 길어지자 병사들은 피로와 굶주림에 지쳐 사기가 날로 떨어져갔다. 눈이 쌓이면서 길이 막혀 보급도 원활치 않았다. 게다가 살을 에는 듯한 북방의 겨울 날씨도 무시할 수 없는 적이었다. 달가는 지친 병사들을 고려해 그쯤에서 싸움을 끝내고 싶었다. 모양 있게 군사를 물릴 방책을 고심하고 있을 때, 창조리가 군영으로 자신을 찾아왔다.

"대장군께서는 이 전투를 이길 수 없습니다."

달가는 창조리의 도발적인 말투에 분개했으나 곧 그가 범상치 않은 인물임을 알아챘다.

"까닭 없이 그 말을 하려고 내 진중을 찾았을 리는 없고, 그대는 내게 무슨 조언을 하려 하는가?"

"이 성의 공방전은 숙신의 침략으로부터 고구려를 지키기 위해 시작된 것입니다. 그런즉 대장군께서는 이미 할 바를 다하셨습니다. 이제 물러남이 어떠하신지요?"

달가는 실망스럽다는 투로 대답했다.

"나도 이미 그리 생각하고 있다. 그대는 고작 그 말을 하기 위해 나를 찾아왔는가?"

"그러나 대장군께서는 물러나는 것만을 생각하고 계실 터. 이제부터는 숙신을 정벌하기 위한 원정을 시작하십시오."

"그 무슨 말장난인가. 그것은 내가 정할 일도 아닐 뿐더러 매우 긴 시일이 걸리는 일이다. 그때에 가서 어찌 지금과 전황이 같다 할 수 있겠는가."

달가는 더 이상 시간 낭비할 필요가 없다고 판단하여 자리에서 일어섰다. 그러나 창조리는 물러갈 기색이 없이 자리에 앉아서 계속 말을 이었다.

"지금까지는 지키기 위한 전쟁이었으니 적이 전방에 꾸린 전선만 보이는 것입니다. 하지만 이기기 위한 전쟁이라면 적 후방의 영토가 먼저 보일 것입니다."

군막을 나서려던 달가는 무엇엔가 생각이 미친 듯 발걸음을 멈추었다. 당당하고 열정적인 창조리의 목소리는 거침이 없었다.

"대장군께서 생각을 바꾸시면 전쟁의 성격이 바뀝니다."

"계속 말해보라."

"고구려와 숙신은 지금껏 군사와 군사가 겨루어 그 강하고 약함에 따라 물러서고 나아가기를 반복해왔습니다. 그러나 이제 적은 천혜의 요새인 단로성으로 들어갔습니다. 강약을 재는 전쟁에서 압도적인 이점을 차지하게 된 것이지요. 그러므로 적과 싸워 이기려면 이제 그 이점을 제거해야 합니다. 적을 성 밖으로 나오도록 해야겠지요."

"어찌해야 그들을 나오게 하겠는가?"

"간단합니다. 군사를 돌려 다른 길로 그들의 나라 깊숙이 진군하십시오."

"난들 그것을 몰라서 묻겠는가. 그러면 적이 다시 성에서 나와 고구려 땅을 유린하지 않겠는가? 그것을 막기 위해 우리는 다시 회군을 해야 할 것이다. 그리하면 적은 다시 단로성으로 들어가겠지. 물고 물리는 싸움이 반복될 것이다. 게다가 고구려의 적은 숙신뿐이 아니니 그것은 하책 중의 하책이라 할 것이다."

대장군의 힐난에도 불구하고 창조리는 얼굴빛 하나 변하지 않고 대답했다.

"고구려 땅과 숙신 땅 중 어느 쪽이 큽니까?"

"비할 바가 되지 않는다. 물론 고구려 땅이 훨씬 크지."

"고구려군과 숙신군 중 어느 쪽이 빠릅니까?"

"우리 고구려군은 대부분이 기병이다. 족히 예닐곱 배는 빠르겠지."

"그렇다면 어느 쪽이 먼저 상대의 도성을 점령하겠습니까?"

창조리의 말에 달가는 갑자기 머리를 얻어맞은 듯한 충격을 받았다. 그제야 창조리가 말하고자 하는 바를 알아들은 것이다.

'아! 나는 지키려고만 했지, 이길 생각을 하지 못했구나!'

"먼저 군사를 보병과 기병의 두 갈래로 나누십시오. 기병은 나아가고 보병은 물러서는 것입니다. 기병은 말을 달려 숙신의 본거지 홀한주를 침공한 후 바로 돌아섭니다. 그러면 허를 찔린 숙신군은 단로성에 남아 있던 군사를 급히 홀한주로 보낼 것입니다. 이때 물러났던 보병이 빈 단로성으로 입성하고 숙신군의 뒤를 추격하면 적군은 우리 기병과 보병 사이에 끼여 도망칠 곳이 없어집니다."

달가는 그길로 창조리를 군사(軍師)로 삼아 그의 책략대로 용병술을 펼쳤고, 창조리의 전술은 기가 막히게 들어맞았다. 보름이 지나지 않아 고구려군은 단로성에 입성했고, 그길로 내처 홀한주성까지 점령한 달가는 숙신의 대족장 아달상목을 잡아 목을 친 후 일곱 개 부락을 군영에 예속시키고 끝까지 저항하던 육백여 호를 부여의 남쪽 오천으로 이주시켰다. 그동안 숙신에 포로로 끌려갔던 수천 명의 고구려 백성들을 이끌고 개선하는 대장군 달가의 옆에는 창조리가 함께하고 있었다.

긴 회상에서 깨어난 안국군의 입가에는 여전히 미소가 떠나지 않고 있었다.

"내 어찌 그때 일을 잊을 수 있겠는가. 지키려는 생각에만 얽매여 있던 나를 자네가 깨우쳐주었었지."

"저는 그때와 다름없는 말씀을 드리고 싶습니다."

안국군은 창조리의 말을 찬찬히 되새겨보았으나 그 뜻을 알 수가 없어 다시 물었다.

"그때와 다름없다? 무슨 뜻인가?"

"역시 지키려는 생각을 버리고 가지려는 생각을 해야 합니다."

"자세히 말해보게."

"용서하십시오, 대장군!"

창조리는 품에서 단도를 꺼냈다. 그리고 갑작스런 행동에 놀라는 두 사람 앞에서 자신의 손가락 하나를 세차게 내리쳤다.

"앗!"

고구가 놀라 단말마의 비명을 질렀다. 그러나 안국군은 침중한 눈길로 창조리를 바라볼 뿐이었다.

"차마 입에 올릴 수 없는 말씀을 드려야 하겠기에 먼저 제 약지를 잘라 용서를 구합니다."

"말하게."

"이미 대장군의 죽음은 피할 길이 없습니다. 대장군께서는 죽음으로 후사를 도모해야 합니다. 즉 대장군은 돌아가셔야 한다는 말입니다."

"무엇이!"

고구가 상을 치며 일어났다.

"창조리, 자네! 어찌 대장군의 안전에서 그런 망발을 내뱉는가!"

안국군은 손짓으로 고구를 진정시키고는 물끄러미 창조리를 쳐다보았다. 오랜 시간 동지로 지내온 믿음이 밴 조용한 눈길이었다.

"상부는 그 누구보다도 돌고 공을 우선 제거하기로 마음먹었을 것입니다. 선왕께서는 학문을 좋아하고 성정이 온순한 돌고 공이 차자(次子)인 것을 늘 안타까워하셨기에 옹졸한 상부는 깊은 질투를 키워왔습니다. 게다가 그는 자신을 반대했던 신하들이 돌고 공의 왕위 계승을 주장했던 걸 마음속 깊이 간직하고 있습니다. 그런데 천만뜻밖에도 진의 사신으로 인해 돌고 공을 향한 칼끝이 대장군을 향해 먼저 겨누어지게 된 것입니다."

"으음!"

"이것은 운명입니다."

선언하듯 내뱉는 창조리의 말에 고구는 깊은 숨을 토해냈다.

"하지만 대장군께서는 죽음으로써 후사를 살리는 것입니다. 의로운 후사가 이어진다는 건 바로 상부의 날이 줄어드는 이치입니다."

"으하하하하!"

갑자기 안국군이 앙천대소했다.

"으하하하, 하하하하!"

거침없이 웃어젖히던 안국군이 웃음을 뚝 그치고는 무릎걸음으로 다가가 창조리를 끌어안았다. 두 사람의 눈에서는 어느덧 뜨거운 눈물이 흘러내렸다.

"형님께 이렇게 떳떳할 수가 있나!"

"고구려의 밀알이 되시는 겁니다."

"내 기꺼이 웃으며 죽음을 맞으리라!"

안국군의 쉰 목소리는 고구와 창조리의 흐느끼는 소리에 묻혀갔다.

그로부터 며칠 후, 상부는 즉위 후 처음으로 만조백관을 거느리고 열병식에 참석했다.

"도부수! 착부!"

오백이 넘는 군고병의 요란스런 북소리와 징소리를 뚫고 총사령의 우렁찬 목소리가 울려 퍼지자 이천 명 장사들이 도끼를 높이 들었다 한 번 흔든 후 어깨 위에 걸쳤다.

"갑사 발도!"

그러자 바람이 허공을 가름과 동시에 오천이 넘는 갑사가 칼과 검을 공중으로 들어 크게 한 번 그은 다음 옆구리에 갖다 댔다.

"궁수 착시!"

다시 총사령의 구령이 터져 나오자 강궁 부대가 송곳화살을 재고 하늘을 향해 활을 겨눈 후 화살을 전통에 넣고 대오에 합류했다.

"중갑기 앞으로!"

그러자 고구려 최고의 강병들인 중갑기병들이 핏줄이 투박하게 튀어나온 우악스런 손길로 말고삐를 휘어잡은 채 부리부리한 눈으로 대열 앞을 지나가는 상부의 마차를 향해 고개를 돌렸다. 고구려의 왕이라는 지위는 그야말로 감격스러웠다. 이 막강한 군세가 모두 왕의 손가락 하나에 의해 죽음을 무릅쓰고 나아가기도 물러서기도 하는 것이었다. 어가 위에서 감격 어린 표정을 짓고 있던 상부는 각 부대별로 갑자기 터져 나오는 함성에 깜짝 놀랐다.

"중갑대 태왕 폐하께 충성을 맹세하옵니다!"

"궁수대 목숨을 바쳐 태왕 폐하를 지키겠나이다!"

"고구려 만세! 태왕 폐하 만세!"

일찍이 들어본 적이 없는 우렁차고 결연한 병사들의 함성이었다. 상부는 스스로 전율을 느끼며 손을 높이 쳐들었다. 이런 대군이 자신을 지키고 있다고 생각하니 자신도 모르게 주먹이 불끈 쥐어지고 관자놀이가 솟아올랐다. 마음속 깊은 곳에 잠재하고 있던 반란에 대한 두려움은 그야말로 씻은 듯 사라졌다. 어떤 장수들, 어떤 군세들이 반란을 일으켜도 어림없다는 자신감이 확연히 생기면서 상부는 고구려왕이라는 자리의 존엄함을 뼈저리게 느꼈다.

흥분과 자신감 속에서 열병을 마친 상부는 대전에 들자 느닷없이 분노에 찬 음성을 토해냈다.

"여봐라! 대역죄인 달가를 대령하라!"

신하들은 그제야 어째서 안국군이 신왕의 열병식에 참석하지 않고 있었는지 알아차렸다. 그는 열병식 직전 상부에 의해 영어의 몸이 되어 있었던 것이다. 상부의 영에 따라 달가는 백관이 시립한 가운데 대전에 무릎이 꿇렸다.

"그대는 어찌하여 역모를 꾀하였는가?"

"그런 적이 없습니다."

"이미 그대의 음모가 만천하에 드러났거늘 어찌 발뺌하려 하는가?"

"오늘의 죽음이 피해갈 수 없는 것임을 알고 있습니다. 그러나 나는 역모를 꾸민 적이 없으니 할 말 또한 없습니다."

"타국의 사신이 너를 왕이라 불렀다. 이보다 더 명확한 증거가 어디 있단 말이냐!"

"그것은 진의 음모입니다. 태왕께서는 부디 저들의 사특한 의도를 헤아리셔서 제 사후에라도 그들을 경계하셔야 합니다."

"무슨 소린가! 진과 우리 고구려는 지금껏 한 차례도 전쟁을 치른 바 없다. 조위(曹魏) 시절에는 무도한 관구검이란 자가 이 땅을 유린하고 동천태왕을 사지로 몬 적이 있지만 사마씨가 중원을 통일한 이래로는 그들과 창끝을 겨눈 적이 없는데, 어찌 그들의 음모를 평계하는가!"

"나는 한평생 고구려의 과업인 서진을 수행하려 했고 이제 낙랑을 비롯한 한사군을 멸하기 위한 출병을 계획하고 있습니다. 이 사실을 잘 생각하셔야 할 것입니다."

"닥쳐라! 너는 영웅이고 나는 소졸이란 뜻이냐! 너는 그저 함께 모의한 자들의 이름을 말할 것이다."

이때 한 사람이 앞으로 걸어 나왔다. 그리고 안국군 옆에 나란히 무릎을 꿇고 앉았다. 창조리였다.

"태왕 폐하!"

"네놈은 또 무엇이냐!"

"신은 죄인이 숙신에 있던 시절 그를 따라 종군하던 창조리라 하옵니다."

상부의 눈이 번뜩였다.

"네놈은 죄인의 무고함을 외치러 나왔느냐!"

"아니옵니다. 그와 반대로 죄인이 획책한 역모의 내용을 고하러 나왔나이다."

"고하라!"

창조리는 품에서 두루마리 하나를 꺼내 들었다. 거기에는 안국군의 인(印)이 선명하게 찍혀 있었다. 창조리가 그 내용을 소리 내어 읽기 시작했다.

"신왕 상부는 의심이 많고 담이 작아 고구려의 주인으로 합당하지 않다. 서쪽으로는 진, 북쪽으로는 선비 등 수많은 적들의 준동이 심상치 않은 판국에 상부와 같이 무능한 자가 군권을 통솔한다면 어찌 고구려의 앞날을 장담할 수 있겠는가? 또한 밝디밝은 눈을 가졌던 선왕 폐하가 어찌 상부를 후계자로 삼았다고 믿을 수 있는가. 유언을 들었다는 자가 상부와 한통속인 상루뿐이거늘, 이는 조작된 바가 분명하다. 나 안국군 달가는 고구려의 앞날을 걱정하는 왕족으로서 가만히 앉아만 있을 수는 없는 일이다. 이에……."

상부는 부들부들 떨며 다가와 창조리가 들고 읽던 두루마리를 잡아챘다.

"이, 이것이 무엇이냐!"

"죄인이 며칠 전 제게 건넨 밀서입니다. 죄인의 지위가 높고 조정에서의 영향력이 워낙 크기에 다른 사람을 믿을 수 없어 태왕께 직접 고하려 했으나 신의 직급이 낮아 태왕 폐하를 뵈올 길이 없었습니다. 이에 지금 죽음을 각오하고 고하는 것입니다."

안국군의 인을 확인한 상부는 미친 듯이 웃어졌혔다.

"정말, 정말로 모의를 꾸몄었구나. 정말이었더란 말인가! 으하하하!"

상부의 광기 어린 웃음이 대전을 가득 메웠다. 없는 죄를 만들어 덮어씌우려는 마당에 역모가 사실로 드러나자 스스로의 예지력에 감탄하며 광소를 터뜨리는 것이었다. 이윽고 갑자기 웃음을 그친 상부가 창조리를 내려다보며 차가운 목소리로 말했다.

"네놈, 네놈 또한 역모에 연루된 자가 아닌가! 오늘 달가의 죄가 발각되자 이제야 등을 돌리는 것이 아니냐?"

"요 며칠 사이 계속해서 태왕 폐하를 알현하려고 청한 기록이 있을 것이옵니다. 신과 같이 미천한 자가 어찌 폐하를 몇 번이고 뵈려 했겠나이까."

상부가 그 즉시 사무를 관장하는 관리를 불러 확인한즉 사실이라는 답변이 돌아왔다. 그러자 상부는 뒤편에 시립해 있던 호위무사의 칼을 뽑아 관리의 가슴을 그대로 찔렀다. 순식간에 벌어진 일이었다. 갑작스런 돌발행동에 얼어붙은 신료들의 머리 위로 상부의 음산한 목소리가 떨어져 내렸다.

"이런 충신을 알아보지 못하고 내쳤으니 네놈은 백번 죽어 마땅하다. 내가 예지력이 없었던들 꼼짝없이 역모에 당하고 말았을 것이 아닌가!"

그리고 안국군을 돌아보며 분연히 외쳤다.

"죄인 달가는 이래도 자신의 죄를 인정하지 않으려는가!"

안국군은 말이 없었다.

"그래도 네가 선왕의 아우이자 내 숙부 자리인 것을 감안하여 사지를 찢는 거열형을 거두고 사약을 내렸거늘, 어찌 서둘러 목숨을 끊지 않는가!"

안국군은 고개를 들어 주위를 훑어보았다. 대부분의 신하가 자신과 친분이 있거나 은혜를 입은 자들이었다. 그러나 이미 생사를 초월한 듯한 안국군과 눈이 마주치자 모두 고개를 떨어뜨렸다. 안국군의 눈길이 마지막으로 창조리에게 닿았다. 곁에 나란히 무릎을 꿇고 앉아 있던 창조리는 눈이 마주치자 잠깐 바라보는가 싶더니 이내 고개를 돌려 시선을 피했다. 안국군이 크게 웃으며 말했다.

"상부의 개! 죽어서도 창조리 너만은 잊지 않겠다!"

마지막 말을 남기고 안국군은 사약 사발을 들었다. 한 방울도 남김없이 사약을 들이켠 후 똑바로 앉아 이글거리는 눈으로 상부를 노려보던 안국군의 입에서는 피가 흘러내렸고, 곧이어 그의 몸은 마지막 도끼질에 쓰러지는 아름드리 거목처럼 외로 쓰러졌다.

안국군이 죽은 이후 그의 역모에 연루되었다는 이유로 수많은 그의 측근들이 처형당했다. 상부가 평소 자신의 눈 밖에 났던 자를 가리키면 창조리가 그의 죄를 증언했고, 그러면 상부는 스스로의 예지력에 기뻐하며 역모죄를 씌웠다. 단 한 사람, 고구만은 이미 며칠 전 안국군의 심부름으로 도성을 빠져나갔기에 화를 면할 수 있었다.

왕이 된 상부는 겁이 많고 남을 잘 믿지 못했다. 조금이나마 세가 크다 싶은 신하들은 역모와 연루시켜 죽이고자 했고, 창조리는 증인의 역할을 훌륭히 수행했다. 국상 상루를 비롯해 상부의 측근들은 쾌재를 불렀지만, 애초부터 상부를 반대했던 신하들의 원한은 미쳐 날뛰는 왕 상부보다도 창조리를 향해 더욱 커져갔다. 그리고 그 원한이 커지면 커질수록 창조리에 대한 상부의 신뢰는 깊어만 갔다.

"과인에게 창조리가 있음은 한고조 유방에게 장량이 있는 것과 같도다. 그대처럼 걸출한 신하를 이제껏 보지 못했으니 이는 과인의 복이로다!"

상부는 창조리가 모든 걸 알아서 처리하고 가려운 데가 있으면 미리 알아채어 시원하게 긁어주니 이제는 이전의 어느 측근보다 더 믿게 되어 한시도 그를 곁에서 떼어놓지 않았다. 시기심 많고 옹졸한 인간이 늘 그렇듯, 상부는 자신의 왕위가 안전해지고 창조리가 모든 걸 도맡아 처리하자 다시금 여색을 파고들기 시작했다.

하루는 상부가 화후를 불렀다.

요하 부근의 농가에서 자란 화후는 처녀태가 나기 시작할 무렵 변방을 순시하던 서천왕의 눈에 띄어 도성으로 오게 되었는데, 그 자태가 궁궐의 다른 여자들과는 차원이 달랐다. 그 날부터 서천왕의 애정을 독차지하게 되었던 그녀가 이제 청상의 미망인이 되어 있었던 것이다.

상부는 화후의 눈빛을 떠올렸다. 화후는 곧잘 꿈꾸는 듯한 시선으로 멍하니 사람을 응시하곤 하였는데, 그 눈빛이 보는 사람을 노상 들뜨게 했다. 몇 해가 지나도록 아이를 낳지 못한 채 오직 애첩 구실만 하던 그녀는 서천왕이 서거한 후로 자신의 앞날에 대해 불안해하고 있던 차에 상부가 자신을 부르자 반가운 중에도 당혹스러웠다. 선왕이 세상을 하직하고 나면 그냥 잊히기 일쑤인 숙명을 벗어날지도 모른다는 기대와 더불어, 한편으로는 포악하기로 소문난 상부를 어떻게 대해야 할지 도무지 판단이 서지 않았던 것이다.

한참을 고민하던 화후는 결국 모후로서 그를 대해야 한다고 생각하고 짐짓 엄숙한 표정을 지으며 상부가 기다리는 정전으로 들어섰다.

상부는 수하를 물리치고 혼자 화후를 기다리고 있다가 그녀가 들어서자 입을 꾹 다문 채 동작 하나하나를 살폈다. 화후는 상부가 자리에서 일어나지도 않고 말도 건네지 않자 어디에 몸을 둬야 할지 몰라 당황스러웠다. 이 자리에 오면서 화후가 머릿속에 그렸던 그림은 상부가 자리에서 일어나 자신을 아랫자리로 모시고 선왕 대신 모후의 안부를 물어주는 것이었다.

그러나 상부는 화후가 방 안에 들어온 이후 내내 아무런 말도 없었다. 화후는 망설이다가 상부의 윗목에 자리를 잡고 앉아 몸을 굽혔다. 비록 모후의 위치라 하더라도 왕에게는 고개를 숙이는 게 합당하다고 생각했기 때문이었다.

"신첩이 폐하를 뵙습니다."

"이년아, 이리 다가오너라."

화후는 화들짝 놀랐다. 상부는 자신을 선왕의 여자로 생각하는 게 아니었다. 어떻게 해야 할지 몰라 고개를 숙인 채 앉아만 있던 화후는 상부가 성큼 다가와 대뜸 머리채를 휘어잡자 외마디 비명을 토해냈다.

"이년이 앙큼을 떠는 게로구나. 내 평소에 네 목구멍에서 첫소리가 나게 달구어주고 싶었다."

상부는 정전, 침전을 가리는 위인이 아니었다. 그는 불과 한 달 전만 해도 선왕이 정사를 논하던 바로 그 자리에서 부왕의 여자를 실오라기 하나 남기지 않고 발가벗겼다.

"이년아, 이제부터 너 하기에 달렸어. 네가 날 만족시킨다면 부귀영화가 보장되겠지만, 쓸데없이 앙탈이나 떨면 팔다리를 자르고 몸통은 돼지우리에 던져 넣을 거야. 알았어?"

"네, 네에……."

아무렇게나 처박힌 화후는 숨만 헐떡일 뿐 어떤 거부도 할 수 없었다. 모든 것이 한바탕 악몽 같았다. 바들바들 떠는 화후를 바라보며 상부는 시뻘건 목젖을 드러내 큰 웃음을 토해

냈다. 세상에 거칠 것이 없는 그의 악귀 같은 웃음은 오래도록
계속되었다.

을불

상부의 아우 돌고는 글을 좋아하는 어진 사람이었지만 마음이 여려 상부가 안국군에게 사약을 내릴 때도 나서서 변호한 번 하지 못한 채 지켜보기만 했었다. 반면 잔인하고 심술궂은 성격의 상부는 왕위에 오르고 나서부터는 노골적으로 돌고를 불러 마음을 떠보곤 했다.

"돌고야!"

"네, 폐하."

"역적 안국군은 살아생전 네가 왕이 되어야 한다고 아버지에게 고하지 않았더냐?"

"잘 모르시고 한 말입니다."

"너를 잘 몰랐다고? 나는 그렇게 생각하지 않는데."

"네?"

"나 역시 네가 왕이 되는 게 이 나라를 위해서는 훨씬 낫다고 생각했거든."

"천부당만부당한 말씀입니다. 저는 한 번도 감히 왕위에 오른다는 생각을 해본 적이 없습니다."

"그렇겠지. 아마 그럴 거야. 내가 아는 동생 돌고는 그럴 위인이 못 되지. 하지만 운명이란 게 자신의 뜻대로만 되는 게 아니거든. 누군가 모반을 일으킨다면 그놈들이 가장 앞장세우고 싶은 사람이 바로 너야. 너는 이 형과 같은 선왕의 적통이니까."

"폐하, 하지만 저는 절대로 불충한 무리들과 어울리지 않을 것입니다."

"알아, 안다니까. 너야 그럴 그릇이 못 된다는 걸 이 형은 잘 안다니까. 그런데 그게 네 뜻과는 상관이 없대도 그러는구나."

"폐하, 그러나 저는 절대로……."

"그래서 말인데, 너는 지금 죽어줘야겠다. 원래는 안국군보다 네가 먼저 죽었어야 하는데…… 지금 그냥 이 자리에서 죽어주면 안 될까? 바로 여기서 말이야."

"형님, 살려주십시오."

돌고는 급한 마음에 꼬박꼬박 붙여오던 폐하라는 존칭도 잊고 형님이라고 불렀다. 그런 동생을 바라보며 상부는 키득키득 웃음을 흘리곤 했다.

"그래, 아우야. 알았다. 알았어. 이 형이 너를 살려주마."

돌고는 큰 한숨을 내쉬었다. 어느새 그의 이마에는 굵은 땀방울이 송송 맺혀 있었다.

"네, 형님. 감사합니다."

"그러니 쓸데없는 생각을 하면 절대 안 된다. 사랑하는 아우야."

"형님, 물론입니다."

"하지만 말야……. 그래도 가끔은 누가 너를 찾아와 모반을 일으킬 테니 왕이 되어주십사 하면 바로 고개를 끄덕이고 앞장을 서야 한다. 아주 가끔은 말이야."

"그게 무슨 말씀이십니까? 형님."

"꼭 그래야 해."

"아니, 혀, 형님!"

"네가 나보다 왕 노릇을 더 잘할 수 있다니까!"

"형님, 저는 다 싫습니다. 저는 그저 형님만 따르겠습니다."

돌고는 상부 앞에 몸을 던지며 고개를 조아린 채 울먹였다.

"으하하하!"

상부는 심심하면 돌고를 불러서는 매번 이런 식으로 놀려댔고, 돌고는 상부가 부르면 자다가도 달려가 비는 시늉을 하곤 했다.

그런 돌고에게는 을불이라는 아들이 있었다. 을불은 명민하고 용모도 빼어난데다 아직 어린 나이였지만 속이 깊어 주변 사람들의 기대를 한 몸에 받으며 자랐다. 특히 을불은 나라의 영웅이자 자신의 종조부인 안국군을 살아생전 무척 따랐고, 안국군 또한 을불을 친손자 이상으로 사랑하고 아꼈다. 그런 을불이었기에 제 아비의 처신에 심한 굴욕감을 느꼈다.

의협심 강하고 결기 있는 왕손. 그것은 상부의 측신들에게는 일급의 경계 대상이 되기에 충분한 조건이었다. 더욱이 역모죄로 몰려 죽은 안국군을 노상 그리워함에랴.

"을불 님께서는 이 시간에 주무시지 않고 무얼 하십니까?"

어느 날 밤이 이슥하도록 이런저런 생각에 잠을 이루지 못하고 성루를 서성이던 을불에게 다가와 말을 건네는 이가 있었다. 대사자 창조리였다. 어둠 속에서 불쑥 나타난 창조리를 바라보는 을불의 눈은 적의로 가득 찼다. 안국군의 신뢰를 한 몸에 받았던 자, 그러나 한순간 변절하여 권력과 상전의 목숨을 맞바꾼 자, 그가 바로 창조리가 아닌가. 그는 안국군을 판 대가로 일약 대사자의 자리에 올라 상부를 보필하고 있었던 것이다. 을불은 입술을 깨물며 자기도 모르게 주먹을 움켜쥐었다.

"대사자께 밉보이지 않을 방법을 생각하느라 잠을 이루지 못하고 있습니다."

창조리는 낮게 소리 내어 웃었다.

"을불 님께서는 부디 자중자애하십시오."

창조리를 노려보던 을불이 분을 참지 못하고 한마디 토해냈다.

"흥! 퍽도 나를 생각해주시는구료. 그런데 안국군께서 역모를 꾀하고 있다는 사실을 왜 내게는 알려주시지 않은 게요?"

"무슨 말씀이신지?"

"미리 알았다면 나 역시 종조부와 함께하지 않았겠소. 나는 항상 종조부의 뜻을 따랐으니까요. 대사자처럼 옆에서 모시지는 못했지만."

을불의 뼈 있는 말에도 창조리의 얼굴에서는 웃음기가 사라지지 않았다. 가만히 을불의 눈을 들여다보던 창조리가 나직한 목소리로 물었다.

"제가 미우십니까?"

"그럴 리가 있소. 대사자께 밉보였다가는 목숨이 열 개라도 부족할 텐데."

"허허허."

창조리는 너털웃음을 지으며 천천히 을불에게 다가왔다. 그리고 자신의 얼굴을 을불의 코앞에 바싹 가져다 대었다.

"저는 을불 님께 거는 기대가 아주 큽니다."

"그렇소?"

"낮말은 새가 듣고 밤말은 쥐가 듣는다지 않습니까. 이 궁중은 온통 귀들로 가득 차 있습니다. 그러니 스스로 몸을 중히 여기십시오."

창조리가 진심인지 조롱인지 모를 소리를 낮게 중얼거리자 을불은 번뜩이는 눈으로 그를 노려보았다.

"대사자께서 나를 그토록 생각해주시는 줄 몰랐소."

"을불 님은 도성에 계시면 위험합니다."

"도망이라도 치라는 말이군요. 그렇지 않으면 죽이겠다? 내가 피할 것 같소?"

"하하. 제 말뜻을 제대로 알아듣지 못하나 봅니다."

"……?"

"을불 님으로 인해 부친께서 위험해질 수도 있다는 뜻입니다."

창조리의 은근한 말에 을불은 흠칫 몸을 떨었다. 그런 을불의 어깨를 잡으며 창조리가 낮은 목소리를 이어갔다.

"부친 돌고 공께서 지금껏 무사하신 건 스스로 몸을 한껏 낮추고 계시기 때문이지요. 그런데 돌고 공만큼 고개가 부드럽지 못한 을불 님이 옆에 계시면 돌고 공이 살아남겠습니까?"

창조리를 바라보는 을불의 표정이 복잡해지고 있었다.

"국상께서 을불 님을 만나고 싶어 하던데, 그분 앞에서 그런 눈빛을 하고 있으면 끝장입니다. 그러니 어서 궁성을 벗어나는 게 상책입니다. 하하하."

창조리는 낮게 웃으며 을불을 지나쳐 갔다. 을불은 사라져가는 그의 등에 대고 넘쳐나는 살의를 쏟아댔지만, 다음 순간 그 분노는 의혹과 고뇌로 서서히 바뀌어갔다.

상부의 광기는 날로 심해져 갔다. 자신의 뜻을 거스르거나 바른말로 간하는 신하는 그 지위 고하를 막론하고 죽음을 각오해야 했다. 심지어 조회 중에 피바람이 일기도 했는데, 그러다 보니 조정은 꼭두각시 인형들만 모아놓은 듯 모두 상부의 입만 쳐다보며 한목소리로 복종할 뿐이었다.

또한 상부는 전국의 십오 세 이상 남녀를 징집해 별궁을 짓기 시작했다. 여색에 빠져 살다 보니 후궁과 애첩의 수가 늘어나 그들의 거처가 필요했기 때문이다. 백성들 중에는 거듭되는 흉년과 무거운 세금으로 입에 풀칠하기도 어려운 상태에서 노역에 끌려 나왔다가 굶주리고 지쳐 사망하는 자가 속출했다. 이런 와중에도 상부는 노역에 끌려 나온 백성들 가운데 얼굴이 반반한 여자라도 눈에 띌라치면 바로 침전으로 불러 농락하기 일쑤였다.

그간 안국군을 따르던 무리들 중 살아남은 사람들을 중심으로 몇 번의 반정 시도가 있었지만 번번이 무위로 끝나고 말았다. 상부는 이 일에 있어서만큼은 빈틈이 없었다. 왕자 시절에 겪은 경험이 그로 하여금 모반에 대한 남다른 후각을 길러주었는지도 모를 일이었다.

서천왕 17년, 왕제 달가가 숙신을 토벌한 공으로 안국군에 봉해져 정사를 주관하게 되자, 그의 아우인 일우와 소발은 이를 시기해 함께 손을 잡고 역모를 꾀하기에 이르렀다. 용렬한 이들 형제는 제 형들의 명예와 권력을 공으로 먹으려 들었던 것이다. 일은 모의 단계에서 발각되었고 일우와 소발을 비롯한 주모자들은 즉각 처형되었지만, 그 일은 왕자 상부에게 화인(火印)처럼 깊이 각인되었다. 권력은 제아무리 굳건해 보여도 언제나 넘보는 자가 있기 마련이고, 그 장본인은 항상 가까운 곳에 있다는 사실을 그는 금과옥조처럼 가슴에 새기게 되었던 것이다.

상부의 눈과 귀, 심지어는 피부의 솜털조차도 모반의 징후를 감지하는 훌륭한 감각기관으로 발달했다. 그리하여 모반이란 모반은 실행도 되기 전에 모조리 발각되었고, 관련자와 그 일족들은 처참한 죽음을 당해야만 했다. 또한 모반을 획책하는 자들은 왕족 중 누군가를 왕으로 추대하려 하였기에 사건이 거듭됨에 따라 왕족은 씨가 마르게 되었다.

그런데 정작 돌고에게는 그 누구도 손을 내밀지 않았다. 따지고 보면 돌고야말로 새로운 왕이 되기에 가장 좋은 조건을 갖추고 있었다. 선왕의 적자라는 사실 하나만으로도 그가 왕이 될 자격은 충분했다. 그러나 돌고는 언제부턴가 오히려 사람들의 경멸의 대상이 되어 손가락질을 받는 처지에 놓여 있었다. 스스로 상부 앞에 납작 엎드려 제 한 몸 보신하기에 급급한 그였기에 그런 대접을 받는 것도 무리가 아니었다.

피의 숙청이 계속되자 고구려 조정의 분위기는 말이 아니었다. 조정뿐만 아니라 도성, 나아가 나라 전체가 임금에 대한 원성으로 가득 찼고, 백성들의 삶은 그야말로 도탄 지경이었다.

을불의 방황은 끝 간 데를 모르고 계속되었다. 창조리로부터 조롱 아닌 조롱을 당한 이후로 을불은 깨달은 바가 있어 자신의 목소리를 숨긴 채 살고 있었지만, 그러면 그럴수록 가슴속은 타들어가고 있었다. 을불은 울분을 달래려 뻐꾸기 울음소리를 내곤 했다. 어느 날 아침 문득 들려온 뻐꾸기 소리가 그의 가슴속으로 들어왔던 것이다.

'일개 미물인 새 한 마리도 저렇게 제 소리를 내는데, 아버지는 뻐꾸기만도 못하시지 않은가. 왜 그렇게 사신단 말인가. 안국군이 억울한 누명을 쓰고 사약을 받으시는데도 나서서 구명하기는커녕 목숨이 아까워 사시나무처럼 두려움에 떨고만 있어야 하셨단 말인가! 아아, 아버지를 원망만 하고 있는 이런 나는, 나는 또 뭐란 말인가!'

갑자기 을불은 두 손을 모아 입에 대고 뻐꾹새 소리를 내기 시작했다.

"뻐꾹! 뻐꾹!"

그 뒤부터 을불은 아버지에 대한 원망과 자신의 처지에 대한 비관을 담아 틈만 나면 새소리를 내기 시작했고, 그것은 어느새 습관이 되어버렸다. 차츰 을불의 뻐꾸기 흉내는 진짜 새소리와 분간할 수 없을 정도가 되었다. 사람들은 내용도 모른 채 을불이 내는 새소리를 신기해하고 재미있어했다. 을불의 재주는 이내 궁중까지 알려졌고 상부의 귀에까지 그 소문이 흘러들었다.

하루는 상부가 을불을 내전으로 불러들였다. 여러 근시(近侍)들과 비빈들이 함께한 자리였다.

"조카야, 네가 그렇게도 새소리를 잘 낸다면서?"

참아야 한다고 생각했지만 막상 안국군의 원수 상부를 대하자 을불은 가슴속에서 욱하고 치밀어 오르는 분기를 참을 수 없었다.

"새보다 못한 인간들이 득시글거려 저는 차라리 새가 되기로 했습니다."

"새보다 못한 인간들이라? 그래 누가 새보다 못하단 말이냐?"

을불의 눈에 핏발이 섰다. 가슴속에 있는 말이 목구멍까지 치고 올라왔지만 순간 을불의 뇌리에 아버지 돌고의 모습이 퍼뜩 스쳤다. 독한 마음이 갑자기 비틀거리다 이내 바닥 없는 무력감과 슬픔으로 변해갔고 결국 을불의 입에서는 엉뚱한 소리가 튀어나왔다.

"조카의 왕위를 빼앗으려 했던 안국군이 있고 안국군을 밀고한 창조리가 있지 않습니까?"

상부는 을불의 눈에 찰나적으로 스쳐간 망설임의 눈빛을 놓치지는 않았지만 짐짓 너털웃음을 쏟아냈다.

"하하하하, 짐의 어린 조카가 마음이 상했나 보구나. 남들은 몰라도 나는 안다. 명민한 너는 안국군을 그리워하고 네 아비를 부끄러워하는 게지. 그렇다면 네 원대로 뻐꾸기 소리나 실컷 내보아라."

을불이 손을 모아 입에 대고 새소리를 내기 시작했다.

"뻐꾹! 뻐꾹!"

뻐꾸기 소리가 드넓은 궁중에 처량하게 울려 퍼졌고, 진짜와 조금도 다름없는 을불의 재주에 사람들은 모두 웃음과 탄성을 터뜨렸다. 상부도 벌건 잇몸을 드러내며 너털웃음을 터뜨렸다.

이때 가느다랗게 흐느끼는 소리가 사람들의 웃음소리 사이를 뚫고 들려왔다. 사람들이 놀라 소리가 나는 쪽을 바라보니, 잔뜩 주눅이 든 채 여느 때처럼 상부의 비빈과 측신들에 밀려 한쪽 구석자리를 차지하고 서 있던 을불의 부친 돌고였다.

상부가 물었다.

"고추가는 무슨 일로 그리 슬피 우느냐? 모두가 을불의 재주를 보고 기뻐하는데 아비인 너는 즐겁지 아니하냐?"

"폐하! 소신의 못난 아들놈이 내는 새소리를 듣고 있자니 문득 돌아가신 부왕 생각이 간절해져 불충스럽게도 어전에서 눈물을 보이고 말았나이다. 폐하께서는 부왕께서 살아 계시던 시절 소신의 집에서 어연(御宴)을 베풀던 때가 생각나지 않으십니까? 그날 밤에도 바로 저 뻐꾹새 소리가 구성지게 들려오지 않았습니까?"

기억력 하나만은 비상한 상부는 돌고의 말을 듣자 선왕과 함께 돌고의 집에서 저녁식사를 하던 생각이 났다.

"어느덧 내일이 부왕의 생신이라 아바마마 생각이 더욱 간절해지옵니다."

그랬다. 내일은 부왕의 생신이었다. 상부 자신은 여색과 주연에 빠져 지내느라 잊고 있었던 것인데 아우가 되짚어주자 슬며시 부끄러운 마음도 들었다.

"그간 내가 너에게 너무 소홀히 했도다. 내일 제를 올리고 나서 밤에는 너희 집에서 한잔하자꾸나."

그러고는 선심 쓰듯 주위를 돌아보며 명했다.

"여봐라, 내일부터는 돌고 고추가의 자리를 바로 내 옆으로 옮기도록 하라!"

다음날 아침 일찍 국상 상루는 상부를 찾아갔다.

"어제 돌고 공의 돌출행동에 대해 어떻게 생각하십니까?"

상부는 무슨 말이냐는 듯 상루를 바라보았다. 상루가 단호하게 말했다.

"돌고 공은 지금 딴마음을 품고 있습니다."

"그게 무슨 말인가?"

"평소의 고추가를 생각해보십시오. 태왕 앞에서는 숨도 크게 쉬지 않는 위인이 아닙니까?"

"그렇지. 내 앞에서 바보놀음을 하며 목숨을 보전하는 처지니까."

"그런 돌고 공이 예상치 못하게 폐하 앞에서 눈물을 보이며 장광설을 늘어놓았단 말입니다. 이는 모두 을불이 폐하의 경계를 사게 되자 나온 행동입니다. 그런 만치 그가 폐하를 자신의 집으로 오시게 한 건 범상치 않은 생각에서 나왔을 것입니다."

상부는 이런 부분에서는 눈치가 매우 빠른 사람이었다. 그는 상루가 무슨 말을 하는지 바로 알아들었다.

"과연 국상답군. 오늘 그놈 집에는 안 가야겠어. 아니, 그게 문제가 아니라 그놈들을 이참에 아예 없애버려야겠어. 을불이란 놈의 눈길이 너무 거슬렸어."

상부는 그길로 군사를 보내 돌고와 을불 부자를 잡아오도록 했다. 군사들이 황급히 궁성을 나서는 걸 지켜보던 창조리는 한동안 쓸쓸한 표정으로 서 있다가 천천히 발걸음을 옮겼다. 그가 어느 처마 모퉁이를 돌자 그림자 하나가 빠르게 다가와 귓속말을 건넸다.

"을불 님께서 성문을 빠져나갔습니다."

"음, 알겠다."

"그런데 제가 댁에 도착했을 때 돌고 공은 이미 아드님을 피신시킬 준비를 하고 있는 것 같았습니다. 제가 입을 열기 전에 말입니다."

"그러리라 생각했다."

수하가 사라지자 창조리는 돌고의 집이 있는 방향을 한참이나 바라보았다.

을불은 성문을 나서며 아버지가 한 말을 곰곰 생각했다.

― 을불아, 안국군의 음택(陰宅)이 어디 있는지 아느냐?

― 알지 못합니다.

― 대소에서 북쪽으로 반나절 거리에 있느니라. 한 번 다녀오지 않으려느냐?

을불은 적이 놀랐다. 그토록 안국군을 잊으라고 다그치던 아버지가 오늘은 일부러 자신을 불러 안국군의 산소를 찾아가라고 하는 것이었다.

— 정말 가도 되겠습니까?

— 물론이다. 비명에 가신 숙부님을 내가 직접 찾아뵈어야 하겠지만 너도 알다시피 오늘 저녁에는 태왕께서 행차하시기로 했으니 너를 대신 보내는 것이다. 갈 길이 머니 서둘러 떠나는 게 좋겠다. 예서 대소까지 꼬박 하룻길이니 오가노라면 사흘은 족히 걸리겠구나.

— 그럼 다녀오겠습니다.

성문을 나서 대소로 향하는 동안에도 을불은 끊임없이 이상한 생각이 들었다.

어제 오늘 아버지의 모습은 평소와 너무 달랐다. 상부가 즉위한 후로는 단 한 번도 남들 앞에 나서는 법이 없던 아버지가 어전에서 감정을 드러내며 눈물을 보인 것이나, 은근슬쩍 상부를 집으로 초대한 것이나, 새벽같이 자신을 불러 안국군의 무덤을 참배하고 오라고 한 것이나, 어느 것 하나 평소 아버지의 행동이라고 보기 힘든 것들이었다.

'설마!'

얼핏 스치는 생각을 털어버리려는 듯 을불은 고개를 가로저었다. 아버지는 남을 해칠 수 있는 사람이 아니었다. 남에게 위해를 가하느니 차라리 남에게 해를 당하는 쪽을 택할 사람이었다. 뭔가 이상한 느낌을 떨칠 수 없었지만 을불은 무엇보다 안국군의 묘소를 찾아간다는 일에 크게 흥분하고 있는 상태였다. 게다가 아버지의 비겁함을 확실히 믿었기에 무슨 극단적인 일이 있을 리는 없다고 생각했다. 아버지의 의도가 무엇이든 안국군을 찾아뵙고 돌아와 보면 알 일이라 생각하고 을불은 서둘러 성문을 나섰다.

을불은 대장군 안국군의 생전 모습을 떠올리며 말을 재촉했다. 안국군은 을불을 친자식보다도 아껴 어디든 데리고 다니기를 좋아했었다. 이미 네 살이 되던 해부터 안국군에게 말타기와 활쏘기를 배운 덕에 을불은 이미 능숙하게 말을 다룰 줄 알았다.

대소에 도착한 을불은 객관에서 하룻밤을 묵고는 날이 밝기가 무섭게 말을 달려 아버지가 그려준 안국군의 무덤을 찾았다. 그러나 약도를 펴들고 야산을 뒤졌지만 안국군의 묘지를 쉽사리 찾을 수 없었다. 역모로 몰려 죽은 죄인의 처지라 여느 왕자의 능처럼 번듯할 수 없었기 때문이다.

반나절 동안이나 헤매고 다닌 끝에 간신히 무덤을 찾을 수 있었지만 정작 힘겹게 찾은 종조부의 무덤 앞에서 을불은 눈물조차 나오지 않았다. 아버지로부터 미리 설명을 들은 터라 어느 정도 예상은 했었지만 설마 이 정도일 줄은 몰랐던 것이다. 이름 모를 촌부의 무덤도 이보다는 나을 것이었다. 야트

막한 봉분은 뗏장 하나 올려놓은 흔적 없이 한쪽이 허물어져 있었다. 산짐승이 파헤쳤는지 소낙비에 씻겼는지 모를 일이었다.

이윽고 을불은 눈물을 흘리며 손으로 흙을 퍼서 무너진 귀퉁이를 다독였다. 그러고는 싸가지고 온 술과 안주로 초라한 제상을 차려놓고 무덤 앞에 절을 올렸다.

"조부님, 못난 을불이 이제야 왔습니다. 오직 이 나라 고구려를 위해 평생 전장을 드나들며 모든 걸 희생하셨던 조부님을 이렇게 외롭게 버려두다니 너무도 원통하고 비통합니다. 조부님은 이렇게 누워 계신데 조부님의 큰 사랑으로 자라온 이 을불은 지금 한 마리 뻐꾹새만도 못하게 목숨을 연명하고 있습니다. 어찌하면 좋겠습니까. 지금 상부의 학정으로 나라는 어지럽고 백성은 도탄에 빠져 있습니다. 위기에 처해 있는 이 나라 고구려를 굽어살피소서!"

처음에는 마음속으로 올리던 을불의 기원이 차츰 입 밖으로 나와 종내는 큰 소리로 주변에 쩌렁쩌렁 울려 퍼졌다. 그때였다.

"저놈 잡아라!"

갑자기 어디선가 고함소리가 들리고 무장한 대여섯의 병사들이 달려오고 있었다. 을불은 그제야 역적으로 몰려 죽은 안국군의 무덤이라 군사들이 지키고 있었을지 모른다는 생각이

들었다.

　을불은 재빨리 도망치려 했으나 이미 병사들의 창끝이 사방에서 운신을 차단하고 있었다.

　"어린놈이 역적에게 제를 지내는 것만으로도 죽을죄이거늘 큰 소리로 태왕 폐하까지 욕보였으니 이제 네놈은 더 이상 산 목숨이 아니다!"

　을불은 정신을 차리고 병사들의 수효를 세어보았다. 모두 여섯 명. 다섯 명의 병졸에 한 사람의 무관이 뒤편에서 바라보고 있었다. 을불은 창끝만 피하면 도망갈 수 있을 거라는 생각이 들었지만 이미 몸에 닿을 듯 말 듯 압박하고 있는 창을 피할 재주가 없었다. 을불은 온몸의 기를 아랫배에 모아 우렁찬 목소리를 토해냈다.

　"이놈들아! 너희는 어느 나라 군졸이냐! 그래, 당대 최고의 영웅 안국군을 모른단 말이더냐! 한평생을 전장에서 오직 이 나라의 안녕과 이 나라 백성의 안전을 위해 바쳐온 분인데 그런 분을 두고 역적이라니, 너희들이 정녕 고구려의 군졸들이 맞는가!"

　군졸 하나가 말을 자르며 소리쳤다.

　"이놈아! 이 나라가 누구의 나라냐! 태왕 폐하의 나라가 아니냐! 안국군이 어떤 분이든 일단 태왕 폐하는 그를 역적으로 벌하셨다. 역적의 묘에 제를 올렸으니 그 역시 역적의 죄라는 건 아무리 어린놈이라 해도 모르지 않을 터. 허튼수작 말고 어서 무릎을 꿇어라!"

"네 이놈들, 너희도 양심이 있다면 생각해보아라. 살아생전 안국군과 지금의 상부를 비교해보란 말이다! 너희는 상부가 이 나라 백성을 다 죽이는 그날까지 그놈에게 봉사할 참이냐? 너희들 가족과 친구를 죽일 때도 그놈 편에서 칼을 겨눌 참이 난 말이다. 이미 고구려 백성이라면 상부의 학정이 얼마나 악랄한지를 모르는 자가 없거늘 너희들은 어디서 감히 이런 망발이란 말인가! 어서 창끝을 물리지 못할까!"

비록 나이는 어렸지만 기품이 느껴지는 을불의 호통에 병사들은 움찔했다. 어느 틈엔지 창끝도 몸에서 조금 물러선 듯했다.

"국조 동명성왕께서 우리 고구려를 건국하신 이래 우리 고구려 백성들은 사방의 막강한 적국들 사이에서 이만큼 역사를 이루어왔다. 하지만 하늘의 시기를 얻어 잠시 그릇이 되지 않는 자가 용상에 올라 백성을 괴롭히기를 취미로 하는바, 너희들은 얼른 백성을 도와 다시 국조께서 염원하시던 그 강성한 고구려를 만들 생각은 하지 않고 창끝을 백성에게 돌리고 인간 같지 않은 자의 종 놀음만 해대니 부끄럽지도 않으냐! 정녕 이 나라가 상부의 것이란 말이더냐! 국조께서 그리 허락하실 거라고 생각하느냐! 어서 창을 치우지 못할까!"

계속되는 을불의 예사롭지 않은 호통에 병사들은 자신도 모르게 창을 잡은 손에서 힘이 빠져나가 창끝이 모두 바닥을 향했다. 군졸들에게 호통을 치고 있는 을불을 뒤편에서 지켜보고만 있던 무관이 손짓을 하자 병사들은 물러나 난감한 얼굴로 무관의 눈치를 살폈다. 앞으로 나선 무관은 병졸들과 달리 엄격한 목소리로 물었다.

"지금 너를 놓아주면 입도 벙긋하지 않고 당장 여기서 사라지겠느냐?"

"물론이다. 나는 이제 대장군님을 뵈었으니 더 이상 이곳에 머무를 이유도 없다. 길을 터라."

을불의 나이에 걸맞지 않는 기백과 언변에 무관이 고개를 끄덕이며 물었다.

"그대의 이름을 물어도 되겠는가?"

망설이던 을불이 당당하게 이름을 밝혔다.

"나는 안국군 달가의 손, 고추가 돌고의 자, 을불이다!"

을불이라는 이름에 무관이 놀라 잠깐 얼굴을 확인하는가 싶더니 황급히 한쪽 무릎을 꿇었다.

"속하, 을불 님을 뵈옵니다."

갑작스런 무관의 태도에 어쩔 줄을 몰라 하던 군졸들도 모두 한쪽 무릎을 꿇었다. 을불이 말했다.

"일어나라. 오늘 나는 그대에게 은혜를 입었다. 이름이 무엇인가?"

"대장군을 모시고 숙신을 비롯한 전장을 누비던 무골이라 하옵니다. 억울하게 돌아가신 대장군의 뒤를 따르지 못하고 지금은 대장군의 묘지기가 되어 구차한 목숨을 이어가고 있습니다. 다만 분하고 원통할 따름입니다."

을불은 부축해 그를 일으켜 세웠다.

"고맙소, 무골. 오래지 않아 이 원통함을 갚아줄 날이 반드시 올 것이오. 그때까지 몸을 아끼시오."

"을불 님!"

갑자기 통곡을 터뜨리는 그를 달래던 을불이 안국군의 무덤에 하직인사를 하자 군졸들도 스스로 을불의 뒤를 따라 절을 했다.

병사들과 헤어진 을불은 급히 말을 달려 평양성으로 돌아가고자 했지만 날이 어두워지자 생각 끝에 다시 대소에서 하룻밤을 묵었다. 어딘지 불길한 생각이 들어 빨리 집으로 돌아가고 싶었지만 낯선 밤길을 달리는 것보다는 아침 일찍 서둘러 나서는 게 오히려 나을 듯싶어서였다.

날이 밝자 조반도 생략한 채 마구간에 나와 말을 타려 하는 을불의 어깨를 누군가 툭 쳤다. 을불이 돌아보니 방갓을 쓴 중년 한 사람이 뒤에 버티고 서 있었다.

"을불 님!"

상대는 을불을 잘 알고 있다는 듯 반가운 목소리로 을불을 부르며 방갓을 슬쩍 들어올렸다. 을불은 어디선가 본 적이 있는 낯익은 얼굴이었지만 금방 생각이 나지 않았다.

"누구신지요?"

"고구올시다."

"아! 고구 장군님."

을불은 안국군의 사저에서 창조리와 함께 다니던 고구를 자주 보았고 무술 지도를 받기도 했지만 변장한 모습을 얼른 알아보지 못했던 것이다.

"여기는 웬일이십니까?"

"을불 님을 뵈려고 기다리고 있었습니다."

"저를요? 제가 여기 온다는 건 어떻게 알고요?"

"잠시 저쪽으로 가서 얘기를 좀 하시지요."

고구는 좌우를 살피며 앞장서서 숲 속으로 들어갔다. 자리를 잡고 앉자 고구는 말없이 을불을 똑바로 바라보았다. 그의 표정에서 심상치 않은 기운을 읽은 을불이 먼저 재촉했다.

"어서 말씀하시지요."

잠시 더 침묵을 지키던 고구가 결심한 듯 비장한 표정으로 입을 열었다.

"어제 돌고 왕제께서 몸을 버리셨습니다."

순간 벼락을 얻어맞은 듯 을불의 몸이 심하게 흔들렸다. 길을 떠날 때부터 그림자처럼 뒤를 따르던 불길한 예감이 모습을 드러내는 순간이었다. 을불은 마음을 다잡고 아버지에 대해 물었다.

"혁명을 하셨습니까?"

"아니, 스스로 죽음을 청한 것이나 다름없습니다."

"그게 무슨……?"

"을불 님께서 도성을 떠나고 얼마 후 호위무사들이 집 안으로 들이닥쳐 돌고 공을 잡아갔습니다. 상부를 공의 사저로 불러들이려 한 것이 거사를 도모하기 위한 계략이었다고 국상이 상부에게 고했기 때문입니다. 어전으로 끌려간 공께서는 그제까지와는 달리 소리 높여 상부를 꾸짖었습니다. 그의 학정과 임금으로서의 자질 없음을 사정없이 질타하는 모습은 마치 안국군이 살아 돌아오신 것 같았다고 합니다. 상부가 참지 못하고 공의 입을 꿰맸다가 사약을 내렸다고 합니다."

"입을 꿰맸다고요?"

"그러했다 합니다."

"아아!"

고구로부터 아버지의 마지막 순간을 자세히 전해 들으면서도 을불은 그런 아버지의 모습이 잘 상상이 되지 않았다. 그렇게도 유약해 보이던 아버지가 아니었던가. 이 나라의 충신열

사들이 모두 죽어나갈 때에도 한쪽 구석에서 벌벌 떨며 목숨을 부지해오던 아버지였다. 그런 아버지에게서 안국군의 모습이라니!

슬픔이 너무 크면 울음도 나오지 않는 법이다. 을불은 아버지의 죽음 소식을 대하고도 곡(哭)은커녕 눈물 한 방울 비치지 않았다. 오히려 무섭도록 냉정해져가고 있었다.

"아버지의 마지막 모습은 어땠답니까?"

"편안해 보였답니다. 희미한 미소를 입가에 머금은 채 기꺼워하며 숨을 거두셨다는군요."

을불은 뒤늦게 머리를 탕 때리는 생각에 진저리를 쳤다.

'아! 모든 게 나 때문이었구나! 나를 살리려고 아버지는 스스로 바보가 되었는데 나는 아버지를 비난만 했던 거야. 그날도 내가 상부 앞에서 좁은 소견을 내보였기 때문에 아버지는 할 수 없이 본모습을 드러내신 거야. 나를 살리려고! 아아, 어머니도 없이 오직 나 하나만을 보고 살아온 아버지를 내가 죽인 거야. 아아, 아버지! 못난 불효자식을 용서하십시오.'

을불은 갑자기 큰 나무로 달려가 머리를 들이받았다. 고구가 미처 말릴 틈도 없이 순식간에 벌어진 일이었다. 몇 차례 머리를 짓찧어대던 을불은 피를 흘리며 그 자리에 쓰러졌다. 고구는 쓰러진 을불을 한참이나 참담하게 바라보고 있다가 말에 싣고 의원을 찾아가 맡겼다.

다음날 고구가 다시 의원을 찾았을 때는 이미 을불이 사라지고 난 후였다. 봉상왕 2년의 일이었다.

낙랑군

봉상왕 7년 4월. 고구려 서쪽 낙랑군.

아직 푸른빛보다는 황토빛이 대지를 뒤덮고 있는 이른 봄날의 정오 무렵이었다.

"두두두두!"

마른 벌판을 가로지르는 세 필의 말이 먼지구름을 연신 피워올리며 내달았다. 척 봐도 날렵한 준마들은 앞서거니 뒤서거니 하며 번개처럼 객잔 앞으로 달려들었다.

"호호! 아빠. 미안하지만 내가 일등이에요."

늘씬하고 아리따운 처녀가 한 손으로는 고삐를 쥐고 또 한 손으로는 긴 머리칼을 쓰다듬으며 상쾌하게 웃었다.

"정말 우리 소청이 기마술이 이제 제일 나은걸. 이 애비는 도저히 못 따라잡겠더구나."

이마가 훤한 사십대 초반의 남자가 웃음으로 화답했다.

"하하, 제가 꼴찌를 했네요. 그러니 두 분은 먼저 들어가시죠. 저는 약속대로 말 수습을 하고 들어가겠습니다."

마지막으로 도착한 청년 역시 시원하게 웃으며 말고삐를 한데 움켜잡았다.

"그럼요. 내기는 지켜야죠. 아빠, 들어가요."

"그래. 정균아, 말을 충분히 먹여야 한다."

"알겠습니다, 스승님."

중년의 사내는 소청이라 불린 처녀와 팔짱을 끼고 낙랑루라는 현판이 붙은 객잔으로 들어섰다. 실내는 손님들로 제법 북적이고 있었는데, 주인인 듯한 남자가 한달음에 달려 나오며 이들 부녀를 맞았다.

"아이고, 어서 오십시오, 양 대부님. 어서 어서 이쪽으로 앉으십시오."

주인은 창가의 전망 좋은 자리로 두 사람을 안내했다.

"허, 사람이 제법 많은데 이런 좋은 자리가 남아 있었네."

"아닙니다. 이건 일부러 비워둔 자리입니다. 대부님이나 낙랑부의 고관들이 오실 경우를 대비해서 말이죠. 이 자리는 아무나 앉을 수 없답니다."

"아무튼 고맙네. 요리를 몇 가지 시켜야겠는데."

"오늘은 도미 탕수가 아주 좋습니다. 어제 들여와서 아주 신선합죠. 그리고 늘 드시는 오리구이와 또 만두도 준비해야죠?"

"그래, 한 사람 더 오니까 알아서 양을 맞춰 주어."

"아, 방 교위님이 오시는 모양이군요. 알겠습니다. 술은 뭘로 할까요?"

주인은 술을 권하며 소청에게로 눈동자를 돌렸다.

"소홍주로 주세요."

소청이 대답했다.

"네, 네, 알겠습니다. 천하명주 소홍주 말이죠. 그런데 이거 큰일 났습니다. 소청 아가씨는 술을 좋아하는데 방 교위님은 술을 입에도 안 대시니, 이거 앞으로 두 분의 앞날이 어떻게 될는지 참, 걱정스럽습니다. 제가 이제부터라도 방 교위님께 술을 좀 가르쳐야 할까 봐요, 네네."

주인이 가고 나자 두 부녀는 가벼운 웃음을 교환했다. 단골인 자신들을 위해 언제나 좋은 자리를 남겨두는 주인은 친절하고 익살스러웠다.

"말들이 지쳤을 텐데도 건초를 아주 잘 먹는데."

정균이라고 불린 청년이 소청의 옆에 앉으며 말의 상태를 알렸다.

"워낙 명마들이라 그래요."

말들이 자랑스럽다는 듯 얼굴에 애정을 잔뜩 담아 말하는 소청에게서도 풋풋하고 아름다운 백마의 모습이 느껴졌다.

"이리 와, 이년아! 어디서 속임수야?"

갑자기 입구 쪽에서 상소리가 들려오자 양 대부 일행의 눈길이 자연스레 그쪽으로 쏠렸다. 험상궂게 생긴 세 명의 사내들 중 하나가 연약한 소녀의 손목을 홱 하고 잡아채는 모습이 눈에 들어왔다.

"그 칼 이리 줘봐. 그래, 이 칼로 찌르는데도 저놈 뱃가죽이 그냥 붙어 있다는 얘기지? 어디 내가 한번 찔러볼까?"

"아니, 안 돼요. 큰일 나요."

"이년아, 그러니까 이상하다는 거 아냐. 네가 찌르면 괜찮고 내가 찌르면 큰일이 난다? 그러니 속임수 아니냔 말이야. 이년아. 그 돈주머니 이리 줘. 이건 다 속임수로 번 돈이니 압수한다."

"안 돼요!"

"안 되긴 뭐가 안 돼! 확 저놈을 칼로 찔러버리기 전에 내놔!"

"아아, 흐흐흐흑!"

소녀가 울음을 터뜨리자 차력사의 복장을 한 남자가 급히 다가와 험상궂은 사내의 팔을 잡아 뿌리쳤다.

"손 치워, 이 불한당 자식아!"

"어, 이놈 봐라!"

느닷없이 사내의 주먹이 남자의 입가로 날아들었다.

"윽!"

외마디 비명과 함께 남자가 나가떨어졌다.

"이까짓 게 차력사라고! 지나가는 쥐새끼도 웃겠다. 돈주머니 이리 내! 사기꾼 같은 것들아!"

"당신들은 한 푼도 안 내놨잖아요. 그런데 왜 돈주머니를 뺏으려고 해요!"

소녀가 앙칼지게 달려들자 사내는 소녀의 팔을 비틀어 자신의 앞으로 끌어당겼다. 완력을 이기지 못한 소녀가 사내의 가슴팍에 안기자 쓰러져 있던 남자가 벌떡 일어나 달려들었다. 그러나 옆에 앉아 있던 불한당 하나가 번개처럼 일어서며 주먹을 날렸다.

"퍽!"

남자는 코에서 피를 쏟으며 다시 나가떨어졌다.

"아버지!"

소녀의 외마디 비명에 이어 다시 흐느낌이 이어졌다.

"요것이 그래도 인물은 반반한데? 사내 맛을 알까?"

"이참에 우리가 좀 가르쳐주자고."

이제 사내들은 안하무인이었다. 사내 하나가 소녀의 엉덩이를 억센 손으로 꽉 움켜쥐었다.

"아악! 흐흐흐흑!"

다시 소녀의 흐느낌이 터져 나왔지만 누구 하나 나서서 말리려는 사람이 없었다.

정균이 양 대부의 눈치를 힐끔 보았다. 양 대부가 천천히 고개를 끄덕이자 정균은 자리에서 벌떡 일어났다.

"멈춰라!"

우렁찬 목소리가 객잔을 울렸다. 그러나 그것은 정균의 목소리가 아니었다. 한쪽 구석에서 혼자 앉아 젓가락으로 국수 가락을 세듯이 먹고 있던 남루한 차림의 한 젊은이로부터 터져 나온 소리였다.

"쓰레기 같은 놈들!"

"뭐라고!"

"도둑고양이만도 못한 자식들! 어서 소녀를 풀어주지 못하겠느냐!"

"이런, 간이 배 밖으로 나온 놈이 있었구만!"

사내들은 청년으로부터 욕을 먹자 분기가 끓어올랐다. 그러나 청년은 멈추지 않았다.

"차력이란 게 그냥 웃으며 보아 넘겨주는 거지, 그걸 시비 삼아서 뭘 어쩌겠다는 거냐. 게다가 이들은 이 객잔에서 아직 한 푼도 받지 않았는데 도대체 왜 돈주머니를 내놓으라는 거냐! 도적놈들!"

세 사내는 일단 소녀를 놓아주고는 청년을 향해 천천히 걸어왔다. 청년은 구석진 자리에 앉아 있었던 터라 덩치 큰 세 사내가 막아서자 빠져나갈 틈새마저 없는 꼴이 되고 말았다.

사내들 중 하나가 다짜고짜 청년의 얼굴을 향해 주먹을 날렸다. 큰 덩치에 어울리지 않는 재빠른 손놀림으로 보아 사내는 무술깨나 익힌 듯했다.

"느려."

사내의 주먹이 얼굴에 닿으려는 찰나, 청년이 한마디 내뱉으며 고개를 숙였다. 헛주먹질을 한 사내는 체면을 구긴 탓에 표정을 일그러뜨리며 이내 나머지 한 주먹을 크게 휘둘렀다. 그러나 청년의 몸은 생각보다 세련되고 날렵했다. 몸을 한층 더 낮추며 사내의 주먹을 피하는가 싶더니 자리에서 일어서며 머리로 사내의 턱을 가볍게 들이받아버렸다.

"아이쿠!"

사내는 비명과 함께 뒤로 나가떨어졌다.

"이놈 봐라! 제법 잔재주를 피울 줄 아는데."

다른 사내 하나가 몸을 옆으로 돌리며 발로 청년의 가슴을 내질렀다.

"느리다니까."

청년은 손을 들어 발을 막음과 동시에 몸을 지탱하고 있는 사내의 오른쪽 다리를 걸어차버렸다.

"으윽!"

두 번째 사내 역시 비명과 함께 바닥에 나가떨어졌다. 주위에서 탄성이 터져 나왔다. 그러자 세 번째 사내가 자신이 앉아 있던 자리로 뛰어가 탁자 위에 놓아둔 금도를 잡아 들었다. 객잔 안은 일순간 정적이 흐르며 긴장이 맴돌았다.

"이 조무래기 녀석! 칼맛을 보여주마!"

사내가 금도를 겨누자 청년의 안색이 급작스럽게 달라졌다. 청년은 조금씩 뒷걸음질 치며 상대의 눈을 응시했다. 조금이라도 호흡이 흐트러지면 바로 죽음으로 이어질 수도 있는 상황이라 그런지 조금 전의 날렵한 몸짓과는 확연히 달라진 청년의 이마에선 어느새 굵직한 땀방울이 배어 나왔다.

"흐흐, 애송이! 좀 친다 싶었는데 칼맛을 본 적은 없는 모양이로군. 단칼에 모가지를 날려줄 테니 어디 한번 피해봐라!"

사내는 금도를 겨눈 채 조금씩 청년을 압박해갔다. 청년의 모든 신경이 팽팽하게 긴장하고 있었다. 그런 와중에도 청년의 시선은 상대의 눈을 응시했다. 상대가 조금씩 밀고 들어오자 뒷걸음질 치던 청년의 등이 거의 벽에 닿을 지경이 되었다. 이제 더 이상 물러설 곳도 없었다. 숨조차 죽인 채 이 광경을 지켜보던 사람들은 다음 순간 벌어질 끔찍한 광경에 몸서리쳤다. 눈을 질끈 감아버린 사람이 있는가 하면, 자기도 몰래 손으로 입을 막는 사람, 심지어는 더 이상 참지 못하고 밖으로 뛰쳐나가는 사람도 있었다.

"이상하군."

예리한 눈길로 상황을 지켜보던 양 대부가 혼잣말처럼 한마디를 뱉자 소청이 바로 말을 받았다.

"뭐가요?"

"앞뒤가 맞지 않아."

"누구요?"

"저 청년 말이다. 몸놀림으로 봐서는 금도 앞에서 맥을 못 추고 있지 않니? 상대가 금도를 잡는 순간 바로 몸을 틀어 바깥쪽으로 향해야 했는데…… 아직 병장기를 상대로는 한 번도 싸워보지 않은 사람 같구나. 처음의 세련되고 빠른 동작과는 앞뒤가 맞지 않는다는 말이다."

"저 사람, 괜찮을까요?"

"글쎄다. 청년의 눈빛에 힘이 있어서 사내가 몰기는 해도 막상 내리칠 엄두를 내지는 못하는 것 같다. 하여튼 여러 모로 이상한 청년이야."

"스승님, 제가 나설까요? 이미 싸움은 끝이 난 것 같습니다만."

양 대부는 방정균이 나서려는 걸 가볍게 손을 저어 말렸다.

"아니, 좀 더 지켜보자."

소청이 청년에게서 눈을 떼지 못한 채 호기심 가득한 목소리로 물었다.

"정균 오빠 생각에는 어떻게 될 것 같아요?"

"저 친구 긴장해서 굳어버린 것 보면 몰라? 구석에 몰려 움직일 공간조차도 없으니 칼이 한 번 내려치면 끝인데 묻긴 뭘 물어."

"오빠는 금도를 든 사내가 이긴다는 거죠?"

"그야 불문가지지."

"아니에요. 나는 저 청년이 이긴다고 봐요."

"어째서?"

"직감이 그래요. 저 사람은 금도를 상대해본 적은 없지만 기본적으로 상당한 무예가예요. 처음 두 사내를 제압하던 동작은 물 흐르듯 자연스러웠어요."

정균은 소청이 청년 편을 들고 나서자 심사가 틀어지며 괜한 어깃장을 놓았다.

"나 원 참, 상당한 무예가라는 놈이 지금 저 꼴은 뭐냐? 고양이한테 몰린 쥐새끼마냥."

"아빠, 아빠라면 척 보면 아실 거 아녜요? 낙랑의 무예총위시니."

"음, 나는 네 편을 들마. 조금 전의 그 동작들은 아주 빼어났으니까."

"봐요, 오빠. 낙랑 제일의 무예가도 내 직감이 맞다잖아요."

"음."

정균은 스승마저 소청의 편을 들자 내심 미심쩍으면서도 더 이상 반박하지 못했다.

"정균아, 잘 보아라. 저 친구는 틀림없이 병장기를 맞대해본 적은 없다. 지금 생전 처음으로 금도를 마주하고 있는 거지. 그러나 상대로 하여금 금도를 내리치지 못하도록 하고 있는 건 분명하다. 아마 저자는 끝까지 금도를 휘두르지 못할 것이다."

"그럴까요?"

정균은 아무리 스승의 말이라 해도 믿을 수 없다는 투였다.

"아빠, 그런데 금도를 든 저 사내는 왜 내리치지 못하는 거죠?"

소청의 물음에 양운거가 정색을 하며 말했다.

"세상에는 사검(死劍)이라는 게 있다."

"사검이 뭐예요?"

"문자 그대로 죽음의 검이다. 목숨을 버리고 나오면 그보다 무서운 상대가 없는 법이지."

"그럼 지금 저 청년이 사검을 쓰고 있다는 거예요?"

"글쎄다. 하지만 최소한 어떤 경지가 높은 무인으로부터 이런 상황에 대처하는 법을 배운 것 같구나. 여하튼 저 청년은 참 특이하다. 아주 간단한 건 모르면서 정말 어려운 건 알고 있으니."

낙랑의 무예총위 양운거의 예상은 놀랍도록 정확했다. 금도를 든 사내는 청년을 구석으로까지 모는 데는 성공했지만 한참이 지나도록 마지막 한 칼을 내려치지는 못하고 있었다. 처음에는 청년의 이마에 땀이 맺혔지만 이제는 거꾸로 사내의 얼굴이 온통 땀으로 뒤범벅이 되고 있었다.

"그만해요!"

소청의 앙칼진 목소리가 두 사람 사이의 팽팽한 긴장을 깨고 객잔에 울려 퍼졌다.

"이기고 진 사람은 없어요. 무승부예요. 그러니 당신은 금도를 내리고, 당신은 이리로 와요."

금도를 든 사내는 힐끗 소청을 쳐다보고는 자존심이 상한 듯 소리를 질렀다.

"젖비린내 나는 계집애가 얻다 대고 함부로 주둥이를 놀리는 거야!"

"뭐라고! 당신 따위가 감히 양운거의 외동딸에게 욕을 해?"

양운거라는 이름을 듣자 사내는 황급한 눈길로 소청의 옆자리를 훑어보았다. 그러더니 놀란 얼굴로 금도를 거두고 급히 다가와 양운거 앞에 무릎을 꿇었다.

"소졸이 무예총위님을 뵙습니다."

양운거가 담담하게 물었다.

"군병인가?"

"네, 장군님. 새로 오기군에 편성된 군졸입니다. 장군님께서 여기 계신 줄 모르고 소동을 일으켜 죄송합니다."

새침한 표정으로 군졸을 내려다보던 소청이 끼어들었다.

"그런데 지금 왜 저 사람을 베지 않았죠?"

순간적으로 당황한 기색이 사내의 얼굴에 떠올랐지만 그는 재빨리 표정을 수습하고 대답했다.

"겁만 주려 했던 거지 처음부터 해칠 마음은 없었습니다."

"거짓말! 당신, 겁이 났던 거죠?"

"네? 아니, 나는 금도를 들었고 저놈은 맨손인데 겁날 게 뭐가 있겠습니까?"

"솔직히 말해요. 당신은 금도를 내리치기가 무서웠던 거 아니에요?"

"네에?"

정균이 나섰다.

"무예교위 방정균이다. 솔직히 말해보아라. 저자의 눈을 보니 내려치기가 두려웠던 건가?"

군졸은 잠시 망설이다 고개를 끄덕이며 우물쭈물 말했다.

"솔직히 말하면 무서웠습니다."

"알았다! 물러가라."

정균은 비위가 상했는지 더 이상 묻지 않고 입을 닫아버렸다. 사내는 다시 한 번 양운거에게 예를 갖추고 물러갔다. 쓰러졌던 사내들이 금도를 든 사내를 따라 슬금슬금 객잔을 빠져나가는 사이 소청이 손짓으로 청년을 불렀다.

"이리로 오세요. 양 대부가 당신을 인정했으니 이리 와서 같이 한잔해요."

청년은 고개를 가로저었다.

"싸움을 말려준 건 고맙지만 어울리지는 않겠습니다."

"잠시 이리 좀 와보게. 내가 묻고 싶은 게 있으니."

양운거가 손으로 의자를 가리키며 점잖게 권하자 청년은 가볍게 고개를 숙여 보이고는 세 사람의 식탁으로 왔다.

"술 마실 줄 알아요?"

소청이 방긋 웃으며 술잔을 건네자 청년은 순순히 받아 들었다. 술병을 기울이는 소청의 손끝이 낯설음에 잠시 머뭇거리는가 싶더니 이내 잔이 넘쳐버렸다.

"어머, 이를 어째!"

"괜찮습니다."

청년은 개의치 않고 단숨에 술잔을 털어 넣었다.

"호홋. 저도 한 잔 주세요. 여기 무술 하는 남자 분들은 술을 입에도 안 대세요."

청년이 잔을 따르자 소청은 마치 청년의 흉내를 내듯 단숨에 입안으로 털어 넣었다.

"크으. 술맛 좋은데요."

양운거는 딸의 모습을 잠자코 지켜보다 청년에게 물었다.

"무예를 배운 적이 있는가?"

"아주 어린 시절에 조금……."

"상당한 고급 무술을 터득한 것 같더군. 그런데 어째서 금도 앞에서는 그리 당황했지?"

"금도에 겨냥당한 적이 처음이라……."

"그것 참 이상하군. 그만한 상승권법을 쓸 정도면 칼이나 창과도 많이 겨루었을 텐데."

청년은 대답 대신 묘한 웃음을 지었다.

"자네 혹시 사검이라는 말을 들어본 적이 있나?"

"네."

사검을 아느냐는 양운거의 물음에 그렇다고 답하는 청년의 반응을 대하는 정균의 눈썹이 꿈틀했다.

"그럼 아까 그자에게 정말 눈으로 사검을 겨눈 거요?"

"아마 그런 듯싶습니다."

그런 듯싶다고? 다시 정균이 뭐라 말하려는 순간 소청이 날름 끼어들었다.

"무슨 대답이 그래요? 겨누었으면 겨눈 거고 안 겨누었으면 안 겨눈 거지. 그런 거 같은 건 또 뭐예요?"

"내 딸아이인데 어미 없이 키워 이렇게 버릇이 없으니 괘념치 말게. 그런데 무예는 누구에게 배웠는가?"

양운거가 딸의 무례를 은근히 나무라며 청년에게 다시 물었다.

"어릴 때 여러 무사들로부터 좀 배운 적이 있습니다."

"호오. 그런데 무예를 하면서 한 번도 금도에 겨눔을 당한 적이 없다? 그건 참 특이한데."

"어릴 때 심심풀이 정도로 배워서 그렇습니다."

"내가 볼 땐 심심풀이 정도가 아니라 아주 수준 높은 몸놀림이었어. 어릴 때 이미 그 정도로 수련을 했다면 지금쯤은 많은 실전 경험이 있었을 것 같은데?"

"저는 오랜 세월 소금 행상을 하며 살아왔습니다. 누군가와 몸으로 다툰 건 오늘이 처음입니다."

"사검은 어떻게 익혔는가?"

"조부께 들은 바로는 사검은 익히는 게 아니라고 하셨습니다. 사검의 요체는 자신을 얼마나 버리느냐에 있다고 하셨지요. 죽음 앞에서 자신을 완전히 버릴 때 비로소 사검이 서는 것이라고요."

소청이 또 불쑥 끼어들었다.

"그럼 아까 죽을 각오까지 했단 말이에요?"

"……."

청년이 대답이 없자 정균이 치기 어린 승부욕을 내보였다.

"그 사검이라는 건 하수에게나 통하는 거 아니오? 기회가 된다면 나도 한번 경험하고 싶소."

"……."

여전히 청년이 가타부타 말이 없자 양운거가 물었다.

"조부의 존함이 어떻게 되시는가?"

청년은 잠시 생각하다 마지못한 듯 대답했다.

"해울이라는 이름을 쓰십니다."

"해울? 그럼 젊은이는 고구려인인가?"

"그렇습니다."

소청이 놀랍다는 듯 소리쳤다.

"아, 나도 고구려에 한번 가보고 싶었어요. 고구려 사람들은 여자, 아이 할 것 없이 말을 잘 탄다면서요?"

청년은 대답 대신 빙그레 웃었다.

"그리고 고구려 사람들은 우리 낙랑의 조선인들과 뿌리가 같다면서요?"

"그렇소."

"근데 왜 고구려는 우리와 만날 싸우려고 하지요? 그냥 사이좋게 지내면 좋잖아요."

철없는 소청이 투정 삼아 한 말이었지만 그것은 사실이었다.

한무제가 조선을 침공해 요서지방을 병합하고 그 땅에 군현을 설치한 이후 사백 년 가까운 세월 동안 낙랑과 현도는 실질적인 한족(漢族) 왕조의 지배 하에 놓여 있었다. 그러므로 낙랑은 조선의 후예인 고구려로서는 반드시 되찾아야 할 잃어버린 땅이었다. 하기에 고구려는 건국 초기부터 틈만 나면 요서로의 진출을 감행하였고, 낙랑과 현도는 끊임없이 격전장이 될 수밖에 없었다.

고토 수복을 기치로 내걸었던 태조왕 시절, 고구려는 서안평을 넘어 요서지방, 특히 낙랑 땅을 휩쓸다시피 하고 낙랑태수의 처자들을 사로잡아 왔었다. 그러나 요서 탈환에 심혈을 기울였던 동천왕 때에는 오히려 조위의 유주자사 관구검의 역공을 당해 왕 자신이 사지로까지 몰리는 수모를 겪기도 했다.

물산이 풍부하고 중국 대륙과 고구려, 북방 호족들을 잇는 교통의 요지로 발전한 지금의 낙랑은 명분상으로는 진나라 유주 땅이었다. 그러나 진무제가 죽고 어린 혜제가 즉위하자 척신들 간에 피비린내 나는 권력투쟁이 시작되었고, 조정의 힘은 변방에까지 미치지 못해 이곳 낙랑은 지금 독립 소국과도 같은 외로운 처지에 놓여 있었다.

여느 때 같았으면 이런 호기를 놓칠 고구려가 아니었다. 아무리 폭군 치하의 고구려라 하더라도, 군사를 일으켜 서쪽으로 진군하기에는 더없이 좋은 기회였기 때문이다.

그러나 고구려의 서진 의지를 가로막고 나선 새로운 세력이 등장했으니, 바로 선비였다. 원래 북방 초원지대에 살던 선비족 역시 진 조정의 혼란을 틈타 점점 남하하기 시작하더니 급기야는 요하를 두고 고구려와 다투는 형국에까지 이르렀던 것이다. 뿐만 아니라 상부가 즉위하고 나서 학정에 신음하느라 쇠약해진 고구려 사정을 눈치챈 선비는 이미 두 차례나 내침하여 신성 일대를 노략하기까지 했다.

그러다 보니 낙랑은 적이 또 다른 적을 막아주어 불안정하나마 평온을 유지하고 있는 셈이기도 했다.

"애, 소청아. 그런 곤란한 질문은 하는 게 아니다."

이야기가 엉뚱한 방향으로 흘러가자 양운거가 딸을 가로막고 나섰다. 청년 또한 소청과 다투고 싶지 않다는 듯 빙그레 웃기만 했다.

"자, 정식으로 인사나 나누지. 나는 양운거라고 하네. 이쪽은 나의 제자 방정균, 이 아이는 소청이라는 딸아이일세."

"다루라고 합니다."

자신을 다루라고 소개한 청년은 다름 아닌 을불이었다.

오 년 남짓한 세월은 소년 을불을 어느덧 헌칠한 청년으로 변모시켜 놓았다.

비록 입성은 남루하고 볼품없었지만 반듯한 이목구비와 깊고 그윽한 눈매는 그가 진중하고 사려 깊은 성격의 소유자임을 여실히 드러내주고 있었다.

"자네는 범상치 않은 내력을 지니고 있는 것 같은데, 여기 낙랑에서는 무얼 하고 있는 거지?"

"저는 본래 고구려에서 소금 행상을 했었는데, 지금은 돈벌이 될 만한 일을 찾아 이곳저곳을 떠돌고 있는 중입니다."

"사검을 가르친 조부를 둔 사람이 돈벌이를 찾아 떠돈다? 그 말을 나보고 믿으란 말인가?"

양운거는 무예의 고수답게 을불의 부적절한 답변을 날카롭게 지적했다. 을불이 마땅히 대답할 말을 찾지 못해 머뭇거리자 양운거가 너그러운 표정을 지으며 말했다.

"뭔가 말 못할 사정이 있는 것 같으니 내 더 이상 묻지 않겠네. 사람은 저마다 다 사연을 갖고 살아가는 법이니……."

"……"

"어쨌건 자네는 대단한 젊은이야. 난 자네가 불의 앞에 당당하게 나서는 걸 보고 깊은 감명을 받았네. 낙랑의 요즘 젊은이들 같지 않아."

을불은 고개를 숙여 보이는 것으로 답례했다.

"그래서 하는 말인데, 달리 계획이 없다면 내 집에 머물면서 정식으로 무예를 배워보지 않겠나? 내가 낙랑의 무예총위이다 보니 여기 방 교위 말고도 꽤 많은 수련생을 거느리고 있네."

양운거가 정균을 고갯짓으로 가리키며 말했다.

"말씀은 감사합니다만……."

을불이 사양의 뜻을 채 밝히기도 전에 소청의 명랑한 목소리가 불쑥 끼어들었다.

"아빠 말대로 해요. 보아하니 딱히 갈 데도 없는 것 같은데 뭘. 남들은 아빠 밑에 들어오지 못해서 안달인데, 팅기긴 뭘 팅겨요? 그리고 아빠가 바쁠 땐 내가 가르쳐줄게요."

을불은 겸손하게 사양했다.

"두 분 말씀은 고맙지만 정중히 사양하겠습니다."

그러자 양운거가 정색을 하며 물었다.

"혹시 내가 진나라 사람이라 저어되는 것인가?"

순간 을불의 얼굴에 당황하는 빛이 떠올랐다.

"이보게, 젊은이. 아참, 다루라고 했지. 무예의 세계는 깊고 심원한 것일세. 국적이나 신분 따위는 문제가 되지 않아. 나는 자네가 고구려 사람이라고 해서 경원하지 않는데, 나보다 젊은 자네가 그런 것에 얽매여서 되겠는가? 세상을 좀 더 넓은 눈으로 보아야지."

을불은 말이 없었다. 뭔가를 깊이 생각하는 듯 시선이 허공에 한참 동안 머물러 있었다. 그 침묵을 견디지 못하고 소청이 또 나섰다.

"아빠한테 한 수 배워요. 그래야 아까와 같은 일을 당해도 목숨을 부지할 것 아녜요."

양운거는 딸의 당돌한 말에 빙그레 웃음을 지으며 눈으로 을불의 대답을 재촉했다.

을불은 잠시 더 생각하더니 이윽고 자리에서 일어나 양운거를 향해 정중하게 머리를 숙였다.

"그러면 염치없지만 신세를 지고자 합니다."

고개를 드는 을불의 눈에 환하게 웃는 소청의 모습과 지금껏 한마디 참견도 없이 국외인(局外人)으로 머물러 있던 방정균의 군은 얼굴이 동시에 들어왔다.

떠나는 을불

낙랑의 무예총위 양운거는 을불을 정성껏 가르쳤다. 처음에는 간단한 호신술 정도나 가르치려 했지만 을불의 배움이 워낙 빨라 하나를 가르치면 금세 둘을 이해했다. 덕분에 양운거로서도 오랜만에 가르치는 재미를 만끽할 수 있었다.

을불 역시 배움의 재미에 흠뻑 빠져들었는데, 천부적으로 타고난 머리와 체격에 더해 종조부인 안국군으로부터 기마술이며 권법을 익히던 어린 시절의 기억이 새록새록 되살아나 기(氣)를 더해주었다. 원래 을불은 안국군 휘하의 장수들과 무사들로부터 기본적인 무예를 전수받아 바탕이 이미 상당한 수준에 이르러 있었다. 하지만 왕손의 신분이라 실제 병장기가 겨누어지는 것은 용납되지 않았다. 객잔에서 왈패가 금도를 겨누자 당황했던 것도 그 때문이었다. 이제 을불은 실제 병장기 앞에서도 결코 당황하지 않았다.

양운거는 을불에게 권법뿐만 아니라 검법과 창법 등 각종 병장기를 대하고 다루는 법까지 가르쳤다. 양운거가 향과 질이 좋은 먹이었다면, 을불은 그것을 흠뻑 빨아들이는 질 좋은 종이였다. 을불의 성취가 어찌나 빠르고 높았던지 스승인 양운거조차도 놀라움을 넘어 내심 두려운 마음이 들 정도였다.

소청은 을불이 집에 온 후로 먹는 것에서부터 입는 것에 이르기까지 살뜰하게 챙겼고, 시간이 지나면서는 을불을 친오빠처럼 따르게 되었다.

을불에게도 변화가 있었다. 오랜 유랑생활을 하는 동안 자리를 잡았던 궁기가 빠지고 살이 오르기 시작한데다 본격적으로 무예를 연마함에 따라 더욱 강인해진 풍모는 주변 사람을 압도하고도 남았다. 그만큼 을불은 남자로 변한 것이다.

을불과 소청의 오누이 같기도 하고 연인 같기도 한 모습을 지켜보며 애태우는 시선이 하나 있었다. 바로 방정균이었다. 을불이 오기 전까지 그 자리는 바로 방정균이 서 있던 자리였다. 언제나 소청과 붙어 다니면서 남들의 부러워하는 시선을 즐겼고, 때가 되면 그녀와 혼인할 것을 믿어 의심치 않았던 정균의 낙낙한 꿈은 을불의 등장과 함께 크게 위협받았다.

그러던 어느 날 양운거는 평소 데리고 다니던 정균 대신 소청과 을불을 데리고 거기장군의 집을 찾게 되었다.

그날은 낙랑의 유력자인 거기장군이 진나라에서 새로이 온 장수를 위해 잔치를 연 날이었다.

진나라 조정이 내전에 휘말리면서 저마다 오랑캐들을 용병으로 끌어들이는 통에 북방 유목 부족들이 대거 남쪽으로 내려와 자리 잡게 되었고, 차츰 이들은 무시할 수 없는 세력으로 부상하고 있었다. 하지만 진 조정이 권력 다툼으로 날 새는 줄 모르게 되자 일부 뜻있는 진의 인사들은 그 꼴이 보기 싫어 낙랑으로 와 은둔하곤 했는데, 낙랑은 낙양으로부터 멀어 조정의 진흙탕 싸움을 피할 수 있었고 한때 조정에 같이 있던 거기장군이 이미 자리를 잡고 있어 후한 대우도 기대할 수 있기 때문이었다.

잔치는 흥겨운 분위기 속에서 진행되었다. 양운거와 친분이 두터운 거기장군은 양운거가 데리고 온 을불을 보고 매우 흡족해하며 여러 장수들에게도 자랑했다.

"우리 무예총위가 곁에 달고 다니는 무사이니 솜씨야 안 봐도 알 터이고……"

그러자 장수들은 서로 을불을 자신의 부대로 끌어들이고 싶어 했다.

"이봐, 우리 오기군으로 들어오게."

"무슨 소리! 삼보군에 오면 내 자네 뒤를 봐줌세."

그들의 제안에 대해 을불은 선선한 웃음으로 대답을 대신했고, 그런 을불을 양운거는 흐뭇한 표정으로 바라보았다.

잔치가 한창 무르익어갈 무렵, 한 사내가 앞으로 나서더니 말했다.

"자, 이제 말놀이를 시작하려 하니 여자 분들은 자신의 말을 지정하십시오."

말놀이를 이끄는 마부 사내의 말에 여자들이 일제히 환호성을 질렀다. 말놀이란 군 내의 백성들 중 건장한 장정들을 뽑아 말을 삼고 그들의 등 위에 관리나 장수의 부인들이 타서는 마당을 한 바퀴 도는 놀이로, 언젠가부터 크고 작은 잔치에 빠지지 않고 등장하는 단골 놀이가 되어 있었다. 또한 말놀이는 흥이 정점에 올랐을 때 좌중을 더욱 폭소케 하는 잔치의 백미였다.

거기장군의 부인을 비롯한 여러 여인들은 무릎과 팔로 바닥을 지탱하고 있는 남자들을 이리저리 둘러보다가 그중 마음에 드는 말을 골라 등에 올라탔다. 여자들이 모두 탄 것을 확인한 마부가 익살스런 목소리로 말이 된 남자들을 향해 외쳤다.

"자, 시작! 이놈들아, 힘차게 울어라."

그러자 남자들은 한 손으로 여자들의 엉덩이를 받친 채 말 울음소리를 내며 뛰어다녔다.

"히히히힝!"

여인들은 남자들의 머리카락이 말갈기인 양 움켜잡고는 이리저리 방향을 잡아 나갔다. 개중에는 발정난 수말처럼 앞발을 높이 쳐들고 히힝거리는 사람도 있었고, 펄쩍펄쩍 뛰다가 옆 사람과 부딪쳐 여인들과 함께 바닥에 나뒹구는 사람도 있었다. 그러면 좌중은 또다시 폭소의 도가니가 되는 것이었다.

한바탕 놀음이 끝나자 마부는 말이 되었던 남자들에게 떡을 던졌다.

"잘했어! 이놈들아, 옜다."

남자들은 이번에도 말처럼 뛰어다니면서 마부가 던지는 떡을 받아먹었다. 이 광경을 보고 사람들이 또다시 폭소를 터뜨렸다.

뒤편에 서서 말놀이를 지켜보고 있던 을불이 속없는 남자들을 가리키며 곁에 서 있는 소청에게 귓속말로 물었다.

"저 남자들은 관노들인가?"

"조선인들이에요. 일부러 조선인들만 뽑아 말을 시켜요. 저러면서 고구려나 백제를 지배하는 기분을 내나 봐요."

"조선인?"

한무제가 조선 땅에 네 개의 군현을 설치한 이후 대대로 그 땅에 살던 조선인들은 고스란히 한사군의 백성으로 편입되었지만 한족 백성들과는 큰 차별을 받으며 살고 있었다. 고구려나 백제, 신라와 같은 나라로 떠나지 못한 조선의 유민들은 학식이 높고 무예가 출중한 자라 할지라도 사군의 관직에 등용될 수 없었고, 거개가 천민으로 살아갈 뿐이었다.

마부가 떡을 뿌리고 조선 유민들이 말 울음소리를 내며 엎드린 채 공중에서 떨어지는 떡을 입으로 받아먹는 걸 지켜보던 을불은 그 자리에 서 있을 수 없어 소청이 잠깐 자리를 뜬 사이 밖으로 나와 혼자 정원을 걸었다.

낙랑에 온 이후 조선 유민들을 많이 대했지만 그들에 대해 특별한 감정을 느껴본 적은 없었다. 그런데 오늘 그들이 낙랑 유지들의 잔치에 노리갯감으로 쓰이고 있는 것을 보게 되자 웬일인지 몹시 기분이 좋지 않았다. 딱히 뭐라 형언할 수 없는 묘한 감정이 을불로 하여금 안채의 와자지껄한 목소리를 피해 대문 쪽으로 걸음을 옮기도록 만들었다.

"오빠, 어디 가요?"

언제 나왔는지 소청의 목소리가 뒤에서 들렸다.

을불은 서둘러 감정을 수습하고 희미한 미소를 띠어 보였다.

"잠깐 밖에 나가 바람 좀 쐬고 오려고."

"그럼 같이 가요. 아예 걸어서 집으로 돌아갈래요?"

"말은 어떻게 하고?"

"알아서 할게요."

소청은 대문을 지키고 있는 군교에게 신분을 밝히며 말을 부탁하고는 을불의 곁에 서서 걸었다.

"달이 없으니까 좋네요."

소청이 희고 가느다란 손가락으로 유난히 밝게 빛나는 하늘의 별 하나를 가리켰다.

"저 별은 유난히 밝은 거 같아요. 내가 제일 좋아하는 별인데 고구려에서도 저 별이 보여요?"

을불은 고개를 끄덕였다. 밤하늘에서 주변 별보다 유난히 밝은 빛을 내는 그 별을 을불도 자주 올려다보곤 했던 때가 있었다. 신분을 숨긴 채 밤하늘을 지붕 삼아 한뎃잠을 자며 아버지에 대한 죄스러움과 상부에 대한 분노로 치가 떨릴 때 적잖은 위로가 되어주던 별이었다. 지금 그 별이 낙랑의 밤하늘에서 여전히 빛나고 있었던 것이다.

두 사람은 낙랑의 밤거리를 말없이 걸었다. 어수선한 감정에 을불이 말이 없자 소청도 말없이 따라 걸었다. 거리에는 장사를 마친 상인들이 삼삼오오 둘러앉아 음식과 술을 앞에 놓고 이야기꽃을 피우고 있었다.

을불의 눈에 상인들 주위를 어슬렁거리는 한 작은 소년의 모습이 들어왔다. 소년은 꽤 쌀쌀한 날씨인데도 옷을 제대로 걸치지 못했고 오랫동안 씻지도 못했는지 땟국물에 전데다 안색도 창백해 보였다.

"아저씨, 저 만두 하나만 주세요."

처음 동냥을 나온 것인지 소년의 목소리는 수줍게 떨려 나왔다. 대부분의 사람들이 귀찮다는 듯 말없이 손사래를 치거나 꺼지라고 소리를 쳤다. 을불은 자신도 모르게 걸음을 멈추고 소년을 지켜보게 되었다. 상부의 눈을 피해 쫓겨 다니던 어린 시절 자신의 처지가 생각나기도 해서였을 것이다. 소청도 을불을 따라 자연스럽게 걸음을 멈추었다.

"옜다!"

마침내 반가운 목소리가 을불의 귀에까지 들려왔다. 술과 국밥 따위를 앞에 놓은 채 웃고 떠들던 세 사람의 상인 중 말상이 소년에게 만두 하나를 던진 것이다.

"고맙습니다."

만두를 받아든 소년은 마른침을 한 번 삼키더니 그것을 입이 아닌 자신의 남루한 옷 속으로 집어넣었다.

"아니, 당장 배고파서 뒈질 것 같은 상판에 왜 여기서 처먹지 않아! 다른 데 가서 또 얻으려는 짓거리야?"

"아니에요. 집에 가서 할아버지와 함께 먹을래요."

"할아버지? 하, 거지새끼가 우리 애보다 낫네. 만두 하나를 가져가서 나눠 먹겠다니, 참."

"앤 생긴 거나 하는 꼴이 조선 놈인데."

옆에 있던 거무튀튀한 얼굴의 사내 하나가 소년의 얼굴을 뜯어보더니 자신 있게 말했다.

말상이 숟가락을 빼며 먹던 국밥을 앞으로 밀었다.

"남은 건 너 먹어!"

소년의 눈길이 재빠르게 국밥을 담아갈 그릇을 찾느라 두리번거렸다.

"여기서 너만 먹어!"

소년은 잠깐 국밥을 바라보다 맨손으로 서둘러 입안으로 떠 넣기 시작했다. 땟국에 전 손으로 허겁지겁 국밥을 떠먹는 소년을 혐오스럽게 쳐다보던 거무튀튀가 경멸에 찬 목소리로 물었다.

"너, 조선 놈 맞지?"

소년은 대답할 틈도 없는지 고개를 끄덕이며 정신없이 국밥을 입속으로 밀어 넣었다.

소년의 대답을 받아 다른 사내 하나가 말했다.

"조선 놈들은 왜 이렇게 동냥질을 좋아해? 부끄러움 같은 건 아예 없는 모양이지, 이놈들은."

"그래도 동냥질로 살 수 있다는 게 어디야? 지금 고구려에서는 굶어죽는 놈이 한둘이 아냐."

"고구려 놈들, 차라리 몽땅 여기로 동냥질 오지 그래!"

그때까지 상인들이 하는 말을 듣고 있던 을불은 분노를 느꼈지만 꾹 참았다. 어쨌거나 저들은 소년에게 먹을 걸 주었고, 무엇보다 당사자인 소년이 그들의 흰소리에 개의치 않고 고맙게 음식을 먹고 있는 것이다. 소청이 그만 가자며 끄는 손에 이끌려 을불이 막 돌아서 걷는 순간이었다.

"욕하지 말아요!"

심사가 잔뜩 뒤틀린 소년의 목소리가 을불의 등 뒤에서 들려왔다.

"이놈 뭐라는 거야?"

"고구려를 욕하지 말란 말이에요!"

"이 새끼가!"

순간 후다닥 일어나는 소리가 들리는가 싶더니 쫘악 하고 뺨 올려붙이는 소리가 들렸다.

을불은 걸음을 멈추었다. 돌아보지 않아도 등 뒤의 상황을 알 수 있었다.

"왜 때려요! 고구려를 욕하지 말라고 한 게 잘못이에요?"

"이 자식아! 거지새끼 주제에 먹을 걸 줬으면 잠자코 처먹기나 할 것이지, 고구려는 뭔 놈의 고구려야!"

"흥! 원래 이 땅은 우리 거고 언젠가는 고구려가 당신들을 쫓아내고 말 거예요. 이제 조금만 크면 나도 고구려에 가서 군병이 될 거예요."

"뭐? 그럼 나하고 적이 되어 싸우겠다는 거네. 햐, 이 빌어먹을 자식. 못하는 말이 없네. 너 이 자식, 아예 지금 좀 맞아봐라!"

상인의 욕지거리는 주먹질 소리로 이어졌고 풀썩 하고 소년이 땅바닥에 쓰러지는 소리로 끝났다.

"뭐 하는 짓들이야!"

소청이 돌아보며 날카롭게 소리쳤지만 을불이 소청을 막았다. 금세 웩웩거리는 토악질 소리가 들리더니 소년의 악에 받친 목소리가 이어졌다.

"안 먹어! 이따위 국밥 안 먹는단 말이야! 이 만두도!"

소년은 품속에 넣었던 만두마저 꺼내 땅에 팽개쳤다.

"이놈의 새끼가!"

상인의 손찌검을 피해 후다닥 달아난 소년이 을불의 곁을 지나 쏜살같이 달려가자 을불은 자신도 모르게 소년을 쫓아 뛰었다.

"얘야, 거기 잠깐 멈추어라!"

그러나 소년은 상인들이 쫓아오는 줄 알았는지 오히려 더 속력을 내 어둠 속으로 내달렸다. 쫓아가는 을불의 가슴속에서 안타까움이 치솟아 올라왔다.

"얘야, 두려워할 것 없다. 나는 고구려 사람이야."

을불의 입에서 튀어나온 고구려 사람이라는 말을 들었는지 소년이 뜀박질을 멈추었다. 을불이 다가가 보니 소년은 이를 악물고 울음을 참고 있었다.

"많이 아팠니?"

"아저씨, 정말 고구려 사람이에요?"

"그래, 그렇단다."

"고구려가 정말 그래요? 사람들이 굶어죽고 그래요?"

을불은 가슴이 턱 막혔다. 뭐라 대답해야 할지 갑갑하기만 했다. 한참 후 을불이 입을 열었다.

"아니다. 고구려는 그런 나라가 아니야. 네 말대로 이제 곧 고구려는 낙랑을 몰아내고 우리 땅을 되찾을 거야!"

"그렇죠? 틀림없죠? 아저씨, 절 고구려로 데려가주세요. 저는 고구려에 가서 병사가 될래요."

을불은 두근거리는 가슴을 억지로 내리눌렀다. 당장 소년에게 고구려로 데려가마고 약속해주고 싶었지만 지금은 그럴 처지가 못 되었다. 을불은 두 손을 뻗어 소년의 뺨을 한동안 어루만진 후 몸을 구부려 소년의 눈에 자신의 눈을 맞추었다.

"이름이 무엇이냐?"

"평강이요."

"그래, 평강아. 내 얼굴을 잘 봐두어라."

소년은 을불의 말대로 그 얼굴을 꼼꼼하게 기억해두려는지 뚫어지게 을불을 바라보았다. 잠시 후 을불이 말했다.

"나중에 우리 꼭 다시 만나자. 약속하마. 이 아저씨는 절대로 너를 잊지 않으마."

상대가 누구인지는 모르지만 그 말이 위로가 되었던지 소년의 얼굴에서 그동안 참아내던 뜨거운 눈물이 뺨을 타고 흘러내렸다.

"고맙습니다. 아저씨. 할아버지는 고구려가 자랑스러운 우리나라라고 분명히 그러는데 저 사람들은 고구려를 깔보기만 해요."

"그래그래. 아저씨는 안단다. 고구려는 분명히 자랑스러운 나라이다. 그러니 이제 눈물을 닦고 우리 다시 만날 때까지 할아버지 잘 모시고 있어야 한다."

"예. 아저씨."

"아저씨 이름은 을불이란다. 기억해두련. 너는 평강. 나는 을불."

"예, 을불 아저씨!"

을불은 소년을 꼭 끌어안았다.

양운거는 을불에게 자신이 알고 있는 모든 권법을 가르쳐주었지만 진법(陣法)만은 예외였다. 무예가 개인의 영역에 속하는 것이라면 진법은 군대, 나아가 국가의 영역에 속하는 것이었다. 따라서 군교도 아닌 을불에게 특별히 진법을 가르칠 이유도 없었지만, 아무래도 고구려가 낙랑의 적국이다 보니 무의식중에 꺼려지는 바가 있었던 까닭이었다. 진법은 나라나 부대마다 달라서, 진법을 안다는 것은 곧 상대의 군사기밀을 안다는 것과 같은 말이었다.

한편, 방정균은 가을에 있을 군교들의 비무에 대비해 불철

주야 단련을 하고 있었다. 양운거의 집은 언제나 젊은이들의 기합 소리로 넘쳐났다. 을불은 정균에게 별 관심을 두지 않은 채 묵묵히 자신의 일과 무예 수련에만 집중하고 있었지만, 정균은 달랐다. 그는 소청이 보는 앞에서 다루를 보기 좋게 꺾어 버리고 싶었지만 좀체 기회가 오지 않아 조급해하고 있던 터였다.

다루가 나타나기 전까지만 해도 정균은 자타가 인정하는 양운거의 수제자였고, 무예의 준재였으며, 시간이 지나면 자동으로 양운거의 뒤를 이어 무예총위가 될 가능성이 높았던 사람이었다. 그리고 무엇보다 이변이 없는 한 소청을 아내로 맞이하게 될 터였다.

그러나 거렁뱅이 같은 다루가 나타난 후로 모든 것이 엉망이 되고 말았다. 소청은 눈에 띄게 다루에게 관심을 두고 있었고, 스승도 요즘 들어 다루의 재능을 칭찬하느라 바빴다. 처음에는 그저 한 열흘 정도 머물다 떠날 줄 알았는데 한 달이 가고 두 달이 가도 다루는 떠날 기미가 없었고, 스승이나 소청 또한 그를 한 식구로 받아들이기에 이르렀다.

다루와 양 대부 부녀 간에 정이 쌓여갈수록 그에 비례해 정균의 질투심도 깊어갔다. 다루 문제를 해결하지 않고서는 무예 수련에 전념하기도 어려울 지경이었다.

그간 배운 진법을 총정리하게 되어 있는 날, 그는 스승 몰래 다루에게 사람을 보냈다.

"장군께서 오늘 밤 방 교위의 진법 전개를 구경하라 하셨습니다. 다만 방 교위에게 방해가 되지 않도록 담 너머로 조용히 보고 가라 하셨습니다."

무예가 일정한 경지에 오르자 을불의 관심은 자연히 진법 쪽으로 옮아갔다. 언젠가 큰일을 도모하자면 개인 간의 겨룸보다는 군사를 움직이는 방법을 아는 게 매우 중요하다고 생각한 때문이었다. 그러나 궁금증은 커지는데 스승인 양운거는 세심하게 가르침을 주는 권법과는 달리 진법에 대해서는 일언반구도 하지 않았다. 아쉬운 가운데 묻지도 못하고 있던 터였는데 마침내 기회를 준 것이었다. 양운거가 직접 가르쳐주는 게 아니라 어깨너머로 보는 수준이라고 해도, 그것만으로도 을불은 가슴이 뛰었다.

"언제지요?"

"해시(亥時)에 시작한답니다."

"알았어요."

해시가 되자 을불은 무련장 쪽으로 걸음을 옮겼다. 그러고는 스승의 당부대로 최대한 훈련에 방해가 되지 않기 위해 몸을 담벼락에 바싹 기댄 채 안쪽을 넘겨다보았다. 무련장에서는 막 진법이 전개되고 있었다. 여러 무리로 나뉜 군사들이 정군의 구령에 맞춰 일제히 움직이고 있었다.

"팔괘진!"

방정균은 자신만만한 목소리로 진형을 주문했고, 군사들은 그에 따라 일사불란하게 움직였다.

"차륜진!"

그러자 여덟 방위로 나뉘었던 군졸들이 왼쪽에서 오른쪽으로, 다시 오른쪽에서 왼쪽으로 돌면서 중앙을 보호한 채 바깥쪽을 향해 창을 내밀었다. 진법을 모르는 을불이 보기에도 군사들의 위세는 막강해 보였다. 만약 자신이 적이라면 어느 쪽을 뚫어야 할까 생각해보았지만, 워낙 진세가 막강해 허점을 찾을 수 없어 보였다. 처음 보는 놀라운 광경에 완전히 넋을 빼앗긴 을불은 좀 더 자세히 보고 싶은 마음에 담 위로 목을 길게 뽑았다. 그때였다.

"삐익!"

담 밑을 돌며 순찰하던 경비병의 호적(號笛) 소리가 들려왔다. 을불도 깜짝 놀랐지만, 호적이 울리자 훈련 중이던 군졸들도 갑자기 진형을 흐트러뜨리기 시작했다. 적국의 간세들이 가장 눈독을 들이는 게 진형이기 때문에 낙랑의 군법에는 외부인에게 노출될 우려가 있는 곳에서는 진형 훈련을 해서 안 되고, 만약 노출되면 그 즉시 진형을 와해시키게 되어 있었던 것이다. 순식간에 진형을 허물고 무슨 일인가를 파악하느라 삼삼오오 몰려 있던 군졸들 중 일부가 경비병의 손짓을 따라 을불이 있는 쪽을 향해 뛰어오며 외쳤다.

"저기 첩자가 있다. 잡아라!"

을불은 어리둥절해하며 주위를 살펴보았지만 그곳에 자신 외에는 아무도 없었다.

"저기 담 밑이다!"

그제야 을불은 군사들이 지목한 당사자가 자신임을 알아챘다. 뭔가 오해가 있는 듯했다. 그러나 정균에게 방해가 되지 않도록 하라는 스승의 당부도 있었으므로 을불은 일단 그 자리를 벗어나는 편이 나으리라고 판단했다. 을불은 군졸들이 코앞에까지 이르렀을 때 몸을 돌려 도주하기 시작했다.

"저놈 잡아라!"

을불이 담을 뛰어넘는 추적자들을 따돌리고 급히 자신의 방으로 돌아와 옷을 갈아입으려는 순간, 정균이 방문을 벌컥 열어젖히며 안으로 들어섰다. 그는 손에 칼을 빼들고 있었다.

"이봐, 다루. 지금 무슨 짓을 한 거지?"

"아니, 난 그저 스승님 분부대로 잠시 진법 수련장을 넘겨다 봤을 뿐인데……."

을불은 당황한 중에도 쓸데없는 오해를 사기 싫어 사실대로 말했다.

"흥, 말도 안 되는 소리! 스승님이 그럴 리가 없어. 스승님께 직접 들었나?"

"무슨 뜻이지?"

"너는 고구려 사람이야. 낙랑의 무예총위이신 스승님이 네게 진법을 몰래 보라고 할 리가 없다는 말이다. 도대체 네놈 정체는 뭐냐?"

을불은 그제야 양운거가 지금까지 자신에게 진법을 가르치지 않은 이유를 알 것 같았다. 스승은 무의식중에라도 자신이 고구려인이라는 것을 의식하고 있었던 것이다. 그렇다면 스승이 비밀리에 사람을 보낸 사실을 어떻게 받아들여야 하나?

"네 말이 사실이라면 스승님이 보냈다는 그 사람을 지목할 수 있나? 흥, 있지도 않은 사람을 찾을 수도 없겠지만 말이야."

순간 을불은 정균의 표정과 말투에서 그가 파놓은 함정에 걸려들었다는 사실을 깨달았다. 아마 스승의 심부름이라며 찾아왔던 자는 필시 정균이 보낸 자였을 것이다.

"……방정균, 교활하군."

방정균은 음모를 꾸몄지만 막상 함정에 말려든 다루를 대하자 마음이 편치 않았다. 자신이 평소 이렇게 살아오진 않았는데 하는 자괴감까지 일며 이제 간세로 몰린 다루의 처지가 너무 가혹한 것이 아닌가 하는 생각도 들었다. 진법을 엿본 간세라면 어떤 예외도 없이 참수형이었다. 방정균은 칼을 거두고 말했다.

"다루, 아무도 너인 줄 몰라."

"무슨 소리야?"

"그냥 떠나주었으면 좋겠다."

"......"

"미안하다. 그러나 내 생각도 좀 해줘."

을불은 그제야 방정균이 지금까지 자신으로 인해 무척 괴로워했을 거라는 데 생각이 미쳤다. 그는 눈앞에서 소리도 없이 사랑을 잃고 있었던 것이다. 을불은 한참을 고심하다 말했다.

"떠나지. 그런데 떠나기 전에 편지를 한 장 써야겠어."

"무슨 편지를……? 음, 그렇게 하게."

정균은 을불이 어떤 글을 남기든 그가 떠나고 난 후 그냥 없애버리리라 생각했다. 쓸데없는 감정이 담긴 편지를 보면 스승 부녀는 그를 잊기 어려울 것이었다.

잠시 후 글을 마친 을불이 정균을 돌려세워 편지를 건네주었다. 편지는 그가 볼 수 있도록 펼쳐진 채였다.

— 낙랑 간세 다루가 보고함. 낙랑의 진법은 팔괘진과 차륜진이 자유자재로 결합하는…….

을불이 쓴 글을 읽어 내려가던 방정균이 놀라 물었다.

"이건 뭐지? 왜 이런 이상한 글을 남기는 거지, 마치 진짜 간세처럼?"

"소청의 마음이 아플 거야. 이런 거라도 있으면 잊기 쉬울 테지."

을불의 속 깊은 배려에 방정균은 자기도 모르게 가슴이 찡해왔다.

"다루, 미안하다. 그리고…… 고맙다."

"어차피 나는 소청과 무엇도 이룰 수 없는 사람이야. 하지만 소청은 분명 좋은 여자지. 정균, 자네가 행복하게 해주게."

을불은 그렇게 낙랑을 떠났다.

세 가지 물음

지난 육 년간 평양성의 상부는 달아난 을불을 찾으려고 혈안이 되어 있었다. 상부가 돌고를 죽이고 을불을 찾았을 때 그는 이미 도성을 빠져나간 뒤였다. 상부는 즉시 사람을 풀어 뒤를 쫓았지만 을불의 행방은 찾을 길이 없었다. 그날 이후 을불의 종적은 묘연하기만 했다.

혈혈단신으로 세상에 버려진 자신의 처지를 비관해 일찌감치 안국군 묘 근처에서 통곡하다 자살했다는 소문도 들렸고, 구려하 인근에서 소금 행상을 하며 연명하고 있는 을불을 보았다는 소리도 들렸다. 또한 이미 난하를 건너 중원으로 달아났다는 소문도 있었고, 기인을 만나 무예를 닦은 연후에 이름을 바꾸고 신출귀몰한 의적이 되어 살고 있다는 소문도 들려왔다.

모두가 확인되지 않는 소문들이었지만 정말 을불이 죽지 않고 살아 있다면 어려서부터 워낙 명민했으니만치 지금쯤 웬만한 사람은 맞상대하기 어려울 만큼 건장한 청년이 되어 있을 것임은 부인할 수 없는 사실이었다. 그것이 상부를 불안하게 만들었다.

을불에 대한 상부의 집착은 자신의 장남을 태자로 책봉한 후부터 더욱 깊어졌다. 군왕의 자질로 보나 어릴 적 인품으로 보나 자신의 아들들은 을불에 견줄 바가 못 되었다. 그 사실을 누구보다도 잘 알고 있는 상부로서는 을불이 살아 있다는 생각만으로도 정신이 산란해졌다. 상부 자신은 물론이고 장차 태자의 보위를 위해서라도 을불은 반드시 제거해야 할 위험인물이었다.

을불이 낙랑으로 흘러든 것도 그런 상부의 눈을 피하기 위해서였다. 그간 남의 집 머슴살이도 하고 소금 행상도 하며 정체를 숨기고 살아왔지만, 상부의 광기가 점점 심해지고 추격의 그림자가 한 발 한 발 다가오자 일단 타국 땅으로 몸을 피했던 을불이었다. 그러나 이제 낙랑에서마저 쫓겨나게 되자 고구려로 되돌아오지 않을 수 없었다.

"병사들이 온 고구려 땅을 이 잡듯이 뒤지는 모양이야."

"엄청난 포상금이 걸렸대. 듣자니 사자 벼슬과 금 오십 냥을 준다더구만. 그러니 을불만 잡으면 팔자가 쫙 펴는 거야."

"다 때려치우고 을불이나 잡으러 다닐까 보다."

"그나저나 을불이 어떻게 생겼는지 알아야 잡든 신고를 하든 할 거 아냐."

"그러니까 낯선 젊은이를 보면 무조건 군영에 신고하라는 거 아닌가, 이 사람아."

성문 밖에 나붙은 방(榜)을 보고 사람들이 한마디씩 하며 지나갔다.

방갓을 푹 눌러쓴 채 뒤편에 서 있던 한 사내가 조용히 몸을 빼 인적이 드문 쪽으로 방향을 잡고 걸었다.

마을에서 제법 떨어진 야산 어귀에 들어선 사내는 계곡으로 내려가 방갓을 벗어던지고는 하늘을 향해 고함을 지르며 주먹으로 바위를 내리쳤다. 을불이었다.

"천하에 내 몸 하나 둘 곳이 없구나. 상부 저놈에게 이 원한을 풀지 못한다면 내 어찌 사람이라 할 것인가!"

돌아온 조국 고구려는 오히려 적국 낙랑만도 못했다. 을불이 떠나 있던 일 년 남짓한 기간 동안 고구려는 더욱 살벌한 땅으로 변해 있었다. 무지몽매한 백성들은 포상금에 눈이 멀어 자신을 잡으러 나가자는 말을 하고 있었고, 이런 까닭에 어디 가서 한 끼니 동냥하기도 어려운 형편이었다.

을불은 계곡의 바위에 앉아 앞으로의 일을 계획했다. 어떤 식으로든 힘을 길러 상부를 몰아내야 했지만 그것이 의지만으로 되는 것은 아니었다. 현실이 한없이 갑갑하게 여겨지자 을불의 생각은 낙랑으로 이어졌다. 맨 먼저 소청의 다정한 얼굴이 떠올랐고, 스승 양운거의 인자한 미소가 떠올랐다. 불과 얼마 전 떠나왔지만 그리운 얼굴들이었다. 방정균의 다부진 눈매마저도 감정의 동요 없이 떠올릴 수 있었다. 을불로서는 행복했다면 행복한 순간들이었다.

소청과는 한 번도 입 밖에 내어 감정을 표현하진 않았지만 서로가 충분히 느끼고도 남을 만큼 정을 나누었다. 마지막으로 소청의 얼굴을 못 보고 떠난 것이 가슴 아팠지만, 그녀를 위해서는 오히려 잘된 일인지도 몰랐다. 편지를 보고 자신이 고구려의 간세였음을 믿고 자신을 원망하며 하루빨리 감정을 정리할 수 있다면 다행이다 싶었다.

낙랑에서의 즐거웠던 일들을 되짚어보던 을불의 얼굴이 종내는 어두워지기 시작했다.

연회장에서 말이 되어 떡을 받아먹던 조선인들과 고구려로 데려가 달라던 소년 평강의 얼굴이 떠올랐기 때문이었다.

"아!"

을불은 깊은 한숨을 토해냈다. 고구려의 왕손이라는 사실이 부끄러웠고, 부끄러움은 이내 분노로 변해갔다. 잃어버린 조선의 옛 땅을 되찾기 위해 온 힘을 쏟았던 선대 왕들의 노력은 온데간데없고 현왕 상부는 나라를 생지옥으로 만들고 있었다. 이대로는 그토록 고구려를 자랑스러워하는 평강을 데려오기는커녕 고구려 백성들이 낙랑으로, 또 다른 나라로 떠나야 할 지경이었다. 을불은 하루빨리 상부를 멸하고 나라를 구하리라 생각하며 자리에서 일어났다.

을불은 며칠째 끼니를 걸러 말할 수 없이 허기가 졌다. 이제는 그곳이 사지(死地)라 하더라도 민가를 찾아가지 않을 수 없었다.

을불은 뉘엿뉘엿 땅거미가 내려앉을 무렵에 마을로 들어섰다. 이때쯤이면 아낙네들이 저녁 끼니를 준비하느라 굴뚝마다 연기가 피어오르기 마련일 텐데, 마을은 텅 빈 것처럼 고즈넉했다.

을불은 비교적 외딴 집을 골라 들어갔다.

"지나는 과객인데 먹을 것 좀 나누어줄 수 없을까요?"

방에서 고개만 빼꼼 내민 여자는 을불의 얘기가 채 끝나기도 전에 문을 쾅 닫아버렸다. 몇 집을 더 다녀봤지만 모두 마찬가지 반응이었다. 마지막으로 들른 집에서는 사정 이야기나마 들을 수 있었다.

"일할 만한 사람은 죄다 도성으로 궁궐 짓는 데 끌려가서 농사지을 사람도 없다우. 사람이 있다 한들 가뭄에 홍수에 피농하기 일쑤요, 그나마 건진 알곡들은 모두 세금으로 다 빼앗아 가니 끼니때가 되어도 굴뚝에 연기 오를 일이 없소. 보아하니 오래 굶은 것 같은데 온 마을을 다 돌아다녀도 먹을 걸 내주지 않을 거요. 쯧쯧."

"이제는 나라에서 곡식을 빌려주지 않나요?"

"어림도 없어요. 지금 거지가 되어 유랑하는 백성들이 넘쳐나는 게 눈에 안 보여요?"

"선왕 폐하 시절에는 굶기는 일이 없었는데요."

"돌아가신 선왕 얘기를 하면 뭘 해! 현왕이 즉위한 이후로는 하늘이 노했는지 벌써 몇 번이나 여름에도 서리가 내리고 석 달 열흘 동안 비 한 방울 내리지 않는 한발이 들고 있단 말이오!"

을불은 별수 없이 빈손으로 그 집을 나서야 했다. 상부의 학정은 상상 이상이었다.

을불은 주린 배를 부여잡고 마을을 떠날 수밖에 없었다. 몸도 마음도 지칠 대로 지쳐 터덜터덜 걸어가고 있는데 갑자기 뒤에서 한 떼의 사람들이 달려오는 소리가 들렸다.

"저놈 잡아라!"

"젊은 놈은 게 서지 못할까!"

십여 명의 병사가 앞장서서 쫓아오고, 그 뒤를 흰 두건을 두른 중노인들이 쫓고 있었다. 그들 중에는 조금 전 을불에게 동네 사정을 설명해주던 사람도 끼여 있었다.

"저놈이오."

을불은 방갓을 벗어던지고 내달렸다. 아무리 허기가 졌다고는 하지만 상승무예로 단련된 몸이라 병사들은 그를 쉽게 따라잡지 못했다. 그러나 을불이 한참을 내달리는데 등 뒤에서 쉭쉭거리는 소리가 들리는가 싶더니 갑자기 한쪽 팔이 불에 덴 듯 뜨끔했다. 저만치에서 쫓아오던 병사들이 쏘아댄 화살 중 한 대가 을불의 왼쪽 팔에 꽂힌 것이다. 설마 신분도 확인 하지 않고 활을 쏘아대리라고는 생각지 못했던 터라 방심했던 게 문제였다. 을불이 재빨리 몸을 낮추자 앞쪽의 나무에도 화 살 몇 대가 후두둑 박혔다.

을불은 타는 듯한 통증을 느끼며 숲 속으로 뛰어들어 병사 들을 따돌렸다. 때마침 짙어지기 시작한 어둠은 을불이 몸을 숨기는 데 도움을 주었다.

을불은 편평한 바위를 찾아 주저앉았다. 화살은 제법 깊이 박혀 있었다. 몇 번을 힘주어 뽑아내려 하자 살 속에 촉만 남 긴 채 화살대가 부러지고 말았다. 을불은 품속에서 단도를 꺼 내어 살을 후볐다. 절로 신음소리가 나왔다. 이를 앙다물고 몇 차례 생살을 후빈 끝에 겨우 화살촉을 빼낼 수 있었다. 을불 은 바위 밑에 자라난 쑥대를 따라 손을 뻗어서는 연한 윗부분 만 훑어 땄다. 그러고는 입안에 넣고 질겅질겅 씹어 즙이 나오 게 해서는 상처 부위에 붙였다. 그 위에 널따란 나뭇잎을 펴서 갖다 대고는 인동초 줄기를 잘라 칭칭 동여매자 어느 정도 출 혈이 진정되었다.

굶주림과 출혈, 그리고 상처 부위에서 오는 통증 때문에 을불은 금방이라도 쓰러질 것 같았지만 이를 악물고 걸음을 내디뎠다. 군졸들의 추적을 완전히 벗어났다고는 볼 수 없었기에 한 걸음이라도 더 움직여야 했다. 어두운 산길을 한참 동안더듬은 끝에 을불은 암벽 틈에 있는 동굴 하나를 발견했다. 호랑이 굴인지 늑대 굴인지 알 수 없었지만 이것저것 가릴 처지가 아니었다. 을불은 마지막 힘을 끌어모아 동굴로 기어가다미치지 못한 채 쓰러져 정신을 잃고 말았다.

을불은 상부에게 쫓기는 꿈을 꾸었다. 죽을힘을 다해 산길을 내달리다 벼락을 맞은 것처럼 갑자기 멈춰 섰다. 앞은 천길낭떠러지였다. 상루와 창조리가 웃으며 나는 듯이 다가와 양팔을 잡자 상부가 시뻘건 혀를 내밀어 을불의 목덜미를 핥았다. 을불은 비명을 지르다가 깨어났다.

"정신이 드나?"

을불은 잠시 꿈과 현실이 구분되지 않았다. 힘겹게 고개를돌리자 초라한 행색의 노인 한 명이 눈에 들어왔다. 순간 을불의 눈이 경계의 빛을 띠며 크게 열렸다. 낮에도 전혀 의심치않았던 중노인의 신고로 목숨을 잃을 뻔했던 것이다.

"나 같은 늙은이를 두려워하는 걸 보니 아직 어린놈이로구나."

무심하게 말하며 바구니에 담긴 약초를 다듬는 노인은 행색과 달리 말이 거칠고 목소리에 힘이 있었다.

"나라에 죄를 지었나?"

을불은 더욱 긴장하며 노인을 노려보았다. 그러나 을불의 반응 따위는 아랑곳없이 노인은 혼잣말처럼 중얼거렸다.

"보아하니 작은 죄인이 아니구면. 목에 포상금깨나 걸렸겠는걸."

을불이 몸을 크게 휘청거렸다. 일어나야만 한다고 생각했지만 몸이 말을 듣지 않는 까닭이었다. 을불의 마음을 아는지 모르는지 노인은 약초를 다듬는 데만 열중했다. 노인의 너무도 평온한 태도가 을불을 더 불안하게 했다.

"나를 넘길 거요?"

"자신이 죄인이라고 생각하나?"

"내 생각은 상관없소. 쫓기는 몸이니 노인장을 그냥 보낼 수는 없소."

을불은 노인을 향해 위협적으로 내뱉었다.

"나를 죽여 입을 막겠다?"

"미안하오만 사정이 사정인지라 어쩔 수 없소."

"하하하, 그 몸으로? 마음이 무척 급한 놈이군. 몸은 쫓겨도 마음은 쫓기지 않아야 사내이거늘."

을불은 누운 채 가슴팍을 더듬었다. 단도가 그냥 있었다. 을불은 겨우 일어나 앉으며 단도를 빼내어 손에 쥐었다. 노인은 물끄러미 을불의 하는 양을 바라보기만 했다.

"진정 네 목숨을 잃을까 두려워서 이 노인을 죽이려는 건가?"

"고변하지 않겠다고 약속하면 해하지는 않겠소."

노인이 갑자기 큰 소리로 웃었다. 그러고는 탄식하듯 말했다.

"달가야, 달가야! 네놈이 한 목숨 던져 보중한 녀석이 대체 상부와 다를 것이 무어냐. 제 한 목숨 귀한 줄만 아는 소인배인 줄 정녕 몰랐더란 말이냐!"

달가라는 말에 을불은 소스라치게 놀랐다.

"노인장은 안국군을 아십니까?"

"칼을 꺼냈으면 하려던 일이나 할 것이지 웬 잔소리냐?"

을불은 황급히 칼을 내던지고 벌떡 일어나 노인 앞에 절을 올렸다.

"제가 눈이 멀어 미처 몰라뵈었습니다. 노인장께서는 부디 용서하시기 바랍니다."

"네가 을불이라는 놈이렷다!"

"그렇습니다. 어찌 저를 알아보십니까?"

노인은 대답 대신 준엄한 표정으로 을불을 바라보았다. 그러고는 날카로운 목소리로 물었다.

"칼은 왜 꺼냈느냐?"

"혹여 밀고를 당할까 두려웠습니다."

"네 목숨이 다른 사람의 목숨보다 중하기 때문이냐?"

"……."

"대답해보거라. 정녕 네 목숨이 다른 사람의 목숨보다 중한 것이냐?"

"저는 꼭 해야 할 일이 있습니다. 다른 사람보다 살아야 할 이유가 하나 더 있습니다."

"허허."

공허한 웃음을 짓던 노인은 을불을 뚫어져라 쳐다보았다. 그러고는 탄식하듯 중얼거렸다.

"반쪽짜리로구먼, 반쪽짜리야."

"예?"

"일단 그 귀한 몸이나 추슬러라."

노인이 비아냥 섞인 한마디를 던지고 일어서자 따라 일어서려던 을불은 갑자기 현기증을 느끼며 그 자리에 쓰러졌다. 긴장이 풀린 탓인지 약 기운 때문인지 을불은 그렇게 의식을 잃고 말았다.

얼마나 잤는지, 을불이 다시 깨어났을 때는 주위가 어둑해져 있었다. 을불은 어둠에 눈이 익자 찬찬히 사방을 둘러보았다. 토방이었고, 벽에는 약초가 잔뜩 매달려 있었다. 윗목에는 약사발 하나와 먹다 만 죽사발 하나가 나무숟가락이 꽂힌 채

덩그러니 놓여 있었다. 아마 노인이 자신의 입에 떠넣어준 모양이었다. 을불은 자신의 몸으로 시선을 옮겼다. 왼쪽 팔에는 삼베 천이 곱게 둘러져 있었고 어느새 원기가 다시 돌아와 있었다.

을불이 새로 뻗치는 힘을 느끼며 자리에서 일어나 앉자 곧바로 노인이 들어왔다.

"은혜에 감사드립니다. 귀한 약초로 저의 원기를 찾아주셨음을 알겠습니다."

을불은 깊이 고개를 숙였다.

"너를 고발한 노인을 원망할 필욘 없다. 지금 온 고구려 사람들은 낯선 젊은이가 나타나면 고발해야 한다. 그게 왕명이야. 마침 내가 이 한 철, 하수오를 캐러 산으로 올라왔다 군사들의 함성을 듣고 너를 구하게 되었으니 인연이라 할 만하지만 은혜라 할 것은 없다. 나와 달가와의 인연도 있으니."

"종조부님과 가까우셨군요."

"나는 긴말을 싫어하니 잘 들어라."

"예."

"너는 군왕의 자질과 품성을 두루 갖추었으나 가장 중요한 걸 지니지 못했다. 안타까운 일이야."

을불은 고개를 숙였다.

"아까 너는 사정도 살피지 않고 단도부터 빼들었는데 그것은 부끄러운 일이다. 또한 너는 남보다 살아야 할 이유가 하나 더 있다 했는데 그 역시 부끄러운 말이다. 세상에 살아야 할 이유가 없는 하찮은 목숨은 하나도 없다. 무릇 군왕은 모든 백성의 목숨 한 조각 한 조각을 자신의 것보다 중히 여겨야 한다. 이 세상의 모든 성군들은 바로 그런 생각으로 백성을 섬겨 왔다."

을불은 부끄러움에 더욱 깊이 고개를 숙였다.

"오늘의 말씀, 평생 잊지 않겠습니다."

"네 종조부 안국군은 힘이 없어 죽은 게 아니다. 칼을 들고 일어설 수도 있었지만 사직의 안녕을 위해 인간으로서 하기 힘든 결단을 내렸던 것이다. 그러나 거기에는 너에 대한 기대가 있었을 것이다."

을불은 갑자기 숙연해졌다. 비슷한 생각을 안 해본 건 아니지만 노인의 얘기를 들으니 새삼 안국군의 생전 모습이 떠오르면서 눈물이 주르륵 흘렀다. 이런 을불의 모습을 지켜보던 노인이 혀를 차며 나직한 목소리를 뽑아냈다.

"내 달가와의 인연을 생각해서 너에게 세 번 물을 기회를 주겠다. 하니 깊이 생각하여 질문하도록 해라."

어느 정도 짐작은 했지만 노인은 그저 약초나 캐는 평범한 사람이 아니었다. 을불은 다시 한 번 자리에서 일어나 노인에게 큰절을 올렸다.

"부족한 몸이지만 감히 지혜를 청합니다."

"자, 무엇을 물을 것이냐?"

한참 동안 말머리를 고르던 을불이 이윽고 첫 번째 질문을 던졌다.

"지금 온 나라가 폭군에게 눌려 신음하고 있지만, 강약(强弱)이 부동(不動)이라 저에게는 그를 당할 힘이 없습니다. 어찌하면 힘을 길러 이 나라 고구려를 구하고 백성들을 구제할 수 있을는지요?"

노인의 얼굴에 실망스런 기색이 역력했다.

"생각이 모나고 조급하구나."

"……?"

"너는 고구려의 적통 왕손이 아니냐. 게다가 상부는 세상에 다시 없을 폭군이니 서두르지 않아도 때가 되면 순리대로 모든 게 자연스레 흘러갈 것이다."

을불이 놀라서 되물었다.

"하면 제가 아니어도 누군가가 그 일을 한다는 말씀이십니까?"

노인이 혀를 차며 말했다.

"너만 뜻을 바로 세우고 있으면 자연히 사람이 모일 터."

"조정의 신하들은 폭군의 꼭두각시 노릇을 하고 있고, 백성들조차 저를 밀고하여 부귀영화를 얻으려 하는 마당인데 어찌 기회가 오겠습니까?"

"껍데기만 보고 어찌 속을 판단하려 하느냐? 민심을 잃은 왕을 세상천지에 너 홀로 미워하겠느냐. 상부의 자식들도 아비 못지않게 한심하니, 굳이 내가 대답할 일이 아니다. 첫 번째 질문은 하지 않느니만 못하다."

노인이 힐난조로 답하자 을불은 곰곰 생각했다. 노인의 하는 양을 보아 어떤 질문을 해도 욕을 먹기는 마찬가지일 것이라는 느낌과 함께 이런 때는 큰 질문보다 작고 현실적인 질문이 나을 거라는 생각이 들어 을불은 두 번째 질문을 던졌다.

"저는 지금 오직 홀몸으로 도망하는 신세입니다. 백성들이 저를 고발해 한 팔자 고치려 하는 통에 어디 가서 밥 한 끼 얻어먹을 수조차 없습니다. 어떻게 하면 밥을 얻어먹겠습니까?"

"허허. 허허허."

노인은 갑자기 웃음을 참지 못하고 표정을 부드럽게 바꾸었다.

"차라리 아까보다 나은 질문이구나. 신성 밖에 저가라는 세력가가 있으니 그를 찾아가 당분간 몸을 의탁하는 게 좋을 것이다. 그는 숙신에서 달가에 의해 등용된 자이다. 그러니 거기서 일신을 정돈하고 안국군의 옛 동료들과 연을 이어 후일을 도모하도록 해라."

"저가는 믿을 만한 사람입니까?"

"세상에 믿을 만한 사람이란 없다. 설사 성인(聖人)이라 한들 누군가에게는 신뢰를 주지만, 또 누군가를 배신하는 것이 세상의 이치니라. 그러니 거기 있더라도 너의 신분을 드러내어서는 안 될 일이다."

을불은 신성의 저가라는 이름을 머릿속에 넣었다.

"애초에 세 가지만 물어보라고 했는데 어찌 이토록 질문이 허수룩한가. 이제 마지막 한 가지 질문에만 대답할 것이니 깊이 생각하여 제대로 묻도록 해라."

을불은 한참 동안 말없이 노인의 얼굴을 뚫어져라 쳐다봤다. 그러고는 빙그레 웃으며 입을 열었다.

"세 번째 질문은 먼 훗날 다시 찾아뵙고 드리도록 하겠습니다."

그러자 노인이 갑자기 크게 웃었다.

"하하하, 네놈이 제법 잔꾀를 부리는구나. 두고두고 나를 이용해 먹으려는 수작이렷다? 그러나 내가 이미 나이가 많아 그때의 생사를 장담할 수 없으니 너의 꾀는 통하지 않을 것이다."

을불의 대답이 마음에 들었는지 노인은 말을 이었다.

"마지막에는 그나마 왕재(王材)다운 풍모를 보이는구나. 세 번째 질문을 아껴두었다가 삼백 개로 만들겠다는 지혜로다. 바로 그것이다. 남을 통솔하려는 자는 힘보다 지혜가 있어야 한다. 너의 그 깨우침이 가상하니 약간의 지혜를 주마."

노인은 정색을 하고 말을 시작했다.

"백제는 낙랑과 다투느라 당장은 고구려에 큰 위협이 되지 않는다. 돌궐과 흉노는 강맹하나 멀리 있으니 걱정할 게 없고, 숙신은 달가가 잘 다루었으니 계속 회유해 고구려의 속민으로 만들어야 할 것이다. 예맥은 본시 고구려와 뿌리가 같으니 품으려 하면 따라올 것이다. 부여, 옥저, 동예 등은 잔재만 남아 있고 중원의 진나라 역시 내란을 거듭하며 몰락하고 있으니 크게 신경 쓸 일이 아니다."

을불은 진지하게 노인의 말을 담으며 물었다.

"그러나 이들도 간혹 고구려를 침하는데 그냥 버려둬도 되겠습니까?"

"모든 나라를 적으로 할 수는 없는 노릇이니라. 적들 중에는 화친해야 할 상대가 있고 맞서 싸워야 할 상대가 있는 법이니, 어느 적과 화친하고 어느 적과 싸울 것인지를 판단하는 것이 매우 중요한 일이라고 할 수 있다. 이를 잘 해내면 다수의 약한 적들을 규합해 크게 영토를 넓힐 것이요, 잘 못하면 소수의 강한 적에게 침탈당할 것이니라."

"다수의 약한 적은 친구로 만들고 소수의 강한 적에게 힘을 집중하라는 말씀, 큰 지혜가 되었습니다. 그러면 현도와 대방은 어떤 적입니까?"

"좋은 질문이다. 고구려는 여러 번 현도와 대방을 침하였지만 사실 그것은 무책이니라. 중요한 것은 낙랑이다. 모든 한족 세력의 뿌리는 낙랑이니 낙랑에 힘을 집중시켜야 한다."

"지금의 낙랑은 풍요롭고 군세 또한 만만치 않지만 중원의 진도 몰락하고 있어 고구려가 힘을 기르면 그리 어려운 상대가 아닐 듯합니다."

"낙랑은 변한다. 진이 몰락하는 가운데 힘 있고 뜻 있는 진의 영웅들이 낙랑 땅으로 속속 모여들어 더욱 강성해질 터이니 당장 보이는 대로 생각할 일이 아니다."

"하면……?"

"그래도 고구려는 낙랑을 멸해야 한다. 그것이 고구려의 숙명이다. 낙랑이 있는 한은 고구려의 미래가 없는 까닭이다. 또한 선비를 경계해야 한다. 선비가 일어나기 위해 반드시 쳐야 하는 나라가 또한 고구려이다."

"그렇다면 낙랑과 선비 중 어떤 상대를 더 큰 적이라 할 수 있습니까?"

"아직은 알 수 없다. 낙랑은 본국 진으로부터 어떤 인물이 낙랑으로 흘러드느냐에 따라 그 강도가 결정될 것이고, 선비 또한 모용외의 야망에 따라 세력의 강도가 달라질 것이다."

"모용외라 하셨습니까. 그자는 어떤 자입니까?"

"모용외는 참으로 걸출한 인물이다. 중천태왕이 승하하기 바로 전해, 북쪽으로부터 천둥이 사흘 밤낮을 울고 지진이 크게 일었던 적이 있었다. 그해 겨울 모용부의 족장 모용섭귀의 자식으로 태어나 열일곱 젊은 나이에 족장이 된 자다. 그자는 이미 고구려를 침공하여 신성 일대를 노략해 간 적이 있다."

"모용외……."

을불은 뇌리 속에 새겨 넣기라도 하려는 듯 그의 이름을 천천히 읊조렸다.

"모용외는 언젠가 천하에 그 세를 떨칠 만한 자이다."

을불은 고개를 끄덕이고는 노인을 재촉했다.

"더 가르침을 얻고자 합니다."

"아까 말한 다수의 약한 나라 중 백제는 주목할 필요가 있다. 백제는 힘이 커지면 낙랑을 차지하려 할 것이다. 백제는 고구려와 그 뿌리가 같고, 낙랑은 원래 조선의 땅이므로 사실상 양쪽 다 낙랑을 차지할 명분은 있다. 고구려는 반드시 백제에 앞서 낙랑을 취해야 할 것이다."

"저는 이미 그 결심을 굳혔습니다. 달리 더 주실 말씀은 없는지요?"

"이쯤하면 충분한 가르침이 되지 않았느냐."

을불은 더 이상 묻지 않고 일어나 노인에게 공손히 절했다.

"큰 깨우침을 얻었습니다. 존명을 어떻게 간직해야 하는지요?"

"나는 한평생 구름을 따라 흘러 다녔고 바람을 좇아 돌아 다녔으니 이름은 없다. 다만 저가를 찾아가거든 선곡의 노인이 보내서 왔다고 하거라. 거두어줄 것이다."

"앞으로도 어르신의 가르침을 받으려면 어찌해야 합니까?"

"사람의 인연은 하늘이 정하는 것이니 앞날의 일은 논하지 않는 것이다. 나는 선곡으로 돌아가니 너는 이제 네 갈 길로 가거라."

노인은 그 말을 끝으로 방을 나가버렸다.

저가와 여노

'저가를 찾아가 몸을 의탁하여 안국군의 옛 동료들과 연이 닿도록 하고…….'

'남으로 하여금 나를 추대토록 하여 왕위에 오른다.'

이것이 을불이 노인에게서 얻은 지혜였다.

을불은 노인의 가르침을 좇아 먼저 신성의 저가를 찾아갔다.

을불은 낙랑에서와 마찬가지로 자신을 다루라는 이름의 떠돌이라 소개하고 호위무사로 써달라고 청했다.

"선곡 노인의 소개로 저가 어른을 찾아뵙게 되었습니다. 다루라고 합니다."

을불을 의심스럽게 쳐다보던 저가는 선곡 노인이 보내서 왔다는 말에 반가운 기색을 떠올리며 을불의 청을 받아들였다.

저가의 집에는 을불과 같은 처지의 무사들이 수십 명이나 기거하고 있었다. 그들은 무예를 겨루기도 하고, 저가가 사냥을 나설 때에는 그의 뒤를 따르기도 하며 소일하였다. 유력자의 집에 기거하는 그들 사이에 충성 경쟁이 없을 리 없었고, 먼저 자리를 잡았다는 이유로 텃세 또한 만만치 않았다. 뒤늦게 들어온 을불은 근본 없는 떠돌이라는 이유로 은근한 괄시를 받으며 온갖 궂은일을 도맡아 하게 되었다.

어느 날, 말먹이를 주고 있는 을불에게 한 무사가 다가왔다.

"어딘지 낯이 익단 말이야."

을불이 가만히 보니 안국군 휘하에 있던 무사로, 어릴 적 한두 번 본 적이 있던 사내였다. 소년이었던 을불이 어느덧 청년이 되었음에도 사내의 눈에는 낯설지 않아 보였던 모양이었다.

을불은 발끝에 뭔가가 걸리기라도 한 것처럼 갑자기 휘청거리며 바닥에 넘어졌다. 맨땅에 얼굴을 세게 부닥친 을불이 일어났을 때는 왼쪽 광대뼈 근처에 피가 흐르면서 큰 상처가 나 있었다.

"하하하, 얼빠진 놈이로군."

사내는 을불의 꼴을 보고는 크게 웃고 지나갔다. 이 일로 을불은 한동안 왼편 얼굴에 제법 큰 상처를 갖게 되었는데, 사람의 얼굴이라는 게 참으로 묘해서 작은 점이나 흉터 하나에도 인상이 크게 달라 보이는 것이었다. 그 일이 있고 난 다음부터 을불은 무사들 사이에서 더욱 하찮은 존재가 되어 갔다.

시간이 지날수록 을불은 자연스럽게 무사라기보다는 잡부

취급을 당했는데, 일부러 얼굴에 상처까지 만들며 신분 노출을 경계하던 을불로서는 오히려 잘된 일이었다. 그리하여 잡일을 하는 데 만족하는 듯이 행동했고, 누가 한 판 겨루기를 신청하면 대충 시늉만 하다가 싱겁게 져주곤 했다.

하루는 무사들이 담 밑에 모여 앉아 잡담을 나누고 있는 사이로 을불이 마당을 쓸고 있었다. 그들은 을불 따위는 안중에도 없다는 듯 자신들의 대화에 열중해 있었다.

"곧 시월인데 동맹제에 참가해야 하지 않겠나?"

"안 그래도 저가 어른께서 다들 참가하라 하셨네."

"어차피 우리는 국록을 먹고자 무술을 연마하는 것이니 당연히 참가해야겠지."

"그런데 말일세. 그 얘긴 들었나?"

"무슨 소린가?"

"이번에 각 성(城)의 동맹제에서 우승하는 자에게는 출신성분을 묻지 않고 그 지방의 소형 관직을 준다더군."

"뭐라고? 그게 사실인가?"

무심히 마당을 쓸어 가던 을불의 귀가 번쩍 띄었다. 거기서 우승하면 세상에 발을 딛고 일어설 수 있는 바탕을 이룰 것이라는 생각이 퍼뜩 을불의 뇌리를 스쳤던 것이다.

다음날 을불이 동맹제에 참가할 뜻을 밝히자 다른 무사들이 일제히 비웃었다. 저가 또한 신중한 얼굴로 우려를 표했다.

"동맹제는 무인들이 한 해 동안 갈고닦은 무예를 선보이고 우열을 겨루는 자리이네. 자네 또한 무사 출신이라는 것은 내 잘 알고 있지만 그간 잡일만 하며 수련을 너무 게을리하지 않았나?"

"결코 어른의 얼굴을 욕보이는 일은 없을 것입니다."

평소와 달리 을불이 단호한 표정을 지어 보였지만 저가는 대답을 늦추었다. 피식거리고 있는 무사들 사이에서 무사들의 선도(先導) 격인 양우가 을불을 향해 다가왔다.

"어르신의 얼굴을 더럽힐지 그렇지 않을지 내가 미리 시험해봐도 되겠나?"

양우가 빈정거리며 말했다.

"좋을 대로."

평소답지 않은 을불의 흔쾌한 대답에 자존심이 상한 양우는 억지웃음을 지으며 칼을 꺼내 들었다. 을불 역시 칼을 잡고 자세를 취하자 무사들이 뒤로 물러서며 큰 원을 만들어주었다. 마당에는 아연 팽팽한 긴장감이 감돌기 시작했다. 그때 저가가 끼어들며 둘에게 말했다.

"그만! 다루 자네가 동맹제에 참가하는 것을 허락하겠네. 이봐, 양우! 다루도 무사이니 본인이 원한다면 당연히 참가할 자격이 있네. 그러니 무예는 그때 겨루어도 충분하지 않겠나?"

저가의 말에 어쩔 수 없이 물러난 양우와 무사들이 을불을 향해 몇 마디 이죽거리고는 자기들끼리 뭉쳐 마당을 빠져나갔다. 둘만 남게 되자 저가가 을불을 향해 말을 건넸다.

"동맹제에서는 가끔 사람이 죽기도 하네."

"잘 알고 있습니다."

"부디 조심하여 목숨을 헛되이 하지 말게나."

"마음 써주셔서 감사합니다."

시월이 되자 온 나라 안에서 성대한 동맹제가 열렸다. 본래 동맹제는 왕이 주관하는 궁중행사로 도성에서 열렸지만, 차츰 지방에서도 중앙의 동맹제를 흉내 내어 시월의 어느 기간을 정해 천신과 수신에게 제사를 지내고 가무음주를 즐기게 되었다. 각 성마다 동맹제의 내용이 조금씩 달랐는데, 북쪽으로 갈수록 비무에 중점을 두는 특징이 있었다. 특히 신성은 고구려의 서북단에 위치한 큰 성인데다 수시로 선비 등으로부터의 외침에 시달리는 터라, 그곳의 비무 대회는 도성인 평양성과 비교해서도 그 수준이 결코 떨어지지 않았다.

첫째 날, 신성의 백성들이 모두 모인 가운데 동맹제가 시작되었다. 막 추수를 끝낸 뒤인 만큼 드물게 먹고 마실 거리가 풍족해 모두들 환호하며 흥겹게 어울렸다. 사람들은 동혈(洞穴)의 수신(水神)을 목조상으로 만들어 큰 뜰의 그늘에 두었다.

차츰 해가 남중(南中)하며 찬란한 햇살이 수신상을 비추기 시작하자 모여든 사람들이 모두 태양과 물의 만남을 환호했다. 제사장이 태양신과 수신의 공덕을 칭송한 후 내년의 풍작을 빌자 모두 함께 절한 후 술을 마시고 춤을 추며 한데 어울렸다.

둘째 날부터는 비무 대회가 열렸다. 을불의 첫 상대는 지극히 평범한 수준의 무사였지만 을불은 되도록 시간을 끌어 상대의 체력을 다 소진시킨 끝에 간신히 승리하는 모습을 보였다. 그에 반해 저가의 다른 무사들은 대부분 단 몇 합만으로 승부를 결정짓고 있었다. 특히 양우의 무예는 단연 돋보였다. 그는 상대에게 공격할 기회조차 주지 않은 채 일격에 승리를 거두어 관중들의 환호와 박수를 받았다.

을불이 첫 판을 이기고 물러나오자 저가가 다가와 기뻐하며 물었다.

"다친 데는 없는가?"

을불은 고개를 숙여 보이는 것으로 대답을 대신했다.

시간이 지날수록 경기의 수준 또한 더욱 높아졌다. 을불은 닷새째 되는 날에도 지리한 승부 끝에 힘겹게 승리하는 모습을 보였다. 저가의 다른 무사들 중 대부분이 이미 패배하여 탈락한 뒤였다.

이날 경기의 백미는 마지막으로 치러진 양우의 승부였다.

양우의 상대는 남부 출신의 여노라는 자였는데, 한눈에 보기에도 만만찮아 보였다. 마주 서서 간단한 목례로 예를 갖추고 승부에 들어가자, 양우는 멀찍이 거리를 둔 채로 상대를 탐색하기 시작했다. 시작과 동시에 상대를 몰아붙이던 이전과는 확연히 다른 모습이었다.

"핫!"

탐색을 끝낸 두 무사가 동시에 달려드는가 싶더니, 단 한 번의 격돌로 양우는 중심을 잃고 뒤로 물러서며 칼을 놓치고 말았다. 공중으로 날아오른 양우의 칼은 공교롭게도 여노의 머리 위로 떨어져 내렸고, 여노가 날렵한 솜씨로 그 칼을 잡아내자 관중들 사이에서는 탄성이 터져 나왔다. 양우가 칼을 놓쳤으니 승부는 끝난 것이나 마찬가지였다. 양우의 눈에서 당혹감과 분노가 고스란히 묻어났다.

"이런 개 같은 경우가 있나!"

그러나 여노는 고개를 젖혀 한 차례 크게 웃고는 그 칼을 양우에게 도로 던져주었다.

"와!"

관중들은 좀 전보다 더 큰 탄성을 내질렀다. 순간, 재빨리 칼을 잡은 양우가 입술을 일그러뜨리며 달려들자 여노는 가볍게 공중제비를 돌며 발꿈치로 양우의 뒤통수를 가격했다. 양우는 눈을 뒤집으며 바닥에 엎어져 혼절했다.

"와!"

경기장은 온통 박수와 함성으로 떠나갈 듯했다.

뒷전에서 그들의 경기를 지켜보던 을불 역시 여노라는 자의 무예에 내심 감탄하고 있었다.

'저 정도라면 전국 어디에서도 찾아보기 어려울 무예 수준이군.'

다음으로 치러진 을불의 경기 내용 또한 이제까지와는 사뭇 달랐다. 이제 남은 무사가 열 명도 채 되지 않았기에 여노 역시 을불의 경기를 보고 있었다.

을불은 이번엔 제대로 상대를 공격했다. 어려서부터 고구려 최고의 무사들로부터 교육 받고 양운거에게서 집중적으로 수련 받은 을불의 무예는 시골뜨기 무사가 받아낼 수 있는 수준이 아니었다. 불과 두 합 만에 승부는 싱겁게 끝났다.

관중들에게 인사를 하던 을불의 눈이 뒤편에 서 있던 여노와 맞닥뜨렸다. 을불을 바라보는 여노의 눈이 번뜩이고 있었다.

드디어 마지막 날. 엿새 동안의 예선을 거친 끝에 단 두 사람의 무사만 남아 마지막 승부를 치르게 되었다.

"남부 출신의 여노와 북부 대형 저가의 무사인 다루의 대결이오!"

징소리와 함께 동맹제에 참가한 관중들의 환호가 터져 나왔다. 처음부터 압도적인 경기를 펼친 여노와 시간이 지나면서 차츰 제 실력을 보인 을불의 승부는 시작 전부터 모두의 관심거리가 되어 있었다. 대부분의 사람들이 여노의 우세를 점치면서도 관중들은 어느새 편을 갈라 여노와 다루의 이름을 연호하고 있었다.

막 경기가 시작되려는 찰나였다. 갑자기 나팔소리가 나더니 관리 하나가 떨리는 목소리로 외쳤다.

"태왕 폐하 납시오!"

모든 사람들이 놀라 자신의 귀를 의심했다. 태왕 폐하라니. 그러나 잘못 들은 게 아니었다. 삽시간에 백라관을 높이 쓴 상부가 창조리를 비롯한 수십 명의 신하를 대동한 채 수백 무사들의 삼엄한 호위를 받으며 대회장으로 들어섰다. 신성태수 고노자와 하급 관리들이 급히 단상 아래로 내려가 상부를 맞이했다.

이례적인 일이었다. 본래 태왕은 동맹제 기간 동안 도성에서 의식을 주관하게 되어 있었다. 그런데 태왕이 이곳 북방에 갑자기 모습을 드러낸 것이다.

모든 사람들이 고개를 숙여 예를 표하는 가운데 상부는 신하들을 거느리고 단상 위로 걸어 올라왔다.

"짐이 여러 해 전 북방 도적들의 침입으로 곤궁한 처지에 놓였을 때 이곳 신성태수의 도움을 받아 사지를 벗어난 적이 있었다. 그 고마움을 잊지 못하고 있다가 도성의 동맹제를 끝내고 이곳을 찾았노라."

상부의 말에 사람들이 환호성을 질렀다.

그동안 폭정에 시달려온 백성들이었지만 도성에 있어야 할 왕이 이 궁벽한 변방까지 몸소 찾아와준 것 하나만으로도 이전의 감정이 눈 녹듯 녹아버린 듯했다. 그래서 백성을 순진무구한 존재라고 했던가.

"일찍이 짐은 이곳 신성 동맹제의 비무가 매우 수준 높다고 들었다. 하여 이번 대회의 우승자를 도성으로 데려가 중용하고자 하니 무사들은 더욱 열의를 다해 경기에 임할 것이다!"

사람들의 환호성이 더욱 커졌다. 순간 상부를 노려보던 을불의 얼굴이 흙빛으로 변했다. 이긴다는 것은 상부와 대면한다는 말이었다. 너무나 예상 밖의 일이라 을불은 정신을 차릴 수가 없었다.

아버지를 죽이고 안국군을 죽인 불구대천의 원수들. 백성들을 도탄에 빠지게 하고 이 나라 고구려를 무력하게 만든 무리들. 그들의 눈앞에서 자신의 무예를 뽐내야 한다는 사실이 기막혔다. 그리고 한편으로는 청년이 되어 얼굴이 변하고 최근의 흉터로 옛 모습을 쉽게 알아볼 수 없다 하더라도 가까이서 상부를 접하게 되면 정체가 드러날지 모를 일이어서 긴장하지 않을 수 없었다. 을불은 차라리 상부의 앞에 나아가 그를 죽이고 자신도 죽을까 생각했지만 그것이 작은 복수는 될지언정 안국군의 희생을 물거품으로 만드는 용렬한 행위라는 생각에 쉬이 마음을 정할 수 없었다. 이때 을불의 복잡한 심경을 단칼에 잘라내려는 듯 사람들의 환호성 속에서 징소리가 크게 울렸다.

"콰아아앙!"

시작을 알리는 징소리가 채 멎기도 전에 여노가 무서운 기세로 몰아쳐 왔다. 아직까지도 혼란스럽기만 한 을불은 이를 막기에 급급했다. 공격하는 자와 막는 자의 칼이 불꽃이 튀며 수십 합이 오갔다.

"잔꾀 부리지 마라."

두 자루의 칼이 마주쳤을 때 여노는 을불에게 얼굴을 가까이 가져다 대며 으르렁거렸다.

"지금 네놈은 최선을 다하지 않고 있어!"

말이 끝나기 무섭게 여노의 칼끝이 더욱 예리해졌다. 한 칼한 칼이 상대의 목숨을 노리는 살초였다. 을불이 전력을 다해도 겨우 막아낼 만큼 매서운 공격이었다. 적당히 상대하다가 패배한 척하려던 을불은 이제 최선을 다해 목숨을 지켜야 할 상황으로 내몰렸다.

을불이 잠깐 망설이는 사이 여노의 칼끝이 바람을 갈랐다. 분명 얼굴을 스치지는 않았는데도 을불은 코뼈가 뭉개지는 듯한 충격을 받았다. 칼바람만으로도 그만한 위력을 낼 정도라면 상대는 생각했던 것 이상으로 막강한 고수임에 틀림없었다.

더 이상 피할 수만은 없다고 판단한 을블은 온 힘을 다해 여노에게 맞서기 시작했다.

마침내 오랜 세월 동안 고구려인들의 피를 타고 전승되어 온 전통 무예가 을불의 몸에서 터져 나왔다. 거기엔 철모르던 시절 안국군으로부터 자신도 모르게 전수된 검의 기예와 수많은 무사들의 특기, 그리고 양운거의 필생의 기예가 담겨 있었다.

여노의 야성적인 칼놀림과 을불의 세련된 검법이 한데 어우러지자 더 이상 관중들의 환호 소리는 들리지 않았다. 평생 가야 한 번 볼까 말까 한 놀라운 광경 앞에서 사람들은 그저 입을 벌린 채 넋을 놓고 있었다.

숨을 죽인 채 두 사람의 진검승부를 지켜보고 있던 상부의 입에서도 신음과도 같은 탄성이 쏟아졌다.

벌어진 입을 다물지 못하던 상부가 창조리를 돌아보며 떨리는 목소리로 물었다.

"국상, 저만한 무사들이 도성엔들 있겠는가?"

창조리는 어느새 국상이 되어 있었다. 돌고가 죽은 이듬해에 선왕 시절부터 국상 자리를 이어온 상루가 죽자, 상부는 자신의 심복이자 정적들을 제거하는 데 일등공신이었던 대사자 창조리를 승진시켜 일약 국상으로 삼았던 것이다.

"참으로 놀라운 경지이옵니다. 죽은 달가와 고구가 살아온들 저들만 할까 싶습니다."

그제야 상부는 신이 나 지껄이며 기이한 웃음을 터뜨렸다.

"고구려 최고의 무인이란 놈들이 역모를 일으켜 불귀의 객이 되더니, 이제 하늘이 내게 새로운 무사들을 내려주려는가 보다. 이 어찌 기쁘지 않을 수 있겠는가! 우헤헤헤."

여노와 을불의 싸움은 점점 더 격해져만 갔다. 높고 낮음이 무의미한 경지라 한순간의 실수가 모든 것을 결정지을 수 있을 터였다.

한동안 모든 잡념을 떨치고 싸움에만 전념하던 을불의 눈에 갑자기 상부의 웃는 모습이 들어왔다. 큰 적은 멀리에 있고, 작은 적은 가까이에 있었다. 을불로서는 이겨도 죽고 져도 죽는 기막힌 처지에 놓인 것이었다. 거기까지 생각이 미치자 을불은 일부러 한 발을 헛디뎠다. 그 순간, 정확히 을불의 어깨로 날아들던 여노의 칼이 허공을 갈랐고, 오히려 을불의 칼 앞에 여노가 목을 들이민 꼴이 되었다.

"졌……."

여노가 패배를 인정하려는 순간, 갑자기 을불이 들고 있던 칼을 놓치며 어깨를 여노의 칼에 갖다 대고는 쓰러졌다. 어안이 벙벙해진 여노가 상황을 알아차리고 뭐라고 입을 열려는 순간, 우레와 같은 관중의 함성소리와 더불어 여노의 승리가 선언되었다.

관중들의 환호성과 박수소리 속에서 상부 일행이 단상에서 내려와 두 사람을 향해 걸어오고 있었다.

을불은 잠깐의 소란을 틈타 재빨리 몸을 일으켜서는 관중 속으로 몸을 숨겼다.

"이봐!"

여노는 을불을 쫓으려 했지만 이미 왕의 무사들이 가로막아 한 발짝 떼기도 어려웠다. 어느새 코앞까지 다가온 상부가 여노에게 들뜬 표정으로 외쳤다.

"짐은 너와 같은 무인을 일찍이 본 적이 없다. 여노라고 하였는가? 짐은 승부에 개의치 않고 승자와 패자, 둘 모두를 도성으로 데려가 중히 쓰고자 한다. 하니 짐과 이 나라 사직을 위해서 멸사봉공하라!"

상부는 허리춤에 차고 있던 칼을 풀어 여노에게 내밀었다. 그것은 신하로서 왕의 무력을 대신해도 좋다는 것을 의미하는 것으로 무인이 받을 수 있는 최고의 영예였다. 너무나 파격적인 대우에 관중들은 또다시 환호했다. 그러나 사라진 을불을 찾아 이리저리 둘러보던 여노는 상부가 내민 칼을 받지 않았다.

"승자는 제가 아닙니다."

말이 끝남과 동시에 여노는 갑자기 무사들의 어깨 너머로 몸을 날렸다. 그러고는 번개처럼 어디론가 사라졌다.

"어! 어!"

너무도 어처구니없는 상황 앞에 상부를 비롯한 모든 사람들은 그저 입만 벌릴 뿐 아무 말도 하지 못했다. 환호하던 관중들도 어리둥절해하기는 마찬가지였다. 잠시 후, 상부의 얼굴은 시뻘겋게 달아올랐고, 신하들은 상부의 분노가 어떤 결과로 이어질지 몰라 두려움에 몸을 떨어야 했다.

"저, 저 무엄한! 무얼 하느냐! 저 역적 놈을 잡아오지 않고!"

상부가 소리 지르자 그제야 호위무사들이 여노가 사라진 방향으로 달리기 시작했다.

"너 이놈!"

저가의 집으로 돌아오자마자 급히 떠날 채비를 차리고 있던 을불은 등 뒤에 서늘한 감촉을 느끼며 그대로 동작을 멈추었다. 언제 따라왔는지 여노의 칼끝이 을불을 겨누고 있었다.

"여노 자네인가?"

"감히 나를 모욕했겠다!"

"부득불 그 자리를 피해야만 했네. 본의 아니게 미안하게 되었군."

"몇 마디 말로 갚을 수 있는 실수라고 생각하나?"

"어차피 너의 무예가 나보다 높다. 꼭 결판을 볼 이유도 없지 않았나."

"승자는 너였다. 어찌 나를 계속 농락하는가?"

"그렇다면 네가 패배한 것이겠지. 그런데 어찌 나를 쫓아왔는가?"

"너는 거짓된 명예를 내게 덮어씌우고 떠났다. 무인으로서 그보다 큰 수치가 어디 있겠는가."

"그렇다면 자네 역시 그 명예를 거부하고 떠나면 될 게 아닌가."

"그래서 지금 여기에 있지 않나."

"……."

을불이 돌아섰고 깊은 눈빛을 나누는 둘 사이에 한동안 침묵이 이어졌다. 여노가 겨누고 있던 칼을 내리자 을불이 한숨을 토해내며 사과했다.

"나의 무례를 용서해줄 수 없겠나? 피치 못할 사정이 있었으니 이해해줬으면 좋겠군."

"다시 한 번 승부를 가린다면 너의 무례는 없던 것으로 하지."

"지금은 곤란하다. 나중에 다시 만나서 하면 안 되겠나? 나는 지금 몸을 피해야만 하는 입장이라……."

"그거면 됐다."

여노가 너무도 선선히 수락하자 도리어 을불이 물었다.

"고맙네. 그런데 정말로 그것이면 되겠는가?"

"사실 나도 몸을 피해야 하는 처지이다. 방금 왕이 주는 칼을 내던지고 너를 쫓아왔으니, 지금쯤 병사들이 나를 찾아 이 근방을 뒤지고 있겠지."

을불은 그의 말에 크게 웃었다.

"하하하, 정말 뼛속까지 무인이로군. 나는 네가 마음에 드는데, 우리 친구가 될 수는 없을까?"

"나 또한 네가 마음에 든다. 그러나 한 가지 조건이 있다."

"무엇인가?"

"네가 왜 그 자리를 피했는지, 왜 거짓으로 패한 척했는지 말해다오. 그래야 내가 너를 마음으로부터 받아들일 수 있지 않겠나."

여노가 을불의 눈을 똑바로 바라보며 물었다.

여노의 눈빛을 맞받으며 을불은 고개를 끄덕였다. 이미 친구가 되자고 제안한 마당에 뭘 감추고 말고 할 것이 없다고 생각한 것이다.

"나는 을불이다. 돌아가신 돌고 공의 아들이자 선왕의 손자

이며, 이 나라 최고의 무인이자 영웅이었던 안국군의 종손(從
孫)이다. 왕 상부가 나를 찾아 죽이려 하기에 신분을 감춘 채
떠돌고 있다. 이만하면 충분한 대답이 되겠는가?"

을불의 말에 여노는 깜짝 놀랐다.

"아니! 그런 비밀을 이렇게 발설해도 되는 것이……오?"

"너의 자존심을 상처 입힌 대가이다. 이제껏 누구에게도 내
신분을 밝힌 적이 없지만 너와는 지기지우를 맺기로 했으니
말하는 것이다. 이제 나를 친구로 받아주겠는가?"

"내 어찌 감히 왕손과 친구가 될 수 있겠소?"

"친구란 신분으로 맺어지는 것이 아닐 터. 마음이 통하면 믿
음이 생기고, 믿음이 있으면 목숨처럼 소중한 친구가 되는 게
아니겠는가."

"이를 말이오."

을불과 여노는 손을 맞잡았다. 두 사람 다 쫓기는 입장이라
거창하게 피의 의식을 치를 겨를도 없었지만, 그럴 필요도 느
끼지 못했다. 소를 잡아 제단에 올려놓고 피를 나누어 마신
후 하늘에 대고 그럴듯한 맹서를 늘어놓지 않아도 좋았다. 젊
은 그들에게는 서로 손을 맞잡고 눈빛을 주고받는 것만으로도
충분했던 것이다.

그때 문밖에서 인기척이 들렸다. 을불과 여노는 누가 먼저

랄 것도 없이 칼을 꺼내어 들고 등을 벽에 붙였다.

"다루 자네, 여기 있는가?"

목소리의 주인공은 저가였다. 을불은 대답하지 않았다.

"자네와 할 말이 있으니 잠시 들어가겠네."

을불은 그제야 천천히 칼을 거두었고, 여노 또한 을불을 따랐다. 잠시 후 저가가 진중한 표정으로 들어섰다.

"조심스러운 이야기를 해야겠는데, 괜찮겠는가?"

저가가 여노를 눈으로 가리키며 물었다.

을불이 고개를 끄덕이자 저가가 갑자기 을불을 향해 절을 했다.

"을불 왕손님."

을불은 깜짝 놀라 저가를 잡아 일으켰다.

"왜 이러십니까! 저는 그런 사람이 아닙니다."

"태왕과 함께 있던 신하 중 한 사람이 이미 왕손님을 알아보았습니다. 여노도 여노지만 왕손님을 찾기 위해 병사들이 사방에 쫙 깔렸습니다."

을불은 한숨을 쉬었다.

"잠시 공명심에 사로잡혀 동맹제에 나갔던 것이 불찰입니다. 혹시 공께서도 나를 사로잡으려 하십니까?"

"그럴 리 있겠습니까. 저는 본디 북방과 교역하던 일개 상인이었으나 안국군 대장군의 은혜를 입어 관직에 나아가고 일신의 영화를 누렸습니다. 그런 제가 어찌 왕손님께 해를 끼치겠습니까."

"아아! 저가 공과 같이 아직도 안국군을 잊지 않고 계신 분이 있다니. 정말로 다행입니다."

을불은 저가의 손을 꽉 쥐었다.

"왕손님께서 동맹제에 나가신 것이 당장은 해가 될 일인지 모르겠으나 멀리 내다보았을 때에는 반드시 그렇지만도 않습니다."

"무슨 말씀인지……."

"왕손님께서 건재하심이 이로써 온 천하에 알려졌습니다. 그 놀라운 무예와 함께 말이지요."

"다만 화를 부를 뿐이 아니겠습니까?"

"그렇지 않습니다. 상부는 많은 충신을 역모로 몰아 죽인 것도 모자라 사치와 폭정으로 민심마저 잃은 지 오래입니다. 이러한 때에 왕손님이 살아 계심은 오히려 반가운 소식이 되겠지요."

"그러나 저는 아무런 힘이 없습니다. 그것이 답답할 뿐입니다."

"왕손님의 마음을 잘 알고 있습니다. 일단 자리를 옮겨 말씀을 나누시지요."

"어디로 말입니까? 어서 이곳 신성을 떠야 하지 않겠습니까?"

"가면서 말씀드리겠습니다. 서두르는 게 좋겠습니다."

문밖의 동정을 살피며 저가가 말했다.

을불과 여노는 저가를 따라 말을 달렸다. 들길을 한참 달리고 나자 깊은 숲이 나타났고 숲 속을 또다시 반 마장쯤 달려가자 아담한 집이 한 채 나타났다. 집 앞에 말이 멈추자 안에서 하인 몇 사람이 얼른 뛰어나와 저가에게 깊이 고개를 숙였다.

"아는 사람이 없는 집입니다. 혹여 무슨 일이 있을 때를 대비해 은밀히 마련해둔 곳이니 마음 놓고 지내셔도 됩니다."

"그랬군요. 고맙습니다."

저가는 을불과 여노를 안채 깊숙한 곳으로 데려갔다.

"제가 별다른 능력은 없지만, 사실 오래전부터 암암리에 안국군을 따르던 몇몇 동지들과 서로 연락을 나누고 있었습니다. 그들은 모두가 낙향하여 나름대로 힘을 기르고 있지요. 우리들은 을불 왕손님께 모든 희망을 걸고 있습니다."

"그게 정말입니까?"

을불이 놀라며 반가워했다. 막연하기만 했던 자신의 구상이 어느덧 밑그림을 그려가고 있다는 섣부른 생각마저 들었다. 을불에게 그들의 세력과 본거지 등을 자세히 설명하던 저가가 종내는 그다지 밝지 못한 표정으로 말을 마쳤다.

"그러나 무언가를 이루기에는 너무나 미약할 뿐입니다. 다 합쳐도 일개 성의 군사만도 못한 세력이지요."

"아닙니다. 안국군을 따르던 사람들이라면 모두가 일당백의 용장들이지 않겠습니까. 때가 되면 큰 힘이 될 것입니다. 당장 여기 계신 저가 공만 해도 많은 무사들을 키우고 있지 않습니까?"

"그래봐야 몇이나 되겠습니까. 저는 장사꾼 출신이라 집안에 재물이 있기에 그나마 형편이 좋은 축에 속합니다. 그러나 다른 이들은 대부분 무골이기에 병사를 양성한다고는 하지만 제 한 몸 추스르기도 버거운 것이 현실입니다."

저가의 말에 고개를 끄덕이던 을불이 눈을 똑바로 뜨고 저가를 응시하더니 힘을 주어 물었다.

"공께서는 진심으로 제게 미래를 걸고 계십니까?"

"이를 말이겠습니까."

"그렇다면 지금 당장 제게 권한을 줄 수 있겠습니까?"

"무슨 말씀이신지……?"

"공게 의탁하고 있는 무사들과 공이 가진 재물을 제 뜻대로 부릴 수 있도록 해주실 수 있으시겠습니까?"

을불의 갑작스런 청에 적잖게 놀란 저가가 조심스레 물었다.

"당연히 그렇게 해드리겠지만, 무엇을 하려는지 여쭤어도 되겠습니까?"

"그간 저가 공에게 의탁하며 여러 가지 생각을 해보았습니다. 지금은 급한 마음을 누르고 철(鐵)을 마련해야 한다는 생각을 가지게 되었습니다."

"철이요? 하지만 고구려의 철은 나라에서 관장하고 있기 때문에 물건을 확보하기가 어렵습니다."

"철은 낙랑에서 가져옵니다."

"예?"

"낙랑은 북방의 수많은 나라와 진나라를 잇는 거점과도 같은 곳입니다. 어마어마한 양의 철이 낙랑을 통해 진나라로 건너가고, 진나라의 진귀한 물건들이 낙랑을 통해 북방으로 나갑니다. 그런데 지금 진나라는 내전 중입니다."

"그 말씀은……."

"지금 진나라로 향하는 교역은 중단되었다고 보아야 합니다. 저는 얼마 전까지 낙랑에 머물러 있었기에 낙랑의 상황을 잘 알고 있습니다. 낙랑은 지금 북방의 수많은 나라에서 건너간 철이 골칫덩이가 되어가고 있고, 내란을 피해 흘러들어온 수많은 유민들로 인해 각종 물자가 모자랍니다. 저는 상단으로 위장해 약재와 옷감 따위의 물건을 낙랑으로 가지고 들어가 철로 바꾼 다음 숙신으로 들어가고자 합니다."

"아, 숙신에 가 상부의 추적을 피하고 군세를 기르려 함이군요."

"맞습니다."

"실로 대단한 생각이십니다. 이 저가, 목숨을 다해 왕손님을 모시겠습니다. 지하의 안국군 전하께서도 크게 기뻐하실 것입니다."

"고맙습니다. 한데 상단은 언제쯤 출발할 수 있겠습니까?"

"저도 이제 신성을 떠야 할 운명, 이곳에 숨어 태왕이 돌아가기를 기다렸다 즉각 떠날 수 있도록 하겠습니다."

"저 때문에 터전을 버리시는군요."

"안국군 전하께서 돌아가신 이후 금을 많이 바꾸어 두었습니다. 그런데 이런 일에 쓸 수 있게 되어 스스로도 흡족하기만 합니다."

을불은 여노와 더불어 밤새 술을 마셨다. 하룻밤에 만리장성을 쌓는다는 말도 있지만, 단 하루 만에 여노에게서는 십년지기와도 같은 믿음이 생겨났다. 그간 신분을 숨긴 채 도망 다니느라 누구와도 속마음을 터놓고 지내지 못했던 을불의 허한 마음이 일순간에 채워지는 것만 같았다.

"여노. 내 자네에게 부탁 하나 해도 되겠는가?"

술이 얼큰하게 취하자 을불은 진작부터 마음에 담아두었던 이야기를 꺼냈다.

"이미 평생 교분을 나누기로 한 터, 어찌 부탁이라 하시는가. 그저 말씀하시게."

을불의 강력한 요청에 따라 여노는 어정쩡하던 존대를 버리고 벗의 말투로 돌아와 있었다.

"왕에게 돌아가 관리가 되어주게."

전혀 예상치 못했던 을불의 말에 여노가 놀라 되물었다.

"무어라 하셨는가. 자네, 진심인가?"

을불이 고개를 끄덕였다.

"이미 내 정체가 드러났으니, 자네 또한 나를 알아보고 사로잡기 위해 쫓았다 하면 해명이 될 것이네. 자네가 나를 쫓는 것을 본 사람 또한 많을 터이니 증언도 될 것이고."

"그런 것은 문제가 아니네. 한데 어찌 나보고 관리가 되라 하는가?"

"될 수 있으면 변방의 태수가 되어주게. 태수는 관병을 가질 수 있지 않은가."

"아하, 이제야 알겠네. 그곳에서 관병이 아닌 자네의 사병을 키우라는 말이군."

"아닐세."

"아니라고?"

"내 사병이 아니라 고구려를 지킬 관병을 키우라는 말일세. 훗날 크게 쓰일 정예병을 말일세."

"알겠네. 그런데 자네, 나를 그렇게까지 신뢰할 수 있겠는가? 아무리 마음이 통했다 한들 자네와 나는 오늘 처음 만난 사이일세."

"사람 사이의 믿음이 꼭 사귀어온 세월을 따르는 것은 아닐 터. 내 목숨을 자네에게 맡기려는 마당에 세월의 깊이를 따져 무엇 하겠는가. 내가 사람을 잘못 보았다면 죽음으로 갚으면 될 것을."

여노는 감격하여 을불의 손을 꼭 잡았다.

"자네가 나를 그렇게 믿어주는데 내 어찌 다른 마음을 먹겠는가."

"자네는 내 유일한 친구일세."

을불 또한 여노를 잡은 손에 힘을 주었다. 비록 초라한 골방에 숨어 나눈 맹약이었지만, 이 자리에는 앞으로 새 시대를 열어갈 두 영웅의 결의가 넘쳐나고 있었다.

엉뚱한 상인

꿈의 도시 낙랑.

고구려와 진의 국가 간 교역이 모두 낙랑을 통해서 이루어짐은 물론이고, 수세기 동안 민간의 교역 역시 낙랑군을 통해서만 이루어져 왔다. 고구려 상인이 자유롭게 갈 수 있는 유일한 진나라 땅, 그리고 진나라 상인이 도달할 수 있는 마지막 자국 땅, 그곳이 바로 낙랑이었다. 지금은 실질적인 자치국이 된 낙랑에서는 이런 지리적 이점을 노리고 개인 간의 교역에 대해서는 높은 세금을 부과해왔지만 상인들의 발걸음은 끊이지 않았다. 낙랑은 전쟁을 치르고 있는 상대국의 상인들도 크게 까다롭지 않게 받아들였다. 전쟁은 잠시지만 교역은 영원하다는 진리를 알고 있는 까닭이었다.

덕분에 낙랑은 어마어마한 부를 쌓았고 이는 치안, 나아가 군사력에도 영향을 주어 낙랑에 주둔하는 군사는 그 양과 질에서 주변의 중소 국가들을 훨씬 상회했다. 사정이 이렇다 보니 낙랑의 관리는 본토에서 부임해 오기보다는 대부분 내부에서 충당되고 있었다. 수십 년간 전쟁을 겪으며 여러 왕조가 흥망성쇠를 반복해온 본토와 달리 낙랑은 단일 세력으로 이미 수백 년을 이어온 까닭에 태수의 자리조차도 대물림으로 내려오는, 말하자면 실질적으로는 독립적인 소국이 되어 있었다.

그러나 아무리 그렇다 하더라도 낙랑은 어디까지나 본토에 복속된 하나의 군(郡)인 이상 흘러들어오는 본토인을 전혀 받아들이지 않을 수는 없었고, 오랜 내란에 염증을 느낀 수많은 진의 유민들이 계속해서 낙랑으로 몰려왔다. 낙랑에 살 수 있다는 것은 그들에게 꿈과 같은 것이었다. 낙랑의 한족들은 최하층민조차도 굶지 않았고, 강제로 노역하지도 않았다. 낙랑에는 수백 년간을 노예로 살아온 집단, 즉 낙랑군이 설치되던 당시부터 그 땅에서 살고 있었던 조선 유민들이 넘쳤던 때문이었다. 그런저런 까닭에 낙랑의 성문은 몰려드는 인파로 하루도 조용할 날이 없었다.

그날도 각지에서 몰려드는 상인들과 진의 유민들로 성문 앞은 북새통을 이루고 있었다.

"어디서 오는 길인가?"

"고구려에서 온 상인이오."

"무엇을 가져왔지?"

"옷감과 약재요."

을불 일행을 쓱 훑어본 관리는 엄청난 규모에 놀랐지만 그렇기 때문에 오히려 더 수월하게 이들을 통과시켰다. 어떤 고관과 연결되어 있을지 모른다는 생각 외에도 옷감과 약재라면 지금 낙랑이 한참 필요로 하는 물건들이었다. 성문을 통과한 을불 일행은 이미 계획이 되어 있었던 듯 큰 창고에 그대로 짐을 들였다.

낙랑에 들어서기 전, 을불은 이미 각자 해야 할 일을 일러주었다.

"여러분들은 우선 소문나지 않게 여러 민간 상인들이 보유하고 있는 철제 물건들을 구입하세요. 하지만 조심하세요. 누군가 대량으로 사들인다는 소문이 나면 상인들은 물건을 싼값에 내놓지 않을 것이고 따라서 그 값 역시 오르게 될 것입니다. 그러므로 여러분들은 처음부터 물건을 사들일 생각은 말고 우선 암암리에 팔 만한 것을 보유하고 있는 자들을 알아두었다가, 한날한시에 모든 물량을 일거에 사들여야 합니다."

사람들이 모두 을불의 지시에 따라 철을 찾아 뿔뿔이 흩어진 후 저가가 걱정스런 표정으로 을불에게 물었다.

"원래 철이라는 것은 국가 간의 교역품이라, 상인이 보유하고 있는 것들은 이미 제련된 물건들로 소량에 불과합니다. 이런 식으로는 숙신에서 군사를 양성할 만큼 충분히 모이지는 않을 것입니다."

"알고 있습니다. 낙랑에 쌓인 대부분의 원철(原鐵)은 태수의 관리 하에 있을 것입니다. 하여 저는 태수와 직접 접촉을 하려 합니다."

"위험이 너무 크지 않겠습니까?"

"어차피 정상적으로는 낙랑에서 철을 가지고 나가는 것도 불가능합니다. 태수의 허가를 받지 않는 이상 아무리 많은 철을 확보한다 해도 무용지물이 되고 말지요. 그러니 위험이 크다 한들 피할 수 없는 일이지요."

을불의 말에 저가는 고개를 끄덕였다.

"태수와는 어떻게 만날 생각이십니까?"

"생각해둔 바가 있습니다."

"그럼 저는 우리가 가지고 온 물건을 팔러 나서볼까요?"

"그러실 필요 없습니다. 우리가 가져온 물건은 팔지 않습니다."

"네?"

"그 물건들은 팔 것이 아니라 직접 철과 교환할 것들입니다."

을불은 길거리로 나와 지나가는 행인을 붙잡고 물었다.

"낙랑에 고구려 출신의 세력가가 있소?"

"주 대부가 있지요."

"그 말고 또 누가 있소?"

"오로지 주 대부뿐입니다. 고구려 출신으로 낙랑에서 유지가 된다는 건 하늘의 별을 따는 것만큼 어려운 일이오. 주 대부니까 가능한 일이었지."

행인은 주 대부라는 이름을 입에 올리는 것조차 경이롭다는 듯 그렇게 말을 하고는 걸음을 재촉했다.

을불은 주 대부를 찾아갔다. 주 대부라는 사람은 근동에 모르는 사람이 없을 정도로 이름이 나 있어 그의 집을 찾는 일은 전혀 어렵지 않았다. 을불이 아랫사람에게 진귀한 물건을 선물로 전하면서 멀리 고구려에서 찾아온 사람이라고 전해달라고 하자 주 대부는 흔쾌히 시간을 내주었다.

을불은 드넓은 저택의 별채로 안내되었다. 긴 나무탁자를 사이에 두고 화려한 의자가 놓여 있었고, 탁자 위에는 남방에서 온 듯한 이름 모를 과일이 바구니 가득 쌓여 있었다.

을불이 잠시 기다리고 있자니 풍채가 있으면서도 제법 꼬장꼬장해 보이는 중노인이 방 안으로 들어섰다.

"주태명이라 하네."

"고구려에서 온 다루라 합니다."

통성명이 끝나자 을불은 곧바로 찾아온 용건을 내놓았다.

"주 대부 어른께 부탁드릴 일이 있어 이렇게 찾아뵈었습니다."

"무엇인가?"

"저를 낙랑태수와 만나게 해주십시오."

주 대부는 껄껄 웃었다.

"낙랑태수는 말이 태수이지 실제로는 한 나라의 왕과도 같은 자리일세. 만나고 싶다고 아무나 만날 수 있는 사람이 아닐세."

"어려운 줄 알기에 주 대부 어른을 찾아뵌 것입니다."

"글쎄, 나도 태수를 만나는 것이 간단치 않은 일인데, 하물며 일면식도 없는 이방인인 자네와의 만남을 주선할 수 있으리라고 보는가?"

"그리하면 어른께도 큰 이득이 있을 것입니다."

"알아듣도록 설명해보게."

"저는 고구려에서 많은 양의 옷감과 약재 등을 가지고 왔습니다. 이것을 좋은 가격에 철과 바꾸어 가고자 합니다."

"철? 철이라 했나?"

"그렇습니다."

순간적으로 주 대부의 얼굴에 복잡한 표정이 떠올랐다 사라졌다.

"자네 정말 고구려 사람이 맞나?"

"그렇습니다."

"그럼 최근의 고구려 얘기를 좀 들려주게. 어디서 왔으며, 그 옷감과 약재는 어디서 구했고, 그 값어치는 어느 정도인지까지 포함해서 말일세."

을불이 고구려 사정을 상세히 들려주자 그는 찬찬히 을불을 뜯어보며 말했다.

"들어보니 고구려에서 온 것이 확실한 것 같은데, 옷과 약재를 주고 철을 가져가겠다니? 낙랑에 꼭 필요한 것을 주고 애물단지를 가져가겠다는 것인데, 바늘 하나를 쫓아 바다 밑도 긴다는 장사꾼이 결코 이문도 남지 않을 일을 하겠다는 말을 내가 어떻게 받아들이라는 것인가? 물론 다른 생각이 있겠지만 그야 자네 생각일 테고…… 아무튼 그러면 내게는 무엇이 남지?"

"그 외에 제가 가져온 물건들로 벌어들일 이문을 모두 드리겠습니다."

"뭐라?"

주 대부는 놀라 큰 소리로 반문했다.

"애초에 저는 철을 구하러 온 것입니다. 그러니 가져온 물건들에서 남는 이문을 모조리 어른께 드리겠다는 것입니다."

"자네 정말 장사꾼이 맞나?"

"물론입니다. 그러나 어른을 통하지 않고는 태수를 만날 방법이 없고, 태수를 만나지 않고서는 철을 구할 방법이 없습니다. 저는 고구려에서 가져온 물건보다는 철을 통한 이문을 더 크게 보고 있기에 이 같은 제안을 드리는 것입니다."

"나더러 그 말을 믿으라는 것인가?"

"낙랑과 고구려는 요하만 건너면 닿을 수 있는 가까운 거리입니다. 말을 달리면 도성까지도 얼마 걸리지 않으므로 그 차익이란 과히 크지 않습니다. 그쯤이야 포기할 수 있습니다."

최근 낙랑은 인구가 폭증한 까닭에 옷감과 약재 등의 가격이 어마어마하게 치솟았고, 따라서 그 차익이 결코 작을 수 없었다. 그것을 모를 리 없는 주 대부는 곰곰 생각하더니 이내 고개를 저었다.

"구미가 당기기는 하지만 어찌 이토록 엉뚱한 말을 노상 받아들일 수 있겠나?"

"어른께서 정 마음이 놓이지 않으신다면 제가 가져온 물건들을 어른께 담보로 맡겨두겠습니다. 제 말이 허언으로 밝혀지면 그것들 전부를 어른께서 취하면 되지 않겠습니까?"

주 대부는 잠깐 생각하더니 자리를 털고 일어났다.

"음, 의논해볼 사람이 있으니 하루만 생각할 말미를 주게."

다음날 을불은 고구려에서 가져온 짐을 모조리 가지고 주 대부의 집을 찾았다. 을불이 가져온 물건들을 보고 주 대부는 놀라움을 금치 못했다.

을불의 말에 거짓이 없음을 확인한 주 대부는 마침내 낙랑 태수에게 면담을 요청했고, 을불은 주 대부와 함께 태수를 만날 수 있었다.

"태수님을 뵙습니다. 그간 강녕하셨는지요."

낙랑태수 유건의 위용은 상상 이상이었다. 문무관원들이 좌우로 늘어선 가운데 태수가 보좌에 높이 올라앉아 있는 모습은 웬만한 나라의 조정보다 당당해 보였다. 태수가 주 대부를 내려다보며 물었다.

"어쩐 일로 나를 보자 하였는가?"

"고구려에서 많은 양의 옷감과 약재를 가져온 상인이 있기에 태수님께 데리고 왔습니다."

"저자인가?"

"그렇습니다."

태수는 을불을 잠깐 쳐다보다 물었다.

"상인이 나를 보자고 할 때에는 필시 목적이 있겠지. 그래, 원하는 것이 무엇인가?"

을불이 대답했다.

"철입니다."

"철?"

"예, 그렇습니다."

"으하하하하!"

철이라는 말에 웃음을 터트리던 태수가 갑자기 눈썹을 꿈틀했다.

"철을 달라고? 옷감과 약재를 주고?"

"바로 그렇습니다."

"그걸 가져다 무얼 하겠다는 건가?"

"지금 낙랑에는 철이 남아돌고 있어 헐값에도 사는 사람이 없습니다. 더군다나 일반 상인이 만질 수 있는 물건이 아니니 거래도 쉽지 않습니다."

"그걸 잘 아는 자가 왜 철을 사겠다는 거지?"

"저는 시간을 사려는 것입니다."

"시간을?"

"그렇습니다. 비록 지금은 철이 애물단지지만 언제고 진이 안정되면 값이 크게 오를 것입니다. 그때는 제가 가진 철이 제 몫을 할 것입니다."

"허, 시간을 사겠다?"

낙랑태수는 고개를 갸웃했다. 그가 무엇을 사든, 어찌되었건 지금은 흔하디흔한 철을 내주고 귀한 약재를 얻는 일이니 결코 손해 볼 일이 아니었다. 아마도 이참에 개인 간의 거래가 통제되어 있는 철을 모아두었다가 때가 되면 고구려에서 되팔 생각인 장사치인 듯했다. 어딘지 그럴듯한 생각 같기도 했지만 태수가 보기엔 허황된 생각 같았다. 태수는 잠시 고민하는 표정을 지어 보이다 말했다.

"생각을 좀 해보아야 할 일이다. 주 대부는 잠깐 남고 그대는 물러갔다 내일 다시 들라."

"부디 좋은 결정을 내려주십시오."

을불은 예를 차리고 주 대부 곁에서 떨어져 나와 혼자 청
(廳)을 나섰다. 필경 태수는 주 대부를 비롯한 측근들과 이 문
제를 논의할 터였다.

그날 밤, 을불은 일행을 객잔에 남겨둔 채 혼자 거리로 나
왔다. 소청을 따라 걸으며 보았던 옷감 가게며 반짇고리를 파
는 가게들이 그때와 다름없이 등불을 밝힌 채 물건을 팔고 있
었다. 을불은 하릴없이 몇몇 가게를 돌아다니다가 주점에 들
어가 술과 안주를 주문했다.

"소홍주와 오리구이."

처음 소청을 만날 때 양 대부 일행이 먹던 술과 안주였다.
소홍주를 한 잔 한 잔 따라 마실 때마다 소청과 어울리던 추
억이 주마등처럼 떠오르다 사라지곤 했다. 어느덧 취기가 올
라 주점을 나선 을불의 발걸음은 자신도 모르게 양운거의 집
이 있는 쪽으로 향하고 있었다. 그러나 비록 취중이었지만 을
불은 마음마저 풀어놓지는 않았다. 물론 지금은 복장이나 두
발 등 행색이 몰라볼 만큼 달라져 있었지만 그들 세 사람 중
어느 누구의 눈에도 띄어서는 안 된다는 것을 모르지 않았다.

양운거의 집은 방정균이 진형을 펼치던 그날 밤처럼 등불

이 환하게 밝혀져 있었다. 을불은 몸을 낮춘 채 조심스럽게 다가갔다. 그때였다.

"흐흡!"

어둠 속에서 누군가 소리를 죽이고 숨을 들이마시는 동정이 느껴졌다. 을불은 본능적으로 걸음을 멈추고 몸을 낮추었다. 을불이 유심히 보니 낙랑군복을 입은 사내 하나가 한달음에 담 옆의 큰 나무로 뛰어올라 담 안을 살피고 있었다.

사내가 몸을 숨기고 있는 나무는 워낙 큰데다 가지도 많고 잎도 무성해 뛰어오르는 그 순간 발각되지 않으면 들킬 염려가 없는 안전한 은폐물이었다. 을불은 지난날 무련장을 훔쳐보던 자신의 모습이 생각나 잠깐 실소를 지었다.

을불은 그러면서 나무 위 사내가 하는 양으로 보아 밀탐꾼이 분명하다는 생각이 들었다. 이 밤에 군복을 입고 무련장을 엿보고 있는 자라면 틀림없이 스승인 양운거에게 해가 될 자가 분명했다. 을불은 양운거에게 그의 존재를 알려주어야 한다는 생각이 들어 발밑에서 돌멩이 두 개를 집어들었다. 그러고는 무련장과 나무 위 사내를 향해 거의 동시에 팔매질을 했다.

"타닥!"

"탁!"

"어엇!"

무련장의 사람들이 갑자기 날아온 돌에 놀란 것과 군복의 사내가 나무에서 뛰어내린 것은 거의 동시였다.

"앗, 적이다. 잡아라!"

"삐익!"

군병들의 호적 소리와 외치는 소리가 들리더니 곧이어 무련장에서 몇 사람이 솟구쳐 올랐다. 을불은 돌멩이 하나를 더 주워 들고 있다가 사내가 자기 앞으로 달려오자 그의 정강이를 겨냥해 힘껏 던졌다.

"윽!"

전혀 예상치 못했던 곳에서 날아온 돌에 정통으로 정강이를 맞은 사내는 몸의 균형을 잃고 몇 발짝 내딛지도 못한 채 그 자리에 쓰러지고 말았다. 아무리 고수라 해도 어둠 속에서 소리 없이 날아온 돌을 피하기는 불가능했을 터였다.

간신히 몸을 일으킨 사내는 이제 이를 악문 채 필사적으로 기기 시작했다. 그 모습이 너무 치열해 을불은 순간 당황스러웠다. 괜한 일에 끼어든 게 아닌가 싶은 생각도 들었다. 사내가 간신히 근처의 갈대숲으로 몸을 숨길 때쯤 쫓아온 자들의 목소리가 들렸다.

"놓치면 안 된다. 흩어져서 찾아라. 멀리는 못 갔을 것이다!"

귀에 익은 음성은 방정균의 것이었다.

"무슨 일이냐?"

뒤이어 달려온 사람의 음성 역시 너무나 귀에 익었다.

양운거. 바로 불철주야 자신에게 무예를 가르쳐주던 스승의 목소리였다.

"어떤 놈이 나무 위에서 뛰어내렸습니다. 놈들이 또다시 자객을 보낸 듯싶습니다. 스승님, 여기는 저희에게 맡기시고 몸을 피하십시오. 어둠 속인데 비검이라도 날아올까 걱정됩니다."

방정균의 말에 양운거는 오히려 손을 들어 모든 사람들의 동작을 정지시켰다.

"멈추어라!"

사위가 모두 조용해지자 그는 양팔을 어깨 높이로 올려 벌리고는 공기를 빨아들이는 듯한 동작으로 주변의 기를 천천히 훑었다. 마치 뱀이 혀를 내밀어 공기의 맛을 보고 먹이를 탐지하는 것과도 같은 동작이었다.

을불은 꼼짝하지 않았다. 조금이라도 움직이면 자신의 위치가 탄로 나리라는 걸 느낌으로 알 수 있었다. 자객도 같은 생각인지 섣불리 움직이지 않고 마치 죽은 사람처럼 바닥에 찰싹 붙어 숨소리조차 내지 않고 있었다. 짧은 순간이었지만 을불은 양운거의 몸의 방향으로 미루어 자객의 기척을 먼저 알아채리라고 생각했다. 그러면 그에게 달려드는 사이 자신은 이곳을 벗어나면 될 터였다. 그러나 그것은 상대를 너무 얕잡아본 판단이었다.

"타닥!"

갑자기 을불 앞으로 돌멩이 하나가 날아들었다. 자객이 시선을 돌리기 위해 을불 쪽으로 돌멩이를 날려 보냈던 것이다. 그 소리에 모든 사람들의 눈초리가 을불이 있는 쪽으로 모아졌고, 동작이 빠른 몇몇 병사는 이미 을불 쪽을 향해 몸을 움직이고 있었다.

"이런!"

을불은 자객에게 당했음을 알고 쓴웃음을 지었다.

"나와라!"

다가와 외치는 병사들의 맨 앞에는 방정균이 있었다. 을불은 급한 중에도 양운거에게로 눈길을 돌렸다. 양운거는 멀찍이 서서 이쪽을 바라보고 있었다. 순간 을불은 모든 사람의 주의가 이쪽으로 쏠린 사이 자객이 양운거를 급습할 수 있다는 생각이 들었다. 을불은 웅크리고 있던 자리에서 펄쩍 뛰어 자객이 있는 자리로 몸을 날렸다.

"여기다!"

이미 코앞까지 와 있던 병사들은 을불이 모습을 드러내자 함성을 지르며 달려들었고, 을불은 재빠른 동작으로 그들을 피한 후 자객에게로 내달았다. 자객은 을불이 자신을 덮쳐오는 걸 느끼자 번개 같은 동작으로 몸을 일으키며 외쳤다.

"여기다! 잡아라!"

어둠 속인데다 이미 낙랑군복을 입고 있는 그와 병사들에게 쫓기고 있는 을불의 상황은 백팔십도 달랐다. 병사들은 오로지 을불을 향해 창을 겨누며 달려들었다. 을불은 무작정 도주하려다 낙랑군복을 입은 자객에 생각이 미쳤다. 어둠 속에서 병사들과 섞인 그가 손을 쓰면 양운거는 매우 위험할 것이었다. 자신만이 자객을 인지하고 있지만 지금 이 상황에서는 그의 정체를 드러낼 방법이 없었다. 진퇴양난에 처한 을불의 목에서 돌연 괴이한 기합이 터져 나왔다.

"아싸랏!"

기합을 넣으면서 을불은 양운거를 힐끗 봄과 동시에 자객에게 달려들었다. 그러나 자객은 너무도 쉽게 몸을 피해 병사들 속으로 섞이며 어둠 속에서 이를 드러내고 웃었다. 이미 을불은 모든 사람에 의해 자객으로 낙인찍혀 있었고 진짜 자객의 안전은 보장되어 있었던 것이다. 그는 병사들과 섞이더니 옆에 있는 병사의 창을 빼앗아 들고는 을불을 향해 힘차게 찔러 왔다.

그의 창끝은 다른 병사들의 것과는 확연히 달랐다. 을불은 가까스로 옆으로 몸을 피했지만 그는 능숙한 솜씨로 빗나간 창을 거둬들이더니 더욱 확실한 동작으로 을불을 공격해 왔다.

도저히 피할 수 없는 상황이었다. 만만치 않은 자객의 창끝이 을불의 가슴팍을 노리고 힘차게 내밀어진 순간 뒤편에서 한 자루의 칼이 튀어나와 창을 막았다.

"쨍그랑!"

을불은 얼른 몸을 날려 병사들 무리 밖으로 벗어난 다음 창을 막아준 사람의 얼굴을 힐끗 훔쳤다. 역시 양운거였다. 을불은 틈을 타 어둠 속으로 내달렸고 병사들이 그를 뒤쫓으려는 순간 양운거의 외침이 터져 나왔다.

"멈춰라! 자객은 이놈이다!"

외침과 동시에 양운거의 칼이 자객을 향해 짓쳐들었다. 자객은 마음을 놓은 순간 갑자기 날아든 양운거의 칼에 어깨를 베이며 창을 놓치고 말았다. 자객이 달아나려는 순간 병사들이 그를 둘러쌌고 방정균이 짓쳐들며 그의 가슴을 가격했다.

"으윽!"

자객은 쓰러지고 말았다.

"놈의 얼굴을 들어보아라!"

정균이 명령하자 그의 수하들이 자객을 잡아 일으켰고 누군가가 횃불을 들어 얼굴을 비춰 보였다.

"어! 이놈은 수비대에 차를 팔러 왔던 백제 상인 놈 아니냐! 이제 보니 이놈이 간세였구나."

방정균이 사내를 사로잡아 무련장으로 데려가는 모습을 어둠 속에 숨어서 지켜보던 을불은 양운거가 눈으로 자신이 사라진 방향을 한동안 망연히 좇는 모습을 보며 흡족한 미소를 지었다.

자객을 드러내 스승의 위험을 막았다는 사실도 기뻤지만 양운거가 자신이 내지른 특별한 기합소리를 기억하고 있다는 사실에 가슴이 훈훈해졌던 것이다. 무예 수련을 시작할 당시 양운거는 낙랑인들과 너무나 다른 을불의 기합소리를 듣고 웃으며 고쳐준 적이 있었는데 을불은 위기의 순간 이 사실을 기억해냈던 것이다.

한참이나 홀로 서 있던 양운거가 집 쪽으로 사라지는 것을 보고 을불은 깊이 고개를 숙여 인사를 했다. 숙소로 돌아오며 을불은 백제라는 나라와 자객에 대해 생각했다. 백제의 간세는 왜 스승을 노리고 있는 것일까?

그즈음 백제는 진의 혼란을 틈타 차츰 요서와 진평으로 그 세력을 넓혀가고 있었다. 하지만 정작 백제는 이전부터 낙랑에 마음을 두고 있었다. 동천왕 시절 위(魏)의 유주자사 관구검이 낙랑태수 유무를 동원해 고구려를 공격하자, 그 허술한 틈을 타고 백제 고이왕은 좌장(左將) 진충으로 하여금 낙랑의 수성현을 공격하기도 했다. 또한 고이왕의 아들 책계왕은 왕위에 오르자 대방태수의 딸과 혼인하여 정비(正妃)로 삼았는데, 고구려의 서천왕이 대방을 치자 군사를 내어 이를 구원하기도 했다.

고구려가 요서를 비롯한 요하 유역을 자신들의 잃어버린 옛 땅으로 생각하듯이 백제 또한 마찬가지 이유로 집요하게 요서를 공략해 왔던 것이다. 을불은 선곡 노인의 말을 떠올렸다. 노인은 백제가 낙랑을 취하면 일거에 강국으로 부상하게 될 것이라고 했다. 그렇게 되면 고구려는 북쪽의 선비, 서쪽의 진나라뿐 아니라 남쪽으로부터도 위협받게 되는 것이었다. 더군다나 백제는 바다 건너 반도에서도 차츰 북진해 오면서 고구려와 대치하고 있는 형국이었다. 그러고 보면 백제는 고구려에게 아주 위협적인 존재인 셈이었다. 하지만 어린 시절 안국군은 백제가 실제는 고구려의 시조대왕인 동명왕의 두 아들 온조와 비류가 세운 나라이니 품을 수 있어야 한다고 가르침을 주기도 했었다. 당시는 무심히 넘겨들은 말이었는데 지금 생각하니 백제는 친구인지 적인지 한 번 깊이 판단할 나라라는 생각이 들었다.

다음날, 낙랑태수는 웃음 띤 얼굴로 을불을 맞았다.
"결정했노라! 철은 그대가 가져가고 약재와 옷감을 나에게 달라! 교환 조건은 주 대부가 정하는 대로 해도 되겠는가?"
"예."
을불은 속으로 미소를 지었다. 일이 계획대로 차곡차곡 진행되고 있었던 것이다.

"여봐라, 고구려 상인이 신고 온 약재와 옷감을 창고에 들이고 철을 내주어라! 이 모든 일은 주 대부가 주관할 것이니 그의 명령에 따르도록 하라!"

낙랑태수는 막대한 양의 약재와 옷감이 창고에 재이기 시작하자 기쁨을 감추지 못했다. 태수는 을불을 개인 간의 거래가 통제되어 있는 철을 사두었다가 때가 되면 고구려에서 되팔 생각으로 철을 사들이고 있는 장사치쯤으로 생각한 것이다. 시간을 사겠다니 어딘지 그럴듯한 말 같기도 했지만 태수가 보기엔 허황된 생각이었다.

주 대부가 제시한 교환 조건은 낙랑태수의 마음에 쏙 들기도 했지만 을불에게도 만족스러운 것이었다. 일이 성사되면 을불로부터 상당한 이익을 챙기게 되어 있는 주 대부의 협상력이 을불 쪽으로 기울어져 있음은 두말할 필요도 없었다.

"이제 준비가 끝났습니다. 상단을 먼저 출발시키겠습니다."

물건 교환이 끝나 철을 실은 우차와 마차를 떠나보내기 직전 저가가 묻자 을불이 말했다.

"아니요. 잠깐만요. 함께 보낼 사람이 있습니다."

을불은 저가에게 먼 길을 떠나야 하니 짐꾼들과 호위무사들을 잘 먹여 쉬게 하도록 한 후 양우를 데리고 저자로 향했다. 양우는 무술대회 이후 을불을 진심으로 따르는 무사 중 한 사람이 되어 있었다.

"혹시 여기 가끔 나타나 걸식하던 평강이라는 아이를 아십 니까?"

을불은 저잣거리의 이 가게 저 가게를 다니면서 평강의 소식을 물었다. 모두가 고개를 저었지만 여섯 번째 들른 만두포에서 마침내 평강을 아는 사람을 만날 수 있었다.

"그 아인 원래 구걸 같은 거 하는 애가 아니에요. 한때 할아버지가 몸져누우면서 할 수 없이 먹을 걸 구하러 다녔었지."

여주인은 그러면서 평강이 있을 만한 곳을 일러주었다. 여주인의 설명대로 급하게 걸음을 옮기자 저 멀리에서 자리를 펴고 앉아 있는 평강의 모습이 을불의 눈에 들어왔다.

조금 떨어진 곳에서 보아서 그런지 불과 일 년도 지나지 않았는데도 평강은 상당히 성장한 모습이었다. 언뜻 보면 몰라보고 지나칠 수도 있을 정도였다. 평강의 앞에는 점(占)이라는 글자가 쓰인 작은 깃발이 땅에 꽂혀 있었다. 그러고 보니 평강은 진짜 점쟁이처럼 얼굴에 하얀 분칠을 한 채 태극이 그려진 헝겊을 옷에 붙이고 있었다. 이 모습을 본 을불의 입가에 빙그레 미소가 생겨났다.

"점을 치려 하는데 얼마지?"

제법 근엄한 얼굴로 찾아온 손님의 얼굴을 올려다보던 평강은 을불의 얼굴을 알아보고는 기겁을 했다.

"을불 아저씨!"

"평강아!"

평강은 자리에서 용수철처럼 튀어 올라 을불을 끌어안았다. 을불 또한 평강을 힘주어 꽉 안았다.

"고구려에 갔다 오신 거예요?"

"하하, 평강아. 너는 나보다 먼저 내 가는 길을 알고 있구나. 그런데 이 복장은 뭐냐? 깃발하며."

"제가 사실 점을 좀 치거든요. 할아버지께 배워서요."

평강이 어깨를 으쓱해 보이며 말했다.

"하하, 그래. 그런데 할아버지는 안녕하시고?"

을불의 물음에 평강은 고개를 떨구었다.

"왜, 무슨 일 있니?"

"할아버진…… 돌아가셨어요."

"……."

"제가 고구려로 갈지도 모른다고 하니까 무척 좋아하셨는데……."

할아버지라는 말에 조금 전까지 밝기만 했던 평강의 눈에 금방 눈물이 잡혔다.

"그랬구나. 미안하구나, 아저씨가 한발 늦어서."

"아니에요, 아저씨. 이렇게 찾아주신 것만 해도 할아버지가 정말 기뻐하실 거예요."

"그래, 평강아. 이제 아저씨와 함께 가자."

"정말이에요? 이제 제가 정말 고구려로 가는 거란 말이죠?"

"그래. 자, 이제 떠날 채비를 해라."

"와!"

을불은 떠날 준비를 마친 평강을 숙신으로 떠나는 상단에 합류시켰다. 저가는 떠나기 전 고구려의 세력가이자 백년지기 친구에게 숙신까지 짐을 운반해주기를 부탁하고 온 참이라 상단은 일단 고구려까지만 가면 되었다. 저가는 평강을 부탁하는 내용의 서신을 친구에게 썼다.

"이제 고구려로 가면 평강 너는 저가 장자님의 친구 집에 머물게 될 거야. 거기서 무예 수련에 힘쓰고 고구려 친구들도 많이 사귀어라."

"아저씨는 같이 안 가세요?"

"나는 여기 일이 있어 좀 이따 출발할 것이다. 일행들도 거기서 다시 만나게 되어 있으니 기다려라."

"네, 그럴게요."

철을 가득 실은 우마차들에는 낙랑태수의 허가증이 붙어 있었고 저가의 무사들이 호위를 하므로 가는 길에 위험은 없을 것이었다. 그리고 고구려 관문에는 저가의 친구가 기다리고 있다 숙신까지 합류하기로 했으니 걱정할 일은 없었다.

을불은 평강과 상단을 출발시킨 뒤 자신은 주 대부의 집으로 향했다.

재색을 겸비한 여인

"덕분에 거래가 성사되었습니다. 여기 황금을 넉넉히 가져 왔으니 넣어두시지요."

을불이 약속한 이문을 내놓았지만 주 대부는 고개를 끄덕였을 뿐 받으려 하지 않았다.

"너무 적어 그러십니까?"

"아니, 아니오."

"그런데 왜 받기를 주저하십니까? 처음부터 이문은 어르신 께서 받기로 하지 않았습니까?"

"생각이 달라졌소. 나는 이 금을 받지 않겠소."

"그러면 저는 어떻게 은혜에 보답을 할 수 있을는지요?"

"꼭 보답을 하고 싶소?"

"물론입니다."

"그럼 내 요구 조건을 저녁에 말하리다. 그동안 좀 쉬시오."

자신만 남겨두고 방을 나서는 주 대부의 뒷모습을 보며 을 불은 이상한 생각이 들었다. 주 대부가 막대한 금덩어리를 거절하는 것도 이상했고, 처음과는 달리 하룻밤 사이에 자신을 대하는 어투가 완전히 바뀐 것도 이상한 일이었다.

저녁이 되자 주 대부는 집 안에 불을 환히 밝히고 주연을 열었다. 바닥에는 호피가 깔리고 온갖 산해진미가 가득 쌓인 상 위에는 야명주가 은은한 빛을 반사해 분위기는 더할 데 없이 근사했다. 술은 병마개를 따자마자 몇 십 년 동안의 세월이 빚은 향을 퍼뜨려 냈다. 을불은 주 대부가 권하는 대로 술잔을 받아 마셨다.

을불이 얼큰하게 취하자 비로소 주 대부는 은근한 어투로 말을 건넸다.

"오늘 다루 대인께 은밀히 드릴 말씀이 있소."

"무슨 말씀이신지요?"

"그 전에, 이 늙은이가 하는 말을 영원히 비밀로 해줄 자신이 있으시오?"

을불은 본능적으로 그가 위험한 제안을 해올 것이라는 사실을 깨닫고는 잠시 생각한 다음 고개를 끄덕였다.

"고맙소. 그러나 보시다시피 나는 이미 늙어 중한 일을 논의할 만한 기력도 총기도 없소. 하여 내 자식으로 하여금 나를 대신토록 하고 싶소."

"알겠습니다."

주 대부는 손뼉을 쳐 신호를 했다. 그러자 곧이어 여인 하나가 문을 열고 들어왔다. 여인의 신비로운 자색도 그러려니와, 잔잔히 고개를 숙이는 자태 하나하나에도 깊이가 깃들어 있어서 을불은 놀라지 않을 수 없었다.

"말씀하신 자제분이 따님일 줄은 몰랐습니다."

"사실은 내가 하던 일을 이 아이가 대신한 지 오래되었소. 이 늙은이는 이 아이의 생각을 행동으로 옮길 뿐이지요. 이 아이가 직접 드릴 말씀이 있다 하기에 이렇게 자리를 마련하게 되었소이다."

"그러셨군요."

주 대부의 설명이 끝나자 여자가 다시 한 번 을불에게 다소곳이 인사를 했다.

"주아영이라 합니다."

"다루입니다."

간단한 인사를 건넨 아영은 을불을 지그시 쳐다보았다. 여자의 당돌한 눈빛에 을불은 결국 눈길을 돌리고 말았다.

"그대의 아름다움을 맞대하기가 힘이 드는군요. 결례를 용서하십시오."

"솔직함 또한 영웅의 덕목이지요. 과히 부끄러워하지 않으셔도 됩니다."

"아니, 영웅이라니, 나는 일개 상인에 불과합니다."

을불은 손을 내저었다. 그 모습을 보며 살며시 웃던 아영은 곧 표정을 가다듬고 입을 열었다.

"사실 그간 낙랑의 철은 우리 집안이 직접 교역하고 있었습니다."

을불은 놀랐다. 주 대부는 전혀 그런 말을 하지 않았던 것이다.

"자세히 듣고 싶습니다."

"수년 전부터 낙랑에 철이 쌓이자 이를 처리하지 못해 고심하던 태수는 아버지로 하여금 이 문제를 처리하도록 했습니다. 고구려인이면서도 낙랑 땅에서 막대한 재력을 지니고 있는 아버지를 경계해온 태수의 계략이었지요. 애물단지인 철을 아버지께 떠넘기고, 어떻게든 돈을 들이밀라는 압력이었던 겁니다."

"그랬군요."

"아버지께서는 며칠 밤낮을 고민하다가 도무지 방법이 없으니 적당한 뇌물을 바치고 일을 포기할 작정이었습니다."

"으음!"

"그러나 제 생각은 달랐습니다. 저는 오히려 아버님께 숙부로 하여금 상인으로 위장케 하고 사재를 털어 철을 몇 번에 나누어 사들이라 했습니다. 물론 아버지께서는 제 뜻을 따라주셨지요. 정말로 철이 팔리기 시작하자 태수는 기쁜 나머지 아버지를 의심하면서도 별다른 조사는 벌이지 않았습니다."

듣고 있던 을불이 물었다.

"제 생각에 그다지 좋은 계획은 아니었던 듯한데……. 어르신께서는 전 재산을 소진할 때까지 철을 사들이다가 재력이 다하는 날부터 다시 궁지에 몰리지 않겠습니까. 어르신의 재산이 낙랑 전체의 철을 사들일 수 있을 만큼 많지 않은 이상에야."

"맞습니다. 태수도 거기까지 생각을 했던 것이지요."

을불은 다시 한 번 아영의 얼굴을 바라보았다. 이토록 가녀린 여인의 입에서 나올 만한 내용들이 아니어서였다.

"그 다음은 어찌 되었습니까."

"이야기가 길더라도 지루하다 생각 마시고 들어주십시오."

그로부터 아영의 긴 이야기가 이어졌다.

진나라 상인으로 위장한 주 대부의 동생 주황은 쌓여가는 철을 바라보며 한숨만 내쉬고 있다가 아영이 찾아오자 뚱한 표정으로 물었다.

"형님께서는 네 말대로 엄청난 돈을 들여 저 철을 사들이고 있지만 도무지 처리할 방법이 없으니 이를 어쩌면 좋으냐? 네가 생각한 바가 있어 그러한 계책을 냈을 텐데, 이제 말을 해도 되지 않겠느냐."

숙부와는 대조적으로 쌓여가는 철을 바라보며 만족한 미

소를 짓고 있던 아영은 숙부의 물음에 답하는 대신 엉뚱한 질문을 던졌다.

"숙부님, 오랑캐 중 지금 가장 커다란 전쟁을 치르고 있는 곳이 어디지요?"

"아무래도 선비가 아니겠느냐. 그런데 그건 왜 묻는 게냐?"

"중요한 일입니다."

"선비는 본래 사나운 자들이라 서로 화합하지 못하고 전쟁을 계속하고 있다. 특히 최근에는 우문부와 단부가 치열하게 다투고 있다고 들었다."

선비. 북쪽 초원지대에서 천막을 치고 풀을 따라 이동하며 유목생활을 하던 그들은 흉노가 후한(後漢)과 전쟁을 벌이는 틈을 타 흉노를 서쪽으로 내쫓고 몽골고원을 독차지하게 되었다. 한때는 단석괴라는 걸출한 인물이 등장하여 부족 통합을 이루기도 했으나, 그의 사후 다시 사분오열되어 부족 간에 피비린내 나는 전쟁을 치르고 있었다.

선비는 부족장의 성(姓)을 따라 부족 이름을 부르고 있었는데 단부, 우문부, 탁발부, 모용부 등이 특히 강성하여 점차 남하하며 세력을 넓히고 있었다. 그러다 보니 부족 간에는 약탈과 보복이 끊이지 않았고, 그것은 차츰 전쟁의 형태를 띠어 갔다.

"그러면 그들에게는 많은 무기가 필요하겠지요? 특히 질 좋은 철제 무기가요."

"그렇다면 너는 지금 이 철을 선비족에게 가져다 팔겠다는 것이냐?"

"바로 그래요. 전란 중이니 더욱 높은 값으로 팔 수 있지 않겠어요?"

"아서라. 그럴 수 있었다면 진작 형님께서 직접 거래하셨겠지. 북쪽 오랑캐들은 상인과 교역을 하지 않는다. 필요한 것이 있으면 오로지 약탈할 뿐이지."

"평소엔 그렇다 하더라도 한창 전란 중에는 그럴 틈이 없을 거예요."

주황은 고개를 절레절레 흔들었다.

"정녕 너는 선비의 우문부나 단부를 염두에 두고 있느냐? 그들은 이미 강성할 대로 강성해져……."

아영은 주황의 말을 막았다.

"그들만이 선비의 다가 아닙니다. 오히려 새로 일어나는 부족이 더 나을 것입니다. 숙부님, 제게 사흘만 시간을 주세요."

아영은 사흘 후에 다시 주황을 찾아갔다. 주황은 그간 근심이 더욱 깊어져 초췌한 얼굴로 아영을 맞았다.

"결정했습니다."

"무엇을 결정했단 말이냐?"

"모용부!"

"모용?"

"네. 우문부는 가장 강한 남쪽의 단부와 맞서기 위해 동쪽으로 세력을 뻗어나가며 중소 부족들을 집어삼키고 있지요. 다음은 아마 모용부 차례가 될 거예요. 지금 상황으로는 모용부가 우리와 가장 맞아요. 그들이 아무리 약탈에 능하다고 해도 지금과 같은 전시 상황에서는 엄두를 내지 못할 거예요. 사정이 급박하면 우리의 요구 조건을 따르지 않을 수 없어요. 무엇보다 젊은 족장 모용외는 기개세의 영웅이라는 소문이 있어요. 숙부께서는 더 묻지 마시고 채비를 차려주세요. 아버지를 모시고 떠나겠어요."

아영이 그렇게 나오자 주황은 그 말에 따를 수밖에 없었다. 주 대부가 이미 모든 권한을 아영에게 넘긴 까닭이었다.

며칠 후 아영과 주 대부 일행은 모용부의 본거지인 극성을 향해 북쪽으로 길을 잡아 갔다. 그들이 모용부의 땅에 도착했을 때는 이미 한바탕 전투가 휩쓸고 지나간 뒤였다.

아영 일행이 극성을 십 리쯤 앞둔 어느 고갯마루를 지날 때였다. 한눈에 보기에도 패잔병임에 분명한 사내가 쓰러져 누워 있는 또 다른 사내를 끌어안은 채 축 늘어져 있었다. 쓰러진 사내는 붉은 머리에 흰 깃털 모자를 쓰고 있었는데 의식이 없는 상태였고, 그를 안고 있는 사내 역시 피투성이가 된 상태였다. 아마도 전투에서 크게 부상을 당한 우두머리를 측근이 들쳐 메고 전장에서 겨우 탈출한 듯했다.

그들의 모습을 본 주 대부가 길게 탄식했다.

"저대로 두었다가는 모두 죽고 말 텐데 이 일을 어쩌누."

아영의 얼굴에 긴장의 빛이 떠올랐다. 아영은 무엇보다 그들의 정체가 궁금하여 의식이 있는 사내에게 물었다.

"대체 어느 쪽 용사들이며, 그분은 누구요?"

"……."

사내는 극도로 경계하며 입을 열지 않았지만 눈빛 하나만큼은 활활 타올랐다.

"우린 낙랑에서 오는 장사꾼들이니 걱정하지 말아요. 당신들이 누군지 알아야 돕든지 말든지 할 것 아녜요."

아영 일행을 눈으로 한 바퀴 둘러본 사내는 그제야 입을 열었다.

"나는 모용부의 전사이며, 이분은 우리의 족장님이시오."

아영은 깜짝 놀랐다. 모용부의 족장이라면 지금 자신이 찾아가고 있는 모용외가 아닌가. 기막힌 우연은 둘째 치고라도 모용외가 사경을 헤매고 있다면 보통 낭패가 아니었다. 이 길은 바로 이자에게 철을 팔기 위해 떠나온 길이 아니었던가.

"그런데 대체 어쩌다가 족장님까지 이 지경이 되었소?"

"우문부 놈들한테 당했소. 놈들이 야습을 하는 바람에 그만……. 부디 우리 족장님을 살려주시오."

사내의 얼굴에는 분함과 절박함이 동시에 어렸다.

"아버님! 급히 이분들을 치료해야겠어요."

아영의 결정은 빠르고 분명했다. 간단한 응급처치를 마친 아영 일행은 주검이 되다시피 한 모용외와 사내를 말 위에 싣고 선비의 경계를 벗어났다.

"우리는 극진히 그를 보살폈고 강골 중의 강골이었던 모용외는 다행히 깨어났습니다. 이후 저는 그와 거래를 했던 거지요."

"거래를 했다고요?"

"저는 소문대로 모용외가 범상치 않은 영웅이라는 걸 알아볼 수 있었습니다. 비록 근거지와 병사들을 모두 잃었지만 반드시 그가 다시 일어설 것을 믿었지요. 그에게서 꺾일 줄 모르는 불굴의 투지를 보았으니까요."

이야기를 마친 아영이 을불을 깊은 눈빛으로 바라보았다. 그런 아영을 바라보며 을불이 물었다.

"그래도 모용외는 당시에 크게 패해 사경을 넘나든 상황이니 가진 것이 없었을 터이고 철 값을 치를 수 있는 상황이 아니었을 텐데요?"

"정녕 몰라서 묻는 것은 아니겠지요?"

"그건 무슨 소리요?"

"낙랑태수에게 했다는 말, 시간을 사겠다던 다루 님의 말처럼 저 역시 내일을 봤던 거지요. 저는 무상으로 철을 공급했습니다. 대금은 그들이 재기한 이후에 받기로 하고요."

"담보도 없이 말입니까?"

"모용부의 낡은 깃발 하나를 받아두었어요. 모용외의 자존심을 받아두었던 겁니다."

"해서, 지금은 어떻게 되었습니까?"

"예상대로 모용외는 오래지 않아 재기에 성공했습니다. 부하 한 사람만을 데리고 돌아간 그는 먼저 근방의 도적떼를 발판 삼더니 얼마 지나지 않아 몇 개 부족을 흡수하고, 다시 예전의 전력을 회복했어요. 그리고 최근에는 우문부를 북서쪽으로 몰아내는 데 성공했습니다. 덕분에 저는 철 대금을 몇 배로 받을 수 있었지요."

"아, 정말 대단합니다."

을불은 박수를 치며 진심에서 우러나오는 찬사를 보냈다. 애초의 선견지명과 배포도 훌륭했지만, 어찌 보면 그것은 대단한 도박이었다. 이렇게 가녀린 여자의 몸으로 그런 도박을 서슴없이 감행할 수 있었다는 게 쉽게 믿겨지지 않았다.

동시에 하나의 강한 의문이 생겼다. 남몰래 모용외에게 철을 팔아 몇 배의 이득을 남긴 아영이었다. 그런데도 주 대부가 자신을 낙랑태수에게 연결하여 철을 가져가도록 주선한 것이 선뜻 이해되지 않았다. 말하자면 경쟁자인 자신에게 기회를 양보한 격인데, 그것은 장사꾼의 세계에서는 상상도 할 수 없는 일이기 때문이었다.

"한데 그간 철을 다루어 온 게 주씨 집안의 큰 사업이었음에도 어찌 저에게 태수를 만나도록 했습니까?"

"이유는 간단합니다. 꼬리가 길면 밟히게 마련이기 때문이지요. 더 이상 우리는 모용부에 철을 싣고 갈 수 없습니다. 날이 갈수록 모용외의 세력이 강해지고 있어 언젠가는 낙랑과 충돌할지도 모릅니다. 자칫하면 적에게 무기를 넘긴 꼴이 되지요. 오래 할 일이 아닙니다."

을불은 고개를 끄덕였다. 충분히 이해가 되었다.

"그렇다면 잘되었군요. 나는 철이 더 필요하니 지금 가진 재고는 제게 모두 넘겨주시면 되겠군요."

아영은 고개를 끄덕였다.

"자, 저의 얘기는 여기까지입니다. 저는 숨김없이 다루 님께 모든 이야기를 해드렸습니다. 이제 저도 한 가지를 여쭙고자 하니 솔직하게 대답해주시면 고맙겠습니다."

"……?"

"다루 님께서 사들인 철은 어디로 가게 되는지요?"

날카로운 질문이었다. 그것은 을불이 철을 고구려로 가져가지 않을 것을 이미 간파하고 있다는 뜻이었다. 또한 철을 사가는 목적이 따로 있지 않느냐는 은근한 추궁이기도 했다.

"……."

을불은 바로 대답을 하지 못하고 잠시 망설였다. 그러자 을불의 마음속을 들여다보고 있기라도 하듯 아영이 말을 이었다.

"저도 어느 정도는 짐작하고 있습니다. 그러니 편하게 말씀해주시길 바랍니다."

이윽고 결심한 듯 을불이 대답했다.

"숙신 땅으로 가게 될 것입니다."

그때였다. 갑자기 놀라운 일이 벌어졌다. 을불의 말이 끝나기 무섭게 아영과 주 대부가 약속이 되어 있기라도 한 듯이 일어나 을불에게 예를 갖추는 것이었다.

"고구려 왕손 을불 공을 뵈옵니다."

을불은 불에 덴 것처럼 화들짝 놀랐다. 너무도 갑작스런 그들의 행동에 어찌 대처할 바를 몰랐다. 고구려도 아닌 이국땅에서 자신을 알아보는 사람이 있을 줄은 꿈에도 생각지 못했기에 그의 놀라움은 더욱 컸다.

"사람을 잘못 보셨습니다. 저는 그런 사람이 아닙니다."

을불이 손사래를 치며 뒤로 물러앉자 아영과 주 대부는 고개를 저었다.

"이미 을불 왕손이심을 알아보았으니 더 이상 숨기지 마십시오."

"글쎄, 아니라니까요. 어찌 그리 생각하십니까?"

아영이 말했다.

"고구려의 철은 모두 나라에서 관리합니다. 일개 상인이 개인적으로 살 수도 팔 수도 없지요. 그러니 철을 거래한다면 분명 그 상대는 오랑캐일 것이고, 그것은 어쩌면 반역에 해당하는 일입니다. 처음에 아버지께 고구려 상인이 철을 사러 왔다는 말을 듣고, 저는 반드시 그가 고구려왕과 뜻을 달리하는 반역자일 것이라고 생각했습니다."

이 정도까지 깊게 추리를 해 들어오는 데에야 을불도 마냥 모르쇠로 버틸 수만은 없었다. 그리하여 고개를 끄덕이는 것으로 수긍의 뜻을 나타냈다.

"제게는 그 반역자의 정체가 중요했습니다."

"그런데 내 정체는 어떻게 아시었소?"

"반역의 뜻을 품은 사람치고는 너무 어린 나이입니다. 그러니 을불 공 외에는 생각할 수가 없지요. 게다가 철이 숙신으로 가게 된다는 말씀에 확신을 얻었습니다. 숙신은 종조부인 안국군의 땅이 아닙니까. 그러니 을불 공께는 본거지와도 같은 곳이 될 테고요. 이쯤 되면 이미 답은 나와 있는 것이 아닐는지요."

"참으로 대단한 지혜요. 내가 졌소이다. 그대 앞에서는 도무지 뭘 숨길 수가 없을 것 같군."

아영은 을불을 바라보며 잠시 말없이 있다가 이윽고 아랫입술을 지그시 깨물고 나더니 다시 한 번 절을 올렸다.

"아니, 왜 이러는 것이오?"

"을불 공께 드리고 싶은 부탁이 있습니다."

"무엇이오?"

"후일 공께서 고구려의 왕이 되실지 아니면 쫓기다 어느 자객의 손에 명을 마칠지 알 수는 없지만 언젠가는 제 동생을 부인으로 맞아주십시오."

"동생을요?"

"그렇습니다."

순간 을불은 아영을 뚫어지게 쳐다보았다. 느닷없이 동생을 배필로 맞아달라니. 을불은 묘한 기분에 휩싸이며 아무 말도 할 수 없었다.

아영은 생각지도 못한 한마디 말을 남기고 깊이 고개 숙여 예를 표한 후 방을 나갔다.

모용외

　다음날 아침, 십여 기의 마필이 붉은 갈기를 휘날리며 낙랑 성문을 향해 달려오고 있었다. 아직은 성문 앞에 장사치며 유민들이 붐비기엔 이른 시간이었다.

　하나같이 긴 머리를 아무렇게나 늘어뜨린데다 짐승 가죽으로 만든 겉옷을 갖추어 입은 사내들은 성문 근처에 다다라서도 속도를 전혀 늦추지 않고 돌진했다. 성벽 위에서 이들을 지켜보던 파수꾼이 길게 나팔을 불었고, 곧 수십 명의 수비병이 일사불란하게 성문 아래로 뛰어나가 이들을 향해 창과 칼을 겨누었다.

　"멈추어라! 이곳은 낙랑성이다!"

　수문장의 커다란 고함소리에도 이들은 다만 흙먼지를 일으키며 달려올 뿐이었다. 곧 수비병들이 일제히 쏘아댄 화살들이 이들을 향해 날아들었다. 화살이 코앞으로 날아드는데도 이들은 여전히 속도를 늦추지 않았고, 말 등에 납작 엎드린 채 넓은 칼을 비스듬히 들어 앞을 가렸다. 그러나 그중 몇 발의 화살이 말 한 필의 가슴팍에 명중했고, 말은 긴 울음소리와 함께 바닥에 나뒹굴었다. 그때 놀라운 광경이 벌어졌다. 화살에 맞은 말의 주인이 낙마하여 바닥으로 떨어지려는 순간, 나란히 달리던 붉은 머리의 남자가 손에 들고 있던 긴 채찍을 뿌려 그의 손목을 잡아채서는 힘껏 당기자 낙마하던 사내가 공중으로 솟구쳐 오르는가 싶더니 솔개처럼 날아 붉은 머리의 등 뒤에 올라타는 것이었다.

그 신묘한 광경에 넋을 잃은 수비병들은 두 번째 화살을 당길 엄두조차 내지 못한 채 그저 멍하니 바라보고만 있었다. 수비병들이 정신을 차리고 다시 활줄에 화살을 메겼을 때는 이미 그들이 성문에 이른 뒤였다. 뭐가 뭔지도 모른 채 수비병들의 목이 한순간에 달아났다. 긴 창을 겨누며 붉은 머리를 막아섰던 수문장 역시 번개처럼 날아든 채찍에 얻어맞고 길게 피를 뿌리며 바닥에 쓰러졌다. 곧 십여 기의 말발굽이 그의 몸을 짓이기며 미처 닫히지 않은 성문을 통과하여 지나갔다. 현 태수가 부임한 이래로 단 한 번도 외적의 침략을 허용치 않았던 낙랑성문이 고작 열 명 남짓한 무리들에 의해 무참히 뚫리는 순간이었다.

전령이 황급히 뛰어갔고, 보고를 받은 낙랑태수는 모든 성문을 닫고 수백 명의 병사를 풀어 성안을 샅샅이 뒤지도록 명했다. 평화롭고 여유롭기만 하던 낙랑성에는 삽시간에 팽팽한 긴장감이 감돌았다.

한편, 숲 속에 말을 숨기고 옷을 갈아입은 후 인파 속으로 숨어든 침입자들은 적당한 곳을 찾아 숨을 고르고 있었다.

"으하하하! 형님, 멀리 사냥이나 가자시더니 사냥감이라는 게 낙랑이었습니까?"

"이놈아, 족장님께 형님이라니! 네놈은 형님께서 황제가 되고서도 형님이라 부를 참이냐?"

"그러는 네놈도 형님이라 하지 않아!"

"나는 네놈과 달리 형님의 의제라 괜찮거든."

옥신각신하는 이들을 바라보며 함께 웃고 있던 붉은 머리는 품속에서 말가죽으로 된 술병을 꺼내 몇 모금 연거푸 들이켜더니 옆에 있는 사내를 툭 치며 물었다.

"신나지 않느냐?"

"하하, 신납니다. 저도 담력 하나만큼은 자부하는 놈인데, 형님만큼은 도무지 당할 수가 없습니다. 세상에 어느 영웅호걸이 재미 삼아 낙랑성문을 깨고 들어간답니까?"

"으하하하!"

"하하하, 그러게 말이다."

일행은 돌아가며 술병을 주고받았다. 이미 온 성안에 삼엄한 경비망이 펼쳐져 있을 테지만 누구 하나 걱정하고 조심하는 이가 없었다.

붉은 머리가 문득 뇌까렸다.

"우린 이 먼 곳까지 재미 삼아 온 게 아니야."

"네?"

"이봐, 반강!"

"네, 형님."

"네놈 생각에는 세상에서 가장 중요한 게 뭐냐?"

"그건 의리입니다. 바로 형님과 제가 나누는 그 의리 말입니다. 태어난 날은 달라도 죽는 날은 같기를 바라는 그 마음입니다."

"밥통 같은 놈. 그건 당연한 거고. 다른 생각을 가진 놈은 없나?"

"형님, 그건 바로 여자입니다."

"여자?"

"네, 절세의 미인 말입니다. 우리같이 잡스런 인간의 몸에서 났다고는 도저히 믿기지 않는 그런 여인 말입니다."

"우하하하! 그렇지! 바로 그거야."

붉은 머리는 크게 웃으며 손뼉을 쳤다.

"제가 원래 생각이 깊은 놈입니다. 저 쇠대가리들하곤 차원이 다른 놈이죠."

"맞아, 맞아. 아야로 네놈은 난놈이야. 너무 생각이 깊고 넓어서 사람들은 다 널 바보인 줄로만 알고 있지만 말이야."

"하하하하. 역시 세상에서 저를 제대로 알아주시는 분은 형님뿐입니다."

덩치 큰 사내와 붉은 머리가 농지거리를 하며 웃어대자 다른 사내가 물었다.

"그럼 형님은 낙랑에 여자를 취하러 오신 겁니까?"

사내의 물음에 붉은 머리가 고개를 끄덕였다.

"그렇다. 여인을 데리러 왔지. 세상에서 가장 지혜롭고 아름다운 여자를 말이다."

"낙랑에 그런 여인이 있습니까?"

"있다. 내가 황제에 오르기 전에 데려갈 여자다."

"얼마나 대단한 여인인지 궁금해 죽겠습니다."

"나 모용외! 천하를 얻는다 한들 그녀를 얻지 못하면 결코 황제라 할 수 없을 것이다."

지금까지 농지거리로 일관하던 붉은 머리 모용외가 웃음을 거두고는 단호하게 말했다.

삼 년 전.

모용외는 극성의 중심부에 위치한 자신의 천막에서 밤새 어린 소녀를 껴안고 희롱하다 깊은 잠에 빠져 있었다.

열일곱의 나이에 족장에 오른 후 십 년 동안 모용외는 거칠 것 없이 살아왔다. 진의 유주를 공략하는가 하면 부여, 고구려 어디라도 마음이 내키면 달려가 성문을 깨부수고 물자와 여자들을 노략해 왔다. 시달리다 못한 주변 국가들이 모용부를 정벌하려 했지만, 험준한 산세와 또 다른 적들이 번번이 발길을 가로막았다. 작은 적을 치려다가 자칫 잘못하여 큰 적에게 덜미를 잡힐까 두려워 정벌 계획을 포기하곤 했던 것이 모용외를 더욱 천방지축으로 날뛰게 했다.

그러나 유주자사가 우문부를 꾀어 모용외를 압박하면서부터 사정은 달라졌다. 한족 왕조의 전형적인 이이제이(以夷制夷) 전략이 먹혀들기 시작한 것이다. 선비족을 통일하여 대제국을 세우려는 야심찬 계획을 세우고 있던 우문부의 족장 우문보발은 모용외에게 사자를 보내 형제 관계를 요구했다. 그러나 모용외는 사자의 말이 끝나기 무섭게 목을 베어 우문보발에게 보내는 만용을 과시했는데, 그 일이 화근이 되고 말았다.

우문부의 군사들은 어둠 속에 몸을 숨긴 채 바람처럼 극성으로 스며들었다. 조용한, 그러나 무시무시한 야습이었다.

예상치 못한 적의 기습에 극성은 순식간에 아수라장이 되고 말았다. 제아무리 단련된 군사라 하더라도 잠결에 벼락을 맞은 듯 허둥지둥 뛰쳐나와서 할 수 있는 일이라고는 아무것도 없었다. 모용부의 전사들 태반이 미처 칼을 뽑기도 전에 쓰러졌다.

모용외가 밖으로 뛰쳐나왔을 때 극성은 이미 불길에 활활 타오르고 있었다. 갑옷을 챙겨 입을 겨를도 없이 머리맡에 세워둔 칼을 뽑아들고 나선 그의 붉은 머리가 화염 속에서 더욱 붉게 보였다. 낭패였다. 모용부 전사들은 진열을 갖출 틈도 없이 각개전투로 적에게 맞서고 있었지만 그것은 의미 없는 저항일 뿐이었다.

모용외는 이를 악물었다. 그리고 적을 향해 돌진했다. 닥치는 대로 적을 베어 넘기며 눈으로는 적장을 찾고 있었다. 그러나 중과부적이었다. 아무리 베어내도 적들은 끊임없이 몰려들었다. 애초부터 적에 비해 터무니없이 작은 병력이었던데다 이미 상당수의 아군이 적의 칼날 아래 쓰러진 상태라 적군은 아군보다 어림잡아 열 배가량 많아 보였다.

그래도 모용외는 죽을힘을 다해 싸웠다. 언제 날이 밝았는지 서서히 전황이 눈에 들어오면서 살아남은 모용부의 전사들은 하나 둘 모용외를 중심으로 모여들었다.

희망은 없어 보였다. 그럼에도 모용외는 의지를 다지며 입술을 꽉 깨물었다.

"나의 전사들이여! 마지막 한 사람까지 모용부의 이름을 더럽히지 말라!"

"우와아아!"

전사들은 족장의 비장한 외침에 마지막 힘을 짜내어 환호로 대답했다.

그리고 얼마가 지났는지 모른다. 모용외가 깨어난 곳은 낯선 골방 안이었다.

"정신이 좀 드시오?"

낯선 목소리에 눈을 뜬 모용외는 급히 몸을 일으키려 했다. 그러나 몸은 움직여지지 않고 가는 신음만 흘러나올 뿐이었다. 모용외는 재빨리 눈으로 주위를 살폈다. 천막이 아니라 흙벽으로 된 방인 것으로 보아 적진은 아닌 것 같았다. 모용외는 힘들게 목소리를 짜냈다.

"여기는……?"

"두려워 마시오. 당신을 해칠 생각은 없소."

모용외의 상처에 약을 바르고 있던 말끔한 사내가 무표정하게 대답했다.

"여기가 어디냐고 물었다!"

"선비 땅의 경계를 이미 벗어났으니 안심해도 될 것이오."

"너는 누구냐? 내가 왜 여기 있느냔 말이다."

"상처가 생각보다 심하니 큰 소리를 내지 않는 게 좋을 것 같소만……."

"어서 말해라. 내가 왜 여기에 있는지. 네놈은 누구이기에 나를 살렸는가?"

"당신의 수하가 간절하게 도움을 청하기에 당신을 치료한 것뿐이오. 자세한 사정은 나도 모르니 일단 기력을 찾은 다음에 그에게 물어보는 게 좋겠소."

약을 다 바른 사내는 모용외를 혼자 두고 밖으로 나갔다. 모용외는 몸을 이리저리 움직여보려 애썼지만 뜻대로 되지 않았다. 상처가 워낙 깊었던 것이다.

여자처럼 고운 사내는 일정한 시간마다 들어와 끼니를 챙기고 약을 발라주었다. 모용외는 그때마다 사내를 추궁했지만 그는 모른다고만 할 뿐 별다른 대답을 하지 않았다. 모용외는 상처 입은 호랑이처럼 방 안에 누워 신음하고 있는 자신의 처지를 생각하니 갑자기 처량한 생각이 들었다. 십여 년 전 숙부의 칼날을 피해 요동으로 피신하여 유랑할 때도 지금처럼 절망적이지는 않았다. 그때 자신은 비록 쫓기는 몸이었지만 모용부 전체가 건재했으므로 언제든 돌아갈 수 있다는 희망이 있었다. 그러나 지금은 모든 기반이 붕괴된 터라 재기의 불씨마저 사그라지고 없었다. 끝 모를 복수심과 서러움, 세상에 홀로 남은 고독감에 모용외는 결국 입술을 깨물며 눈물을 흘리고 말았다.

그렇게 이레의 시간이 지나자 모용외는 조금씩 몸을 움직일 수 있었고, 결국 침상에서 몸을 일으킬 수 있었다. 방문을 나선 모용외의 눈에 익숙한 얼굴이 들어왔다.

"아야로!"

"형님!"

모용외의 얼굴을 보고 반색을 하며 뛰어가 끌어안으려던 아야로는 그의 차가운 목소리에 멈칫했다.

"내가 도망을 하였는가?"

"형님께서 큰 상처를 입고 쓰러지자 적들이 일제히 형님을 노리고 달려들었습니다. 형제들이 그들을 막는 동안 제가 형님을 업고 달렸습니다."

모용외는 눈을 감았다.

"계속 말하라."

"형제들이 저와 형님을 둘러싸고 몸으로 화살을 막았습니다. 막아선 형제들이 죽으면 다음 형제들이 막고…… 그렇게 모두가 형님을 살리고자 스스로 방패가 되었습니다."

"항복하는 이 하나 없었단 말이더냐."

모용외가 떨리는 음성을 뱉어냈다.

"번나바가 거짓 항복을 하고는 비수를 꺼내 적장을 찔러 죽였습니다. 물론 번나바는 그 즉시 무수히 쏟아지는 칼을 받고 절명했습니다."

"번나바 어른이…… 아아!"

"그리고 십여 리를 도망하던 차에 이들 상인 일행을 만나 목숨을 빚지게 되었습니다."

모용외는 돌아선 채 말이 없었다. 그리고 한참 후에야 그의 입에서 신음과도 같은 소리가 새어 나왔다.

"으으, 으흐흐, 으흐하하, 으하하하하! 아하하하하!"

처음엔 울음소리 같던 모용외의 입에서 광기 어린 웃음소리가 터져 나왔다.

"아야로! 나는 반드시 복수할 것이다. 늙은이건 아이이건 계집이건 우문부의 산 것들이라면 모조리 토막 내어 죽일 것이다. 그들의 피로 천하의 땅을 물들일 것이다. 그들의 피가 강을 이루어 흐르는 것을 볼 것이다. 결코, 결코 형제들의 죽음을 헛되이 만들지 않을 것이다."

"형님!"

"돌아가자. 돌아가서 다시 시작하자."

"어디로 돌아간단 말입니까."

"어디라니! 우리의 성으로, 우리 형제의 뼈가 묻힌 땅으로 가야지."

아야로는 무릎을 꿇은 채 눈물만 흘렸다.

"안 됩니다, 형님!"

"뭐라?"

"형님, 우리 성은 이미 적의 수중에 떨어졌고, 남은 전사들은 모두 적에게 끌려갔거나 도륙당했을 것입니다. 모용선비는…… 이제 없습니다."

"모용선비가 없다고 하였느냐!"

"형님……."

"내가 곧 모용선비이다. 내가 살아 있거늘 어찌 모용선비가 없다 말하는가! 형제들이 무엇 때문에 나를 지켰다고 생각하느냐! 고작 내 한 몸을 살리고자 그들이 목숨을 바쳤다고 생각하느냐!"

"아아!"

"그들이 모두를 몰살시키지 않았다면 아직 모용부에는 여자가 있고 어린아이가 있다. 돌아가자."

모용외의 결연한 외침에 아야로는 머리를 바닥에 찧었다.

"비록 성안에 우문 족속들이 득시글거린다 해도 이 아야로, 형님의 뜻을 따를 뿐입니다."

몸을 일으킨 아야로는 모용외 너머로 보이는 노상인을 향해 절을 올렸다.

"도와주신 은혜 결코 잊지 않겠습니다. 그런데 청 하나만 더 들어주실 수 있겠습니까?"

"주저하지 마시고 말씀해보시오."

"말 두 필을 내주시면 은혜는 반드시 갚겠습니다."

"한 번을 도왔는데 두 번을 못 돕겠소. 그렇게 합시다."

"안 됩니다!"

이때 지금까지 모용외를 간호했던 곱상한 사내가 생김새와 달리 단호한 어조로 가로막고 나섰다.

"말은 내줄 수가 없습니다."

그러자 주 대부가 의외라는 듯 물었다.

"얘야, 우리한테 마필은 충분한데 어찌 그러는 것이냐?"

"우리는 장사꾼입니다. 뻔히 손해를 볼 일은 할 필요가 없는 것이지요."

"그게 무슨 소리냐?"

"오직 죽으려고만 발버둥치는 멍청이들에게는 말 두 필도 아깝다는 말씀입니다."

두 사람의 대화를 듣고 있던 모용외가 분기에 찬 외침을 터뜨렸다.

"이 모용외가 고작 말 두 필을 구걸하는 신세가 되었구나. 내 비록 은혜를 입었다고는 하나 이 수치를 어찌 견디겠는가!"

"은혜를 입어 살아난 목숨을 보중치 않고 내던지려는 마당에 어찌 또 수치를 걱정하시오?"

"이놈, 그 입을 다물라!"

모용외가 분노의 외침과 함께 칼을 휘둘렀다. 모용외의 칼이 사내의 깊이 눌러쓴 두건을 스치자 다음 순간 놀라운 일이 일어났다.

"엇!"

칼이 긋고 지나가자 두건이 떨어짐과 동시에 말아 올렸던 긴 머리가 출렁 쏟아져 내리며 사내의 본모습이 훤히 드러났다. 모용외의 눈에 그간 눈여겨보지 않았던 사내의 얼굴이 자연스레 꽉 들어와 찼다.

"여인이었는가!"

모용외는 짧은 신음을 내뱉었다. 모용외의 머릿속을 가득 채운 복수심과 분노가 순간 사라질 만큼 빼어난 미녀였다. 아름답다는 말로는 다 표현되지 않는 여자의 미모는 마치 이 세상 사람이 아닌 듯 신비롭기까지 했다.

모용외가 비록 천하의 호걸이라고는 하지만 여자에게 마음을 빼앗겨본 적은 없었다. 모용외에게 지금까지 여자란 그저 강제로 빼앗아 취하면 그만일 뿐인 것에 불과했다. 반항하거나 마음에 들지 않을 때는 칼놀림 한 번이면 모든 것이 해결되었다. 여자를 물건 다루듯 해온 모용외이지만 이 절세의 미녀 앞에서 마음이 흔들리는 것은 어쩔 수가 없었다.

"못 배운 사람이라 어쩔 수 없군요. 살려준 사람에게 칼을 겨누는 걸 보니."

이제 더 이상 가성을 낼 필요도 없는 터라 여자는 목소리마저 원래의 것으로 되돌려 뾰로통하게 쏘아붙였다. 그러면서 여자는 손가락을 가만히 뻗어 그때까지 자신을 겨누고 있던 칼을 밀어냈다. 그 자리에 굳은 채 할 말을 찾지 못하고 서 있던 모용외의 칼끝이 떨리는가 싶더니 여자의 손짓을 따라 순순히 미끄러져 내렸다.

새침하던 여자가 표정을 바꿔 정색을 하고는 물었다.

"당신은 일 년도 참을 수 없나요?"

"……"

모용외는 대답을 하지 않았다. 아니, 무슨 말인지 몰라 대답을 할 수가 없었다. 아영은 모용외의 대답을 기다리지 않고 말을 이었다.

"나는 지금부터 당신과 함께 일 년 후의 모용선비 천하를 이야기하려고 해요. 그러나 당장의 분기를 참지 못하고 사지로 뛰어들 생각이라면 나는 아무 이야기도 할 필요가 없겠지요."

모용선비의 천하라니! 모용외의 눈빛이 갑자기 크게 일렁거렸다. 모용외가 한참 동안 아무런 말이 없자 아야로가 그들의 대화에 끼어들었다.

"어찌 여인이 우리 주공을 모욕하고 함부로 천하를 논하자는 것이냐? 아무리 은인이라 해도 우리 주공을 욕보이는 당신을 용서할 수가 없다."

분노에 찬 음성이었다.

"그렇다면 나는 더 이상 할 이야기가 없군요. 부탁하신 대로 말은 내어드리지요."

아영이 눈짓을 하자 하인들이 건강한 말 두 필을 끌고 왔다. 아야로가 먼저 말에 오르자 잠시 망설이던 모용외도 말에 올라탔다.

"은혜에 감사드리오."

아야로가 주 대부를 향해 고개 숙여 인사를 표하고는 모용외를 바라보았다. 말에 올라서도 앞만 바라보고 있던 모용외가 아영과 주 대부에게 눈길 한 번 주지 않고 곧장 말을 달려 나아가자, 아야로는 그를 따라 멀어져 갔다.

"말을 내어줄 수 없다더니 어찌 마음이 바뀐 게냐?"

주 대부가 물었다.

"돌아올 거예요."

"자신하느냐?"

"모용외 스스로도 지금 뛰어들어 봤자 전혀 가망이 없다는 걸 알고 있어요. 다만 의리와 자존심 때문에 돌아가는 것이지요. 그러나 제가 모용선비의 천하라는 말을 했을 때 그의 눈빛이 불타오르는 걸 봤어요. 그건 살아남겠다는 강한 의지였지요. 그는 분명 돌아와서 후일을 도모할 거예요."

모용외와 아야로의 모습이 시야에서 사라진 후에도 아영 부녀는 마치 누군가를 마중 나온 것처럼 먼 곳에 눈길을 둔 채 움직이지 않고 있었다. 연초 한 대를 태울 시간쯤 지났을까, 멀리서 두 필의 말이 다시 모습을 나타냈다.

모용외는 부녀 앞에 말을 멈추고는 아영을 향해 외치듯 물었다.

"아까 모용선비의 천하라고 했는가?"

"그렇소."

모용외는 말에서 훌쩍 뛰어내렸다. 그리고 아영 앞에 무릎을 꿇었다. 이 광경을 보고 있던 주 대부와 아야로는 크게 놀라 어쩔 줄 몰라 했지만, 정작 아영은 태연한 얼굴로 모용외를 굽어보았다.

모용외가 격한 음성으로 외쳤다.

"부디 나에게 가르침을 주시오. 다시 한 번 모용부의 깃발이 휘날릴 수 있도록 말이오."

모용외를 지켜보던 아영이 차분하게 대답했다.

"우선 극성을 피하세요. 외곽에서 흩어진 부족민들을 모으며 도적들을 토벌하여 수하로 삼고 그들을 바탕으로 세력을 키우세요. 앞으로 당신이 다시 일어서기까지 필요한 식량과 철제 무기를 가져다 드리겠습니다. 대가는 그 후에 받도록 하지요."

모용외는 무릎을 꿇은 채로 머리를 땅에 찧었다.

"은인의 이름은 무엇이오?"

"주아영이라 합니다."

그로부터 일 년 후.

모용부의 깃발이 높이 솟은 둥베이 평원에 수천의 우문선비 병사가 엎드려 있었다. 아무도 감히 눈을 들어 바라보지 못하고 있는 가운데 붉은 머리의 모용외가 항복한 적병들을 둘러보다가 온 사방이 진동하도록 크게 웃어젖혔다.

"으하하하, 모용부가 그리 간단히 멸할 줄 알았더냐!"

병든 표범처럼 골방에 누워 신음하던 모용외는 불과 한 해가 지난 지금 다시 초원을 호령하고 있었다. 이미 일곱 개의 우문 부족이 그에게 무너졌고, 여섯 개의 탁발 부족이 스스로 찾아와 복속을 청하였다.

"너희 우문 족속이라면 개미새끼 한 마리도 결코 살려두지 않을 것이다. 그러나!"

모용외는 야멸차게 웃으며 바닥에 꿇고 있는 우문부의 장수들을 둘러보고는 말을 이었다.

"여기 있는 나의 장수들과 겨루어 다섯 합을 버티는 자가 있다면 너희들 모두를 살려주겠다. 이들 중 누구를 골라도 좋다."

모용외의 양 옆에는 신장(神將)과도 같은 네 명의 장수가 제각기 다른 무기를 든 채 석상처럼 서 있었다. 이들이 바로 모용외가 그간 무적으로 군림해올 수 있었던 바탕이었다.

그중 첫 번째 사나이는 바로 아야로였다. 보통 사람의 두 배에 가까운 덩치를 자랑하는 그는 생사를 같이한 전우이자 생명의 은인이라 모용외가 가장 신임하는 장수였다. 아야로는 타고난 신력으로 커다란 반달칼을 막대기처럼 휘두르며 모용외를 그림자처럼 따랐다.

그 옆에 선 장수는 항복을 위장하여 우문부의 장수를 찔러 죽인 번나바의 아들로서, 창술이 천하제일이라 불리기에 조금도 모자람이 없는 번나발이었다. 그동안 아야로와는 우열을 가릴 수 없을 만큼 대단한 무훈을 쌓아왔다.

그러나 무예만 놓고 본다면 이 둘은 나머지 두 사람에 비해 오히려 달리는 감이 없지 않았다. 체격이 크고 목이 굵은데다 민대머리인 반강과 길고 얇은 칼을 잘 쓰는 외팔이 도환은 예사롭지 않은 인연으로 만나 모용외와 운명을 같이하게 된 자들이었다.

반강은 과거 대흥안령산맥의 남쪽 산악지대를 주름잡던 산적의 수괴였고, 도환은 이를 토벌하기 위해 유주자사가 보낸 진나라 관군의 책임자였다. 반강의 무리가 커지면서 점차 유주 땅을 노략하는 일이 잦아지자 유주자사는 낙양의 재가를 얻어 이들을 토벌하기에 이른 것이다.

도환이 이끄는 진의 관군은 도적떼라고 얕보았다가 대패하여 전멸 지경에 이르렀고, 도환은 최후까지 살아남아 이들과 맞섰다. 삼백 명에 이르는 도적떼가 홀로 남은 도환을 포위하자, 반강은 크게 웃으며 이들을 남겨둔 채로 산채로 먼저 돌아가 잔치를 즐겼다. 그러나 그것은 실수였다. 도환은 홀로 삼백 명에 이르는 도적떼를 모조리 베어 넘기고 반강을 쫓아 산채까지 온 것이었다.

"네 이놈!"

한 팔을 잃은 채 온몸에 피를 뒤집어쓰고 걸어오는 도환의 모습은 악귀와도 같았다. 그런 그를 반강은 더 이상 가볍게 볼 수 없었다. 결국 자신의 도끼를 들고 나온 반강은 도환과 단둘이 격돌했다.

그런데 그때 그들의 싸움을 참관한 이가 있었으니, 그는 다름 아닌 모용외였다. 모용외는 아영의 말대로 그때까지 살아남은 부족민들과 타다 남은 살림살이들을 거두어 반강의 산채로 들어가 거기에서 빈객 노릇을 하고 있었다. 반강으로서는 이들이 노상 달갑지만은 않았으나 낙랑에서 아영이 보내오는 식량과 철기류가 탐이 나 어중간한 동거를 하고 있던 터였다. 반강은 그날도 관군을 쳐부수고 산채로 일찍 돌아와 낮부터 모용외와 대작을 하고 있던 참이었다. 그런데 뜻하지 않게 도환이 찾아왔고, 모용외는 두 장사의 대결을 흥미진진한 눈초리로 관전하게 되었던 것이다.

도환의 무예는 놀라운 수준이었으나 피를 쏟으며 이미 너무 많은 기력을 소진한데다 한쪽 팔마저 잃은 터였다. 반강은 산적 괴수답게 완력 하나만큼은 누구도 따르지 못할 만큼 대단했다. 이미 만신창이가 된 도환은 칠팔십 근은 족히 나가는 쇠도끼를 대빗자루 휘두르듯 하는 반강을 당해내지 못하고 결국 한쪽 무릎을 꿇고 말았다.

반강이 패장의 목을 향해 최후의 일격을 가하려는 찰나, 모용외가 가로막고 나섰다. 도환의 기개와 무예에 반한 모용외는 그를 살리고 싶었던 것이다. 그러나 도환과 싸우느라 기가 끓어 넘친 반강은 앞뒤 가릴 것도 없이 모용외를 향해 도끼를 들이밀었고, 둘은 싸움을 벌였다. 그러나 반강은 모용외의 상대가 될 수 없었다. 반강은 사나이답게 깨끗이 패배를 인정하고 모용외에게 충성을 다짐했다. 도환 또한 군사를 모두 잃은 패장의 신분이라 마땅히 돌아갈 곳이 없었으므로 생명의 은인인 모용외에게 몸을 의탁했다. 그리하여 애초에 반강에게 무기와 식량을 약속하며 이들을 자신의 세력으로 만들려던 모용외는 도환에게 도적떼가 모조리 참살당한 탓에 한 사람의 병사도 얻지 못했으나 대신 이 두 명의 무인을 얻었던 것이다.

아야로, 번나발, 반강, 도환, 이 네 장수가 모용외를 따른 후로는 모용부를 상대할 적이 없었다. 아영은 약속대로 충분한 양의 무기와 식량을 공급해주었고, 이들의 명성을 듣고 사방에서 모여든 사람들로 인해 모용외의 군세는 순식간에 불어났다. 그리하여 겨우 일 년이 지나자 모용외를 죽음의 계곡으로 내몰았던 우문부조차도 두려워할 만큼 모용부의 위세는 굳건해졌다.

"자, 여기 있는 장수들과 맞싸울 자가 한 명도 없는 것이냐?"

모용외의 외침에 적장 하나가 일어섰다.

"내가 싸우겠소."

"네놈이 가장 강한 자인가?"

"명색이 우리 부족 제일의 무사요. 내가 이기면 약속대로 우리 부족민들을 살려주시오."

말을 마친 그는 손끝으로 한쪽 팔이 없는 도환을 가리켰다. 그에게는 가장 만만해 보인 모양이었다.

그러나 도환과 그의 싸움은 길지 않았다. 불과 세 합 만에 그는 목 없는 귀신이 되고 말았다.

"우문부에는 나의 수하가 될 자가 없구나."

모용외의 그 한 마디는 신호와도 같은 것이었다. 삽시간에 항복한 적병 모두를 도륙한 모용외의 군사들은 그들의 시체에 불을 붙여 태우고 재물을 찾아 거두었다. 살갗 타는 냄새가 진동하는 불길 한가운데에서 모용외는 칼을 짚고 서서 괴기스런 웃음을 터뜨렸다.

"으흐흐흐, 이것은 시작에 불과하다. 나는 천하를 점령하여 모조리 불태우고 말 것이다. 나의 형제들이 먼저 간 그곳으로 적들을 보내 영원히 사죄토록 할 것이다."

모용외의 웃음소리가 점점 커져갔다.

모용외의 회상을 깨고 일행과 떨어졌던 한 사내가 끼어들었다.

"형님, 찾아냈습니다. 주 대부의 집은 여기서 멀지 않은 곳입니다."

모용외의 얼굴이 밝아졌다.

"가자. 이 얼마나 기다렸던 순간인가!"

사내가 가리킨 장원의 문 앞에 도착하자 모용외는 두어 번 숨을 고르더니 이내 문을 두드리며 크게 외쳤다.

"여봐라. 어서 문을 열어라! 모용외가 왔다!"

얼마 지나지 않아 문이 열리고 한 사람이 나와 그들을 맞이했다. 그는 모용외를 보자 깜짝 놀라며 공손히 인사를 올렸다.

"아, 아니. 모용 공이 아니십니까. 참으로 오랜만에 뵙습니다. 그, 그런데 이 위험한 곳까지 어쩐 일이십니까?"

"천지에 내게 위험한 곳이 어디에 있는가. 주 대부를 나오라 하라."

잠시 후 모용외는 꿈속에서도 그리던 바로 그 목소리를 들을 수 있었다.

"모용 공, 오랜만이군요."

모용외는 뒤에서 들려온 여인의 목소리에 바로 몸을 돌렸다. 그곳에는 아영과 주 대부, 그리고 을불과 저가가 서 있었다.

"아영!"

모용외의 기쁨에 찬 목소리에 아영 역시 더없이 반가운 표정으로 고개를 숙여 답했다.

"주 대부."

주 대부 역시 모용외에게 허리를 숙여 인사했다.

"이렇게 두 분을 다시 만나게 되어 너무나 기쁘오. 역시 먼 길을 온 보람이 있군."

말을 하는 동안에도 모용외는 아영에게서 눈을 떼지 못했다.

두 영웅, 마주치다

아영 외에는 아무도 눈에 들어오지 않는다는 듯 처음부터 그녀만 바라보고 있던 모용외는 시간이 지나자 자연히 옆의 두 사람에게로 시선이 돌아갔다. 모용외의 눈길에는 본능적인 경계와 적의가 가득 담겨 있었다.

"모용 공, 이분들은 고구려에서 오신 상인들입니다. 인사를 나누시렵니까?"

주 대부가 약간 당황하며 모용외에게 의사를 물었다. 모용외가 백주대낮에 이곳에 나타난 것도 놀라운 일이거니와, 을불과의 조우는 예정에도 없던 터라 아무리 노회한 주 대부라 할지라도 당황하지 않을 도리가 없었던 것이다. 주 대부는 저가를 먼저 소개했다.

"이분은 저가 장자입니다."

저가는 처음부터 모용외 일행의 기세에 기가 질려 있었지만 가까스로 낯빛을 바로하며 고개를 숙였다.

"저가라고 합니다."

그러나 모용외는 저가를 쳐다보지 않았다. 그의 눈길은 진작부터 저가의 뒤편에 서 있는 을불의 얼굴에 줄곧 머물러 있었다.

을불 또한 그의 이름을 듣는 순간부터 자신도 모르게 눈빛이 불타오르고 있었다. 모용외라면 고구려를 노략한 적이 있는 국적(國賊)이었다. 선곡 노인은 그를 두고 앞으로도 큰 위협이 될 사내라 했다. 뿐만 아니라 이유야 어찌 되었든 자신보다 먼저 아영과 깊은 인연을 맺고 있는 그는 방약무인한 태도로 을불을 노려보고 있었다.

"이분은 상단을 이끄는 다루 공자이십니다."

중간에 선 주 대부가 을불을 소개했다. 을불 또한 고개 숙여 인사하는 대신 형형한 안광을 쏘아대는 모용외를 정면으로 마주 볼 뿐이었다. 두 사람 사이에는 팽팽한 긴장감이 맴돌았다.

"이자는 아영과는 어떤 사이요?"

모용외의 눈빛이 주 대부의 얼굴을 매섭게 때렸다.

"여식이 상업을 주관하는지라 거래 관계로 알게 되었을 뿐입니다."

"뿐이라?"

"그렇습니다."

"정말 거래 관계일 뿐이라면 구태여 그렇게 변명하듯 말할 필요가 없지 않소?"

모용외의 얼굴이 약간 굳어진다고 느낀 주 대부는 황급히 말머리를 돌렸다. 오랜 세월 장사꾼으로 살아온 그에게는 어려운 상황을 해소하는 나름의 지혜가 있었다.

"천하의 영웅께서 일개 상인을 핍박하셨다는 소문이 나면 사람들이 비웃지 않겠습니까. 그러니 공께서는 어서 안으로 드시지요. 내 집 손님들과 함께 준비한 음식이라도 드시며 그간 천하의 정세를 좀 들려주십시오. 듣자니 이제는 그 잔혹한 우문선비도 모용 공의 이름 석 자만 들으면 줄행랑을 친다고 하던데. 과연 제 여식이 사람 보는 눈은 있지 않습니까? 허허허."

주 대부가 너스레를 떨며 분위기를 흩뜨리자 모용외의 눈길이 다시 아영에게로 돌아갔다.

"맞소. 내가 가장 힘들고 고통스럽던 시절 오직 한 사람, 여기 아영 낭자만이 내게 손을 내밀어주었고 나를 일으켜 세웠소."

평소 볼 수 없는 몽롱한 눈빛으로 아영을 바라보던 모용외의 눈빛이 다음 순간 활활 타올랐다. 아영 또한 반가운 표정을 숨기지 않았다. 아영은 정감이 묻어나는 목소리로 모용외에게 안부를 물었다.

"그간 우리 수레가 가지 못했는데 부족함은 없으셨는지요?"

"어찌 어려움이 없었겠소? 주시오. 낙랑의 철을 모두 주시오. 그대가 나에게 고귀한 것들을 베풀어주었듯이 나도 이 세상에서 가장 높은 금액으로 아영 낭자의 철을 모두 사들이겠소."

아영은 표정을 밝게 하면서도 을불을 살짝 바라보며 난감한 듯이 말했다.

"어머, 그런데 이걸 어쩌지요? 여기 고구려의 다루 공자께서도 철을 사러 오셔서 후한 값을 받고 넘겨드리기로 이미 약조한 마당이거든요."

이때 아야로가 앞으로 한 걸음 나서며 우레 같은 목청으로 소리쳤다.

"하하하하, 어찌 일개 상인 따위가 천하의 주인이 되실 우리 형님의 앞길을 가로막고 나선단 말인가! 한칼에 베어버리기 전에 썩 사라지지 못할까!"

마치 짐승의 울부짖음과도 같은 그의 외침에 저가는 가슴이 쿵쾅거렸다. 그러자 아영이 나서며 나긋한 목소리를 뽑아냈다.

"호호호, 아야로 장사께서는 설마 저의 장삿길을 아주 막아버리려 오신 건 아니시겠지요?"

"형수님은 무슨 잡소리가 그리 많소? 어서 짐이나 챙겨 나오시오. 이제 천하가 다 형수님의 것이오. 오늘 우리는 형수님을……."

계속되는 아야로의 첫소리를 모용외의 나지막한 목소리가 끊었다.

"아야로, 예의를 지켜라! 나는 아영 낭자를 강제로 모시러 온 게 아니다. 아영 낭자의 뜻을 물으러 왔을 뿐이다. 지금 당장 나와 같이 가겠다면 가는 것이고, 그렇지 않다면 낭자가 허락할 때까지 몇 백 번이고 다시 찾아올 참이다. 그러니 경거망동하지 마라!"

저가는 나지막하나마 힘주어 말하는 모용외에게서 영웅의 기백을 느꼈다. 이런 느낌을 받은 사람은 비단 저가만이 아니었다. 주 대부나 을불도 모용외가 보인 뜻밖의 모습에 놀라지 않을 수 없었다.

아영이 나섰다.

"다루 님, 깊은 이해가 있으시기 바랍니다. 제가 철을 공급하기로 약속을 드렸지만 보시다시피 예상하지 못했던 사태가 발생했습니다. 이미 말씀드렸다시피 모용부는 저의 기존 거래처이기 때문에 그 연고를 마냥 없던 걸로 할 수도 없답니다."

"……."

"하여 장사꾼인 저는 두 분 중 높은 값을 치러주시는 분께 철을 내드리고자 하는데, 두 분 생각은 어떠신지요?"

아영의 제안은 간단하면서도 합리적인 방안이었다. 예의를 갖춘 아영의 제안에 모용외는 달리 생각할 필요도 없다는 듯 선선히 고개를 끄덕였다. 을불도 모용외를 따라 고개를 끄덕이는 수밖에 없었다.

"호호호호. 애송이. 두고 보마!"

아야로가 위협적인 목소리를 토해내며 을불과 저가를 싸늘한 눈초리로 훑었다.

아영의 제의로 모두는 별채로 자리를 옮겼다. 탁자의 중간에 아영과 주 대부가 앉고, 그들을 중심으로 왼편에는 을불과 저가가, 오른편에는 모용외와 아야로가 자리를 잡았다. 모용외의 뒤로는 일행들이 빙 둘러서서 사뭇 위협적인 분위기를 연출했지만 아무도 그들을 제지할 수는 없는 노릇이었다.

저가가 걱정스런 표정으로 옆에 앉은 을불에게 귓속말을 전했다.

"보아하니 아영 낭자와 모용외 사이가 보통이 아닌 듯합니다. 우리에게 주기로 약속했던 철을 모용외가 나타나자 갑자기 경매에 붙인다는 건 우리로 하여금 알아서 양보하고 가라는 뜻이 아니겠습니까?"

을불이 생각해보니 그런 것도 같았다. 아영은 뒤늦게 어젯밤의 약속을 없던 일로 하자고 거절하기 어려워 경매를 핑계 삼고 있는 것이 아닌가 하는 의구심도 들었다.

"어찌하면 좋을까요?"

"어차피 아영 낭자에게 푹 빠져 있는 모용외를 상대로 경매에 이길 수는 없는 노릇입니다. 저자는 천하의 금덩이를 모두 갖다 바치고서라도 이 경매에서 이기려 할 것입니다. 그렇다고 우리도 무턱대고 높은 가격을 써냈다가는 나중에 감당할 수 없는 사태가 발생할 것입니다."

오랜 장사 경험에서 우러나는 저가의 안목은 정확하고 예리했다.

"그럼 여기서 선선히 웃으며·일어나자는 것이로군요."

그때 을불의 뇌리에 퍼뜩 아영의 말 한마디가 스쳤다. 그러고 보니 어젯밤 아영은 자신에게 본인이 아닌 동생의 배필이 되어 달라고 요청해 왔었던 것이다. 그건 아마도 아영 자신은 이미 마음속에 다른 배필을 정해두고 있다는 뜻일 테고, 그 상대는 모용외였던 것이 확실했다. 만약 그렇다면 자신은 선비족인 모용외와 동서 관계를 맺게 된다는 걸 뜻했다. 여기에 생각이 미치자 을불은 급히 일어나려 했다.

이때 저가가 을불의 소매를 붙들었다.

"여기서 그냥 쫓기듯 일어나시면 이제 고구려의 주인이 되실 왕손님이 훗날 배포 있게 경매에 이긴 저자와 비교되어 웃음거리가 될 수 있습니다. 그것은 곧 왕손께 두고두고 짐이 될 터이니 우선은 이 자리를 견뎌내시는 게 좋겠습니다."

"……?"

"모용외는 틀림없이 감당키 어려운 무시무시한 가격을 제시할 것입니다. 그렇게라도 아영 낭자의 환심을 사두려 할 테니까요. 그러니 왕손께서는 합리적인 가격을 써내십시오. 그러면 우리는 이 경매에서 진다 해도 일반적인 상거래 행위를 지키려 했던 양심 있는 상인으로 기억될 뿐 위신을 잃는 일은 없을 것입니다."

저가의 말은 이 상황에서 한 치의 어긋남도 없는 옳은 판단이었다. 그러나 을불의 생각은 그렇게 간단치 않았다.

질 것을 미리 계획하고 경매에 임한다는 것은 국적에게 알아서 긴다는 굴욕에 다름 아니었다.

을불의 마음이 갈피를 잡지 못한 채 떠돌고 있을 때, 아영의 목소리가 정적을 갈랐다.

"자, 그러면 모용 공부터 저 방 안으로 들어가서 이 종이에 금액을 써주십시오."

모용외는 아영이 건넨 종이를 받더니 한참을 생각에 잠겼다. 태산처럼 버티고 앉아 있던 그는 이윽고 눈썹을 꿈틀하더니 자리에서 일어나 안으로 성큼성큼 걸어 들어갔다.

저가는 자신이 받은 종이를 을불에게 건네며 또다시 귓속말을 전해왔다.

"아마 제 예상대로 될 겁니다."

을불은 잠시 눈을 감았다. 과연 모용외는 얼마를 적어낼 것인가. 조금 전 그의 표정으로 미루어 그는 분명 경천동지할 금액을 써낼 것이 확실했다. 그렇다면 자신은 얼마를 쳐줄 것인가. 저가의 말대로 첫 거래에 책정했던 합리적인 가격을 써내고 이대로 조용히 물러날 것인가. 을불의 마음은 또다시 미로를 헤매기 시작했다.

모용외는 이미 결심을 끝내고 들어가서 그런지 생각보다 일찍 방에서 나왔다. 그는 어울리지 않게 섬세하게 잘 접은 종이를 아영에게 조심스럽게 건넸다.

모용외가 내미는 종이를 받아드는 아영의 얼굴에 살짝 미소가 어리는 걸 보면서 을불은 자리에서 일어났다.

값을 적어내기 위해 방 안으로 들어선 을불은 자리에 앉아 다시금 생각에 잠겼다. 저가의 말대로 모용외가 나타나는 순간 이미 모든 게 결정되었고 경매는 그저 형식에 불과한 것이라면 자신의 고민은 의미 없는 일이 되고 말 것이었다. 그렇다고 이 모든 걸 순순히 포기하기에는 자신의 신분이 너무 무거웠다.

을불의 생각은 마침내 아버지에게 가 닿았다. 세상 사람들의 손가락질을 받으면서도 아들을 지키기 위해 온갖 굴욕을 견뎌냈지만, 그 아들이 위험해지자 당당하게 정체를 드러내고 의로운 길을 가신 아버지였다. 다음으로는 스스로 죽음의 길을 택한 안국군의 의연한 얼굴이 떠올랐다. 그는 자신에게 고구려의 미래를 맡긴 것이다.

"아!"

을불은 어느 순간 붓을 들었다. 그러고는 생각이 정리된 듯 하얀 종이 위에 더 이상 망설임 없이 붓끝을 놀렸다.

철 값을 적은 종이를 건네고 을불이 자리로 돌아오자 저가가 안도하며 말했다.

"잘하셨습니다. 참는 것이 꼭 지는 것만은 아닙니다. 때로는 참는 것이 이기는 길일 수도 있으니까요."

을불은 말없이 고개를 끄덕였다.

"그럼 이제 발표하겠습니다. 먼저 모용 공의 금액입니다."

아영의 침착한 목소리가 양편 사이를 가르고 퍼져 나왔다. 종이를 펴들던 아영의 눈길이 잠시 주춤했다. 모용외를 제외하고는 모두가 바짝 긴장한 가운데 다시 한 번 종이에 적힌 글씨를 확인한 아영의 예사롭지 않은 목소리가 방 안을 울렸다.

"모용 공께서 제시한 금액은……."

아영의 목소리가 잠시 멎었다가 이어졌다.

"모용외입니다."

순간 방 안에 정적이 흘렀다. 정작 모용외는 담담한 표정으로 눈을 감고 있었고, 그의 뒤편에 시립해 있던 수하들은 무슨 뜻인지 몰라 서로를 돌아보았다.

"그게 뭐야?"

"모용외라니?"

"일천 금이 아니고?"

영문을 몰라 하며 술렁거리는 수하들 중 한 사람이 말했다.

"무슨 소리는 무슨 소리야. 형님을 다 바치겠다는 얘기지."

순간 와 하는 환호성이 터졌다.

"멋지다!"

"과연 형님이야!"

주 대부는 만족스러운 표정으로 고개를 끄덕였다. 과연 사나이다운 배포였다. 아영의 얼굴에도 웃음이 번졌다. 시세보다 높은 가격을 제시하리라 예상은 했지만 이렇게 엉뚱하고 호방하게 나올 줄은 그녀 자신도 예상치 못했던 것이다.

아영은 서둘러 웃음기를 거두어들이고 이번에는 을불의 종이를 펴들었다. 그녀의 눈길이 다시 한 번 종이 위에서 방향을 잃고 주춤거렸다.

"다루 공자께서 적어내신 가격은……."

여기까지 빠른 목소리를 내보내던 아영은 고개를 들어 을불을 힐끗 쳐다보고는 다소 가라앉은 목소리로 뒤를 이었다.

"낙랑입니다."

아영이 선언하듯 말을 끝맺자 또다시 방 안에는 정적이 흘렀다.

"낙랑?"

모용외의 패거리 중 하나가 옆을 두리번거리며 낙랑이라는 두 글자를 되뇌었지만 이번에는 아무도 대꾸하지 않았다. 처음보다 더 긴 침묵이 흐르자 저가의 얼굴이 잿빛으로 변해갔다. 주 대부의 얼굴은 희비를 가늠하기가 어려웠다. 어떻게 보면 어두운 것도 같고 어떻게 보면 밝은 것도 같은, 한마디로 미묘한 표정이었다. 을불은 무표정하고 담담하게 앉아 맞은편 쪽 창 너머의 하늘에 눈길을 던지고 있었다. 모용외 역시 전혀 표정 변화를 보이지 않은 채 고개를 들어 아영의 머리 위 천장을 응시했다.

　아영은 잠시 생각하다가 주 대부를 향해 눈길을 돌렸다. 그러나 주 대부는 아영이 자신을 바라보는 순간 눈을 감아버렸다. 모든 걸 알아서 결정하라는 뜻이었다.

　아영의 시선이 모용외를 향했다. 그는 미동도 없이 태산처럼 버티고 앉아 있었지만 사실 속내는 부글부글 끓고 있었다. 자신이 가격을 모용외라고 적어 넣은 이상 경매는 끝이어야 했다. 상대가 얼마의 금액을 제시하더라도 그건 더 이상 의미가 없어야만 했다. 하지만 처음부터 신경을 거슬렸던 이 젊은 녀석은 생각지도 못한 가격을 적어 넣었고, 낙랑이라는 두 글자는 날카로운 비수가 되어 가슴을 파고드는 것이었다.

　"오늘 경매의 낙찰자는……."

　마음의 결정을 내린 듯 아영이 또렷한 목소리로 말했다.

"본래 아버지와 상의해야 할 일이지만 방금 보셨다시피 아버지께서 제게 일임하셨으므로 제가 결정을 내리겠습니다."

"아참, 속 터지게 웬 서두가 그렇게 길어!"

아야로가 참지 못하고 한마디 내뱉었다. 그런데 그 순간 방 안의 긴장을 깨고 날카로운 소리가 들렸다.

"모두 꼼짝 마라!"

아야로의 푸념이 신호이기라도 했다는 듯 벼락같은 호통소리와 함께 방문이 벌컥 열리더니 수많은 창날이 방 안을 향해 겨누어졌다.

"웬 놈들이냐!"

집주인인 주 대부가 노기에 찬 소리를 질렀지만 곧바로 걸걸한 목소리에 묻혀버렸다.

"이놈들, 너희들이 낙랑성 수졸들을 참하고 달아난 놈이렷다! 즉각 무릎을 꿇어라!"

낙랑도위였다. 주 대부가 놀라 앞으로 나서며 물었다.

"도위, 그게 무슨 소립니까?"

"주 대부, 이들이 오늘 아침 성문을 지키는 수졸들을 베고 난입해 들어온 자들이오."

주 대부가 얼굴이 사색이 되어 모용외에게 물었다.

"그게 정말입니까?"

갑자기 모용외의 얼굴이 험악하게 일그러지더니 목청에서

천둥소리가 터져 나왔다.

"크하하하, 그렇다! 낙랑 부자 놈들을 털면 천하를 살 수 있다는 말을 듣고 오늘 네 집을 찾아왔노라! 그러니 가진 재물을 다 내놓아라. 그러면 목숨만은 살려주마!"

갑자기 돌변한 모용외를 보고 무슨 영문인지 몰라 벙벙한 채 굳어버린 주 대부에게 모용외는 눈치를 주고는 밖을 향해 호통쳤다.

"그런데 이것들은 웬 잡졸들이냐! 썩 물러가지 못할까!"

그러나 도위의 기세 또한 모용외 못지않았다.

"하하하하! 별 미친 도둑놈을 다 보겠구나! 이놈아, 일단 밖으로 나와라! 어차피 죽을 목숨들인데 남의 집 깨끗한 방을 더럽힐 필요가 있겠느냐! 보아하니 너희들도 힘깨나 쓰는 놈들 같은데, 밖에 나와서 팔다리라도 좀 휘두르다 죽고 싶을 게 아니냐!"

도위는 겉으로는 호탕한 듯 소리쳤지만 사실은 방 안에서는 많은 군사들이 힘을 쓰지 못할 걸 알고는 모용외를 꼬여내는 것이었다.

"오냐, 나가마! 잠깐만 기다려라!"

밖으로 나가려던 모용외가 험악한 얼굴로 을불을 돌아보았다.

"다루라고 했나? 낙랑이라고 써낸 걸 보니 생각이 복잡했나

보군. 덕분에 오늘 일은 틀어졌지만 너를 원망치는 않으마. 하지만 언제나 내가 오늘처럼 자비로울 거라고는 생각지 않는 게 좋을 게다."

을불을 노려보던 모용외는 아영에게도 뭔가 할 말이 있는 듯 멈칫거렸지만 이내 수하들을 이끌고 밖으로 나가버렸다. 마당을 가로지르는 동안 아야로가 자신들을 둘러싸고 창을 겨누고 있는 낙랑의 군졸들을 둘러보며 물었다.

"형님, 어떻게 할까요? 이놈들을 확 쓸어버릴까요?"

그러나 모용외는 복잡한 표정으로 혼잣말을 중얼거렸다.

"나 모용외를 걸었건만…… 그 젊은 놈이 그리도 중요했단 말인가?"

아야로가 말뜻을 알아듣고는 다시 물었다.

"저도 참느라 미치는 줄 알았습니다. 제가 들어가서 그 고구려 놈 목을 따올까요?"

"아영 낭자만 아니라면 진작에 내 손으로 죽였겠지. 그러나 그녀가 놈을 감싸고 있는 한 나는 그놈을 죽일 수 없다."

"일개 상인 놈인데 뭘 그러십니까. 그리고 누가 누굴 감싼다는 말씀입니까. 그놈이 경매에 이긴 것도 아니잖습니까?"

"그놈이 못 이긴 게 문제가 아니라 내가 못 이긴 게 문제다. 내 이름 석 자를 걸고도 그녀의 마음을 얻지 못했으니……."

"형님, 뭘 그리 복잡하게 생각하십니까. 확 쓸어버리고 여자를 잡아갑시다."

"쓸데없는 소리! 앞으로 내가 저 여인의 마음을 어떻게 얻는지 두고 보아라."

모용외가 수하들과 함께 밖으로 걸어 나오자 낙랑도위는 큰소리는 쳤지만 모용외 일당에게서 풍기는 기운에 내심 당황하고 있었다. 비록 백 명이 넘는 군졸이 그들을 에워싸고 있었지만 결코 만만할 것 같지 않았다.

"이놈들아! 순순히 오라를 받아라. 그러면 목숨만은 살려주겠다."

아야로가 모용외를 돌아보며 다시 물었다.

"형님, 이놈들은 어떻게 할까요?"

"죽여라. 모두 죽여라. 이것으로써 그 젊은 놈한테, 아니 아영에게 내가 얼마나 인내하고 있었는지를 보여주겠다."

모용외의 말이 끝남과 동시에 휘두르는 모용외 일당의 칼날에 군졸들의 목이 허공으로 날기 시작했다.

"크흐흐흐! 이놈들, 이제 너희는 다 죽었다. 갑갑해 미칠 지경이었는데 잘 걸렸구나."

아야로를 비롯한 모용외의 수하들은 참고 있던 울분을 토해내기라도 하듯 일제히 무서운 기세로 도끼와 칼을 휘둘렀다. 주 대부의 집 앞은 순식간에 아수라장이 되어 시뻘건 피가 바닥을 적셨다.

'아! 이놈들은 사람이 아니다!'

도위는 급히 몸을 피하려 했으나 한발 늦었다. 도환의 검이 그의 목을 향해 날았다.

"아악!"

도위의 머리가 공중으로 날아오르자 세찬 핏줄기가 그 뒤를 따라 솟구쳐 올랐다. 순식간에 땅바닥에 나뒹구는 수많은 주검 위로 모용외의 목소리가 떨어져 내렸다.

"불을 질러라. 온 성안에 불을 질러! 그리하여 내 분노가 어떤 것인지를 아영에게 알려라!"

낙랑지계

분노한 모용외는 미친 듯이 말을 달리며 낙랑의 여기저기에 불을 싸질렀지만 낙랑의 관리들은 큰 거리들이 온통 잿더미로 변할 때까지 누가 왜 불을 질렀는지도 알지 못했고, 알고 나서도 모용외 일행 중 단 한 사람도 잡아들이지 못했다. 오히려 낙랑도위를 포함해 모용외 일행에게 목숨을 잃은 관리와 군사가 백여 명에 이르자 낙랑태수는 이 사건이 조정에 알려지지 않도록 애썼다. 하지만 이 사건은 이내 최비에게 알려져 결과적으로는 낙랑태수의 운명을 흔들고 말았다.

최비는 처음 세상에 나올 때부터 천하의 주목을 받은 인물이다. 위(魏)와 오(吳)를 멸망시켜 삼국시대를 끝내고 통일제국 진(晉)을 출범시킨 사마염이 오로 진격할 때의 일이다. 오나라 군사를 치기 위해서는 장강을 건너야 했는데, 반드시 건너야 할 그곳 강의 중앙에 낡은 폐선이 수도 없이 떠 있어 도무지 배를 타고 건널 방법이 없었다. 이 폐선단은 오나라 군사들이 설치해둔 것으로 배들을 쇠사슬로 묶어두어 흩어지지도 않았거니와, 돌아가자니 반대편에 상륙할 지세가 마땅치 않은지라 사마염의 군사는 그야말로 진퇴양난에 빠져 헛되이 시일을 보내게 되었다. 그때 사마염의 장군 두예의 수하 중에 최비라는 젊은 장수가 있었다. 병법에 능했던 그는 몇 차례 두예를 찾아갔으나 지위가 낮은 탓에 만나지 못하자 스스로 휘하의 병사들을 데리고 강 상류로 올라가 지형을 살폈다. 그러고는 나무를 베어 수십 개의 기름 뗏목을 만든 다음 불을 붙여 아래로 떠내려 보냈다. 폐선 때문에 잠을 이루지 못하던 두예가 다음 날 아침 강가에 나와 보니 폐선들이 어느새 모조리 불타 없어진 뒤였다. 두예는 즉시 배를 띄워 진군하였고, 폐선만 믿고 있던 강 건너 오군 진영은 순식간에 무너지고 말았다.

승전 후에 두예가 공을 세운 자를 찾으니 아직 나이 어린 최비였다. 두예는 그가 크게 될 인물임을 알아보고 사마염에게 직접 천거하였다. 사마염 또한 최비의 재능을 알아보고 그를 장군으로 세우니, 이후의 크고 작은 전투에서 패하는 일이 없었다. 사마염은 그런 최비를 매우 아껴 항시 곁에 두었으나, 무제 사마염이 죽고 유약한 혜제가 황위에 오르며 태후와 황후가 번갈아 조정을 쥐고 흔들자 최비는 친분이 있는 동해왕 사마월을 찾아가 몸을 의탁하였다.

사마월은 천하의 명장이자 가까운 지기인 최비가 찾아오

자 그 즉시 모든 병권을 그에게 일임하였고, 최비는 군사를 맡아 키움은 물론 수많은 세작을 각국에 보내어 천하의 형편을 상세히 살폈다. 그는 특히 세작을 키우는 일에 많은 공을 들인 까닭에 천하의 대소사는 최비의 눈을 피해 가는 법이 없었다.

그런 최비가 있었기에 한낱 대륙의 한 귀퉁이 작은 성에 불과했던 동해국은 오래지 않아 남다른 강병과 더불어 막강한 정보력을 갖춘 세력으로 급성장할 수 있었다.

그런데 사실 최비가 세력이 별반 신통치 않은 동해왕 사마월을 찾아온 데는 그만의 이유가 있었다. 천하 정세를 앞서서 내다볼 줄 알았던 그는 앞으로 진이 태후와 황후의 외척들 및 제후들로 인하여 쑥대밭이 될 걸로 판단하고 황도 낙양에서 멀리 떨어진 곳에서 힘을 키워두려는 야심이 있었던 것이다.

낙랑태수 유건은 모용외가 낙랑에서 한바탕 분탕질을 치고 돌아간 사실이 알려질까 두려워 전력을 다하여 이를 막았지만 최비의 눈마저 피할 수는 없었다. 낙랑에 파견한 세작으로부터 이 사실을 보고받은 최비는 그날로 사마월을 찾아 이를 의논했다.

"그리하여 관군은 선비족의 도적들을 찾아내었으나 오히려 그들에게 일방적으로 도륙당했고, 도적들은 온 거리에 닥치는 대로 불을 지른 후 유유히 성문을 빠져나갔다 합니다."

"어찌 그럴 수가 있습니까. 낙랑의 군사가 결코 적지 않건만 어찌 도적에게 약탈을 당했단 말입니까. 도적의 숫자가 몇이나 되기에?"

"열 명 남짓이었다 합니다."

사마월은 웃으며 고개를 내저었다.

"하하하, 낙랑성 내에만 수천에 이르는 병사가 주둔하고 있습니다. 어찌 저더러 그것을 믿으라 하십니까?"

"세작이 전한 바에 따르면 그들 여남은 명 모두가 천하에 다시없을 맹장이었다 합니다. 특히 그중 한 명은 모용외가 아닌가 싶었답니다."

"모용외라면, 선비족 모용부의 우두머리를 말씀하십니까?"

"그렇습니다."

"허허!"

사마월은 실소를 터뜨렸다. 들으면 들을수록 도무지 믿기지 않는 이야기였다.

"어찌 모용부의 우두머리가 겁도 없이 낙랑 땅에 수하 열 기만을 거느리고 들어갔겠습니까? 그저 닮은 인물이었겠지요."

"만약 모용외 그자라면……."

"모용외라는 자를 잘 아십니까?"

"그자는 고작 약관의 나이에 고구려를 침략해 왕을 궁지로 몰았던 자입니다. 그자는……."

뭔가 더 할 말이 있는 듯하던 최비는 곧 말머리를 돌렸다.

"아닙니다. 여하튼 그자가 모용외든 아니든 소수의 선비족에게 낙랑이 약탈당한 것은 사실입니다. 그리고 이것은 우리에게 아주 좋은 기회입니다."

이것이 기회라는 말에 사마월이 의아한 표정으로 최비에게 물었다.

"기회라니요?"

최비가 그 이유를 설명했다.

"조정에 이 사실을 보고하여 낙랑의 어지러움을 정리하고 선비족을 토벌하도록 허락해달라고 청하는 겁니다."

"흠."

"더군다나 무능한 낙랑태수를 저대로 모른 체 버려둘 수도 없지 않겠습니까?"

사마월은 고개를 끄덕였다.

"그러면 낙랑을 정리한 후 조정에 누구를 낙랑태수로 천거할 생각입니까?"

최비는 한동안 생각하다 엉뚱한 대답을 했다.

"제가 낙랑을 가지겠습니다."

"장군께서요?"

최비는 묵묵히 고개를 끄덕이더니 심중의 말을 토해냈다.

"누구를 천거하든 가(賈) 황후는 자기 사람을 보내거나 마음에 드는 제후에게 줘버릴 것입니다. 저는 낙랑을 맡아 제대로 한 번 키워보고자 합니다. 일단 제가 낙랑을 취하고 나면 제가 동해왕 전하를 배신했다는 소문을 내고 공격하는 시늉을 하십시오. 그러면 전하는 저와 무관하게 됩니다."

"장군께서 임의로 낙랑을 취하면 조정이나 제후들의 진짜 원정이 있을지 모르는 일 아닙니까?"

"그 누구의 군사도 이후로는 낙랑 땅을 밟지 못합니다. 저는 이 낙랑을 기반으로 힘을 길러 진 조정이 무너질 경우 동해왕 전하를 천자로 옹립하고자 합니다."

순간 사마월은 숨이 멎는 것 같았다. 한참이나 숨을 고르느라 애쓰던 동해왕 사마월은 급히 고개를 끄덕였다.

"장군의 말씀을 따르겠습니다."

이로써 둘 사이의 대화는 끝났다.

사마월은 최비의 말대로 황도 낙양으로 올라가 선비가 낙랑을 마음대로 유린하였으며 낙랑태수는 무능하여 이대로 있으면 낙랑이 선비의 것이 되는 건 시간문제라고 주장했다.

"힘 있는 제후로 하여금 낙랑을 정비하고 선비를 공격해 멀리 내몰아야 합니다."

그러자 가 황후와 각 제후들은 모두 고개를 가로저었다.

"동해왕의 말씀이 맞기는 하오만 선비를 치는 군사를 내기는 정녕 어려운 일이오."

"그러면 낙랑이 선비에게 먹히도록 그냥 둔다는 말씀입니까? 낙랑은 물산이 풍부한 변경의 요충지입니다. 기름지고 큰 영지를 가진 제후들이 이럴 때 나서지 않으면 앞으로 진이 어떻게 북방 오랑캐를 막을 수 있겠습니까?"

"오랑캐를 막지 말자는 게 아니라 지금 형편상 선비를 치는 군사를 내긴 어렵다는 얘깁니다. 정히 그러시면 동해왕께서 직접 토벌군을 내어 보시든지요."

"허, 참! 쥐꼬리만 한 영지를 가진 내가 선비를 토벌해야 한다고요? 그럼 내가 낙랑을 정돈한 후 선비를 치는 군사를 낼 때 조정과 여러 제후들께서 지원을 해주셔야 합니다."

"그거야 이를 말입니까?"

이렇게 사마월은 최비가 시킨 대로 선비를 들먹여 큰소리치면서 낙랑을 정돈하라는 황제의 성지(聖旨)를 얻어내 동해로 돌아왔고, 최비는 성지를 손에 넣자마자 바로 낙랑으로 출발했다.

"저기가 낙랑성이군!"

최비는 낙랑성이 내려다보이는 언덕 위에 서서 지세를 살폈다. 아직 모용외 일당에 의해 불타버린 거리는 시커멓게 그을린 채 볼썽사나운 모습을 드러내고 있었지만 동서남북으로 뚫린 낙랑의 교통로는 군략가인 그의 마음에 쏙 들었다. 그는 먼 길을 달려온 수하들의 옷매무새를 정돈시킨 후 마상에 올라 위엄 있게 낙랑성을 향해 말을 달렸다.

"멈춰라!"

태수부의 교위는 어딘지 이제껏 보아오던 수많은 사람들과는 전혀 느낌이 다른 일단의 군마를 대하자 주눅이 드는 것 같은 느낌이었다.

"수고 많소."

우두머리인 듯싶은 사나이는 말에서 내려 매우 부드럽고 공손하게 인사를 청했다. 이런 태도를 보이는 사람들은 대개 평민이거나 관리라 해도 하급관리들이었지만 이상하게도 공손하기 짝이 없는 우두머리 뒤에 버티고 선 수하들은 위풍당당하기만 했다.

"무슨 일로 왔는가?"

"저는 낙양에서 온 사람이오."

우두머리는 여전히 자신을 낮추었지만 교위는 어딘지 이상한 느낌이 들었다. 흔히 볼 수 있는 얼굴이 아니었다. 하지만 우두머리의 공손한 태도가 자꾸 혼란을 일으켰다. 교위는 쩔러보는 식으로 냅다 고함을 질렀다.

"뭐하는 자이며 저 뒤의 수하들은 어찌 건방지게 말에서 내리지 않는가!"

최비는 손짓으로 수하들을 말에서 내리게 했다. 그러자 별 것 아닌 자들이라는 생각이 든 교위는 본래의 위엄을 되찾은 표정으로 거만하게 외쳤다.

"태수부에 온 이유를 말하라!"

우두머리는 손을 품속에 넣더니 누런 두루마리를 꺼냈다.

"이것은 황제의 성지요."

주먹만 한 황제의 인장이 눈에 들어오는 순간 교위는 눈이 터져 나올 것만 같았다. 그는 급히 땅바닥에 엎드렸다.

"어서 일어나시오."

우두머리는 두루마리를 다시 품에 넣고 교위를 붙들어 일으켰다. 교위는 다시 한 번 감당할 수 없는 혼돈에 빠졌다. 황제 아니라 자사의 사자만 와도 태수부의 전 관리들이 벌벌 떨어왔고 사자들은 아수라처럼 들이닥치는 법이었건만, 이 황제의 사자는 너무도 달랐다.

"모, 목을 쳐주십시오."

"아니, 어서 태수께 고해주시오. 성지를 받을 준비가 되시면 안으로 들겠소."

"자, 잠깐만 기다리십시오."

교위는 안으로 뛰었다. 태수는 내전에 있었기에 교위는 내전까지 부리나케 달려가면서 다급한 목소리로 태수를 불렀다.

"무슨 일이냐!"

평소에 없던 소동을 감지한 낙랑태수 유건과 그의 처남이자 심복인 평낙장군이 놀란 얼굴로 방에서 뛰쳐나오자 교위는 정신없이 소리쳤다.

"화, 황제 폐하의 사자입니다!"

순간 유건의 안색이 표변했다.

"뭐라! 황제의 사자?"

"그렇습니다."

"몇 명이나 왔더냐? 군사들을 거느리고 왔나?"

순간 교위는 엉뚱한 하문이라 생각했다. 태수는 황제의 사자가 왔다는데도 뛰어나가 성지를 받을 생각은 하지 않고 군사를 데리고 왔는지를 묻고 있는 것이다.

"여섯 명입니다."

순간 태수는 안도의 표정을 지었다.

"달리 거느린 군사는 없더냐?"

"없습니다. 군사는커녕 오신 사자는 너무 부드러운 분이셨습니다."

그제야 유건은 더욱 안심하는 표정으로 평낙장군에게 고개를 끄덕였고, 그 모습을 본 교위는 다시 한 번 의아함을 떨칠 수 없었다. 유건은 처남이 사라지자 얼른 달려 나가 최비 앞에 무릎을 꿇으며 소리쳤다.

"낙랑태수 유건, 황제의 성지를 받고자 합니다!"

최비는 사자답지 않게 유건을 향해 가볍게 고개를 한 번 숙이고는 부드러운 목소리로 성지를 읽었다.

— 낙랑태수 유건은 흠차(欽差)의 조사를 받고 결정에 따르도록 하라!

성지는 간단했지만 유건의 온몸은 심하게 떨리고 있었다. 한 마디로 흠차에게 운명을 맡기라는 내용이었다.

"태수는 일어나시오!"

그러나 다음 순간 유건은 뜻밖에도 너무나 부드러운 최비의 목소리를 듣자 갑자기 마음이 한없이 편해졌다. 어떻게든 다룰 수 있는 사람이라는 느낌이 강하게 뇌리를 스쳤다. 한편으로는 뇌물로 처리할 수 있다는 생각도 하면서 유건은 몸을 일으켰다.

"황송하옵니다."

"선비의 도적들이 낙랑성에 불을 지르고 도주했다는 보고가 있어 황제께서 조사를 명하셨소. 하지만 이미 도적이 물러갔고 피해도 경미한 것 같으니 태수는 긴장하지 마시오."

"황공할 뿐입니다."

"자, 그럼 오늘은 휴식을 좀 취하고 싶소. 너무 배도 고프고 먼길을 오다 보니 무척 피곤하구려."

"어서 안으로 드십시오."

그날 밤 유건은 최비를 극진히 모셨고, 최비는 유건이 권하는 대로 마시고 주는 대로 받으며 모시는 대로 몸을 내맡겼다. 다음날 아침이 되자 유건은 낙랑부의 모든 관원을 집합시키고 자신은 사자의 앞에 꿇어앉아 죄인을 자청했다. 먼저 최비는 나지막한 목소리로 유건에게 인사를 건넸다.

"어젯밤에는 덕분에 정말 즐거웠소."

"여기 계실 때까지는 매일 극진하게 모시겠습니다. 오래오래 머무십시오."

"그럼 황제의 엄명이니 형식상이나마 조사를 좀 하겠소."

"당연히 그러셔야지요."

최비는 조사가 시작되자 현장에서 모용외 일당을 놓쳐버렸다는 지목을 받고 있는 하급 장수를 불렀다.

"그대는 어째서 도적을 놓친 건가?"

"도적들이 워낙 빨리 말을 달리며 여기저기 불을 질러 몹시 혼돈스러웠습니다. 저는 불을 쫓아다녔지만 도적을 보지는 못했습니다."

최비는 다시 물었다.

"보지를 못했다고?"

"그렇습니다."

최비는 이해한다는 듯 고개를 끄덕였다.

"도적들이 너무 빨랐군."

"그렇습니다."

"보지 못했으니 잡지 못한 건 당연한 일이지. 자리로 들어가시오."

최비는 조사 같지 않은 조사를 하면서 관원들과 장수들을 향해 설교인지 충고인지 한탄인지 모를 말을 던질 뿐이었다.

"이미 지난 일을 어쩌겠나? 앞으로 대비나 잘하도록 해야지. 한 번 왔던 자들이라면 다시 올 수도 있는 일이니까."

조사장의 분위기는 걱정과 달리 부드럽기만 했고 태수는 고개를 숙인 채 만족스런 웃음을 지었다.

조사를 끝낸 최비는 스스로도 조사가 너무 간단했다고 생각했는지 관원들을 향해 물었다.

"경비 책임자가 누구요?"

최비의 물음에 한 장수가 앞으로 나서 태수의 옆에 무릎을 꿇었다.

"소신 오기장군이옵니다."

최비는 그에게 부드러운 목소리로 말했다.

"경비에 임한 장수는 눈앞만 보지 말고 멀리까지 척후를 놓도록 하시오. 멀리서 적을 발견해야 시간을 버는 게 아니겠소. 그러기 위해서는 말을 늘 최상의 상태로 유지해야 하오."

"명심하겠습니다."

최비는 다시 관원들을 향해 물었다.

"여기 군사를 훈련시키는 책임자는 누구요?"

오기장군이 들어가고 그 자리에 양운거가 무릎을 꿇었다.

"소신 무예총위이옵니다."

"무예총위, 군사를 훈련시키는 데는 가혹함보다는 따뜻함이 우선이오. 병사를 아들이나 동생처럼 대하며 모르는 건 때리거나 처벌하지 말고 자상히 가르치시오."

"잘 알겠습니다."

"들어가시오."

최비는 다시 늘어선 관원들을 향해 물었다.

"여기 병력 동원을 책임진 장수는 누구요?"

나서는 자가 없자 두리번거리던 관원들 중 하나가 나서 고개를 숙였다.

"평낙장군인데 그는 지금 군사를 점검하고 있사옵니다."

최비는 대수롭지 않게 말했다.

"오라고 하시오. 그에게 병력 배치의 요령을 얘기해주어야겠소. 다음 병기 관리를 책임진 사람은 누구요?"

"소신 삼보장군이옵니다."

삼보장군이 나와 태수의 옆에 꿇어앉자 최비는 여전히 부드럽게 타일렀다.

"병기는 항상 잘 닦아 녹이 슬지 않도록 하시오."

"명심하겠습니다."

최비가 이런 식으로 관원들을 하나씩 불러 자잘한 지시를 늘어놓는 동안 평낙장군이 와서 태수의 옆에 무릎을 꿇었다.

"병력을 동원할 때 차질이 없도록 하기 위해서는 평소 병이 있거나 집에 우환이 있는 병사를 잘 가려두어야 하오."

"알겠습니다."

"특히 병력 동원을 책임진 장수는 태수의 신임이 가장 높으니만치 남보다 책임도 더 무거운 법이오."

"명심하겠습니다."

최비는 잠시 두 사람을 바라보더니 이제까지 봄바람처럼 부드럽기 한량없던 목소리를 갑자기 드높였다.

"황제의 명을 받아 일개 도적단에게 온 성을 유린당한 낙랑태수와 평낙장군에게 죽음을 내리니 도부수는 즉각 저 두 놈의 목을 쳐라!"

이와 동시에 최비의 수하들이 나서 두 사람의 목을 한 도끼에 쳐버렸다. 본래 태수와 평낙장군은 무거운 문책을 받게 될경우 군사를 동원해 흠차를 죽이고 반란을 일으킬 계획이었으나 노련한 최비의 술수를 당할 수는 없었다.

최비가 낙랑성을 차지했다는 소문은 순식간에 퍼져 나갔다.

사마월은 조정에 최비가 배신하였다고 상주한 후 직접 반군을 토벌한다는 명분을 내걸고 멀리 낙랑성까지 군사를 몰아갔으나 최비를 치는 시늉만 하다가는 발길을 되돌려 동해로 돌아갔다. 그는 이후에도 여러 차례 조정과 제후들이 군사를 내 최비와 선비를 쳐야 한다는 소를 올렸으나 이미 기울어가는 진 황실이나 제후들은 동해왕의 진상문에 아무 관심이 없었다.

오히려 천하의 인재들이 하나둘 최비를 찾아 몰려들기 시작했다. 황후와 황족들의 암투에 질려 낙향했던 선대의 장수들은 물론, 직언과 간언을 거듭하다 지쳐버린 문신과 학자들까지도 구름처럼 낙랑으로 모여들었다. 그들은 바로 진으로 하여금 천하 통일을 이루게 한 근간이 되는 이들이었다. 최비는 이들을 문무관으로 삼은 후 낙랑성의 곳간을 헐어 재물을 아낌없이 나누어주었고, 이들은 또 최비에게서 받은 재물을 써가며 군사들을 훈련시켰다. 이제 낙랑이 천하제일의 강국이 되는 것은 시간문제였다.

직찰대

상부에게는 아들 둘이 있었는데 둘 다 오만하고 패악한 성격이라 궁궐 안에서조차 분탕질을 치기 일쑤였고, 그마저도 지겨워지면 궁궐을 짓는 현장에 나가 노역자들 앞에서 거들먹거리곤 했다. 궁궐을 짓는 노역장에는 전국에서 십오 세 이상의 남녀가 동원되었기 때문에 그들 중에는 젊은 여자들도 제법 섞여 있었다.

어느 날 태자는 여자들이 서까래를 다듬는 곳으로 행차해 이리저리 눈길을 돌려댔다. 그런 그의 얼굴에서는 일국의 태자다운 위신은 도무지 찾아볼 수가 없었고, 요망하고 탐욕스러운데다 잔인하기까지 한 눈빛만이 희번덕이고 있었다.

"남자란 말이야, 여자의 젖통이나 사타구니에만 몰두하는 것 같지만 실상은 좀 더 무심한 데서 여자를 느끼는 법이야."

태자의 곁에는 항상 개똥철학 같은 그의 얘기를 들어주고 기분을 맞춰주는 패거리들이 따라다니곤 했는데, 권력자 주변의 인물들이 늘 그렇듯이 이들은 어느 대목에서 웃고 어디에서 심각한 표정을 지으며 또 어디에서 맞장구를 쳐주어야 하는지를 너무도 잘 알고 있었다. 아첨꾼 하나가 자못 궁금하다는 듯한 표정을 지으며 태자에게 물었다.

"무심한 데라니요?"

"발이다."

"네?"

"무식한 상것들은 발이며 발가락이며 발톱을 마구 드러내놓고도 부끄러움을 못 느끼지만 사실 여자가 감추어야 할 건 발이란 말이야."

"이 무식한 놈은 잘 이해를 못하겠는데요. 아무리 그렇기로 젖통보다 발이 더 중요하다니요."

"흐흐. 너희처럼 둔한 놈들이야 여자가 신을 벗고 발을 내밀 때의 그 오묘한 맛을 알 리가 없지. 남자는 여자의 발이 눈에 쑥 들어오는 순간 여자마다의 고유한 신호가 눈앞에서 탁 터지는 그런 느낌을 받는단 말이야. 얼굴이나 젖통에서는 그런 게 안 느껴지거든. 한번 보겠느냐?"

"흐!"

"여기 있는 여자들 얼굴을 다 가리고 발만 내놓게 해라. 오늘은 발만 보고 여자를 골라야겠다."

이내 호위병들이 노역장의 여자들 모두를 일렬로 앉힌 다음 발만 뻗도록 했다.

"너!"

태자가 한 여자를 가리키자 호위병이 얼굴을 가린 손을 내리게 했다.

"이런!"

태자는 못 볼 것을 봤다는 듯 홱 고개를 돌리고는 다음 여자들의 발을 살피기 시작했다.

"발과 얼굴이 꼭 일치하는 건 아닌 모양입죠?"

"물론! 발은 발이고 얼굴은 얼굴이니까. 그러나 대략 발이 고우면 얼굴이 꼭 예쁘지는 않더라도 뭔가 있단 말이야. 예쁘진 않지만 그보다 더 마음을 잡아끄는 그런 게 있어. 틀림없어."

태자는 잘 먹지도 자지도 못해 얼굴이 상할 대로 상한 여자들 사이를 훑고 다니면서 온갖 해괴한 소리를 늘어놓았다.

"이년 손을 얼굴에서 떼봐!"

태자가 다시 한 여자의 발을 지목하자 호위병들이 얼굴을 내놓게 했다.

"크하하하! 어떠냐! 내 말이 맞지!"

태자는 몸을 떨고 있는 스무 살 정도의 여자를 바라보며 의기양양하게 외쳤다. 아첨꾼이 즉각 태자의 비위를 맞추고 들었다.

"이것이 얼굴에 온통 먼지를 덮어쓰고 있어서 그렇지, 자세

히 보니 정말 어딘지 오묘한 매력이 있는 것 같습니다. 발을
보고 이런 미인을 골라내는 재주를 가진 분은 세상에 태자 전
하밖에는 없을 것입니다."

"때로는 얼굴은 갸름하고 작으면서도 발은 곰처럼 큰 여자
도 있고, 발은 작고 가냘프면서도 얼굴은 말이나 소처럼 하찮
은 것들도 있는 법이니, 발을 보는 데는 무슨 확고한 요령 같은
게 있는 건 아니다. 일단 발을 보는 순간 어떤 직감적 상상력
이 생겨야 하는 거야. 그러니 너희들은 어디 가서 함부로 발을
볼 줄 안다느니 하면 안 된다."

"이를 말씀이십니까. 저희같이 천박한 것들이 어찌 태자 전
하의 그 고고한 취향을 흉내 내겠습니까. 저희는 그저 젖통이
나 사타구니가 좋을 뿐입니다."

"흐흐, 천박한 것들. 자, 이제 저 계집을 데리고 그만 돌아가
자. 오늘은 물건 하나 건졌다."

태자는 여자를 말에 태운 채 수십 명의 호위병들을 거느리
고 말머리를 궁궐로 돌렸다.

상부는 이런 자식들을 한 번도 야단치는 법이 없었다. 그의
관심은 오로지 을불을 찾는 데에만 쏠려 있었다. 지난번 신성
동맹제에 들렀다가 을불과 여노가 결승에서 맞붙는 현장을
목격한 후로 상부의 근심과 두려움은 커져만 갔다.

상부는 현상금을 크게 내걸고 을불을 고발하게 하는 한편, 직찰대(直察隊)로 하여금 전국을 쉴 새 없이 돌아다니게 했다. 직찰대는 모두 무예가 뛰어난 자로 구성되었는데, 전국을 잠행하며 정보를 수집하고 수상한 자는 직접 검속하여 현장에서 무참하게 살해하기도 했다.

　"아직 들리는 소식이 없느냐?"

　상부는 최근 들어 거의 실성한 사람처럼 직찰대를 재촉했다. 오늘도 직찰대 대장인 마대장군을 불러 다그치는 중이었다. 마대장군 갈구는 나름대로 상부의 기분을 살려주기 위해 말했다.

　"확인되지는 않았지만, 검속 과정에서 수상한 놈들은 가차 없이 죽였기 때문에 어쩌면 그 가운데 을불이 섞여 있었을지도 모르는 일입니다. 마음 놓으십시오."

　"그놈들이 모두 순순히 죽었나?"

　상부가 쓴웃음을 지으며 물었다.

　"무슨 말씀이시옵니까?"

　"아무 저항 없이 죽었느냔 말이다."

　"직찰대는 모두 출중한 무사로 편성되었고 필요하면 군졸도 부릴 수 있기 때문에 누구라도 일단 찍히면 저항이 무의미합니다."

　마대장군 갈구는 자신 있게 대답했다.

"그러면 직찰대가 너를 죽이려면 몇 명이 필요하냐?"

"폐하, 무슨 말씀을 하시려는지 신은 도무지 짐작할 수가 없습니다."

뜬금없는 물음에 당황하여 갈구가 답을 못 내자 상부가 버럭 소리를 질렀다.

"묻는 말에 대답이나 해라!"

"상황에 따라 다르겠지만 서로 맞겨누는 상황이라면 아마 다섯은 죽어 나자빠져야 저를 어떻게 할 수 있을 듯싶습니다."

"직찰대 다섯은 일반 군졸 몇에 해당하느냐?"

"대략 삼십 명 정도에 해당한다고 볼 수 있습니다."

"그러면 이제껏 을불로 의심되는 자를 잡거나 죽일 때 직찰대 다섯이 죽거나 군졸 서른 명이 죽은 적이 있느냐?"

"폐하, 그럴 리가 있겠습니까? 직찰대 다섯은커녕 지금껏 한 명의 희생자도 없었습니다."

"멍청한 놈! 그러니 내가 안심이 안 되는 것이다. 너는 머리통을 멋으로 달고 다니느냐? 네 생각에는 을불이 그렇게 호락호락 잡힐 것 같으냐? 지난번 신성에서 그놈의 무예 실력을 내 눈으로 똑똑히 봤다."

갈구는 고개를 떨어뜨렸다.

"을불을 못 봐서 하는 소리야. 그놈이 어릴 때부터 달가를 그리도 따르며 일찌감치 무예를 익히더니 지금은 무서운 무사가 되었어."

"하지만 이 갈구, 충분히 을불을 무릎 꿇릴 능력을 지녔다고 생각합니다."

"그래, 네가……."

상부는 육 년 전 처음 갈구를 만났던 날을 떠올렸다. 그때 상부는 선비족 모용외가 서북 방면의 남소성으로 침공해 들어왔다는 보고를 듣고는 오히려 신이 났었다. 마침 주색잡기에도 어지간히 지쳐 있을 때였고, 민심도 그리 좋지 않은 터에 뭔가 자신의 능력을 보여줄 수 있는 기회가 왔다고 여겼던 것이다.

그때만 해도 모용선비는 궁벽한 북방에 웅거하며 주변을 노략질이나 하는 작은 부족에 불과했으므로, 상부는 오랑캐 사냥 정도로 생각하고는 전쟁놀이를 앞둔 어린아이처럼 들뜨기까지 했다. 백성들은 친히 군사를 이끌고 가서 오랑캐를 물리친 자신을 추앙해 마지 않을 것이었다. 어쩌면 이번 기회에 자신이 달가 이상의 위명을 떨칠 수 있을지도 모른다는 생각조차 들었다.

"내가 직접 나서 적을 물리치리라. 나의 갑옷을 준비하라!"

측근들은 모두 놀라지 않을 수 없었다. 군사를 지휘해본 적이 전혀 없는 상부가 전장에 나가는 것도 그러하거니와, 갑옷을 입겠다는 건 왕이 직접 전투에 참여하겠다는 뜻이 아닌가.
태대형이 나서서 만류했다.

"폐하, 본시 제왕은 옥체를 가벼이 여기는 법이 없습니다. 제왕이 변을 당하면 바로 나라가 기울기 때문입니다. 부디 영을 거두어주소서."

"하하하! 태대형, 내 손으로 적장의 목을 베어 가지고 돌아올 것이니 염려 말아라!"

상부는 고집을 꺾지 않고 기어이 갑옷을 챙겨 전장으로 나갔다. 달가가 키워낸 막강 고구려군은 그때까지 패배를 모른 채 숙신 등을 평정해 왔기 때문에 상부의 자신감은 충만하다 못해 흘러넘칠 지경이었다.

도성을 출발하여 서북진한 상부는 남소성의 동쪽 평원에 진을 친 다음 제장을 모아 군략회의를 열었다.

"척후를 놓아 적을 살폈느냐?"

처음 상부의 전쟁놀이는 제법 그럴듯했다.

"넵!"

"적의 군세가 얼마나 되더냐?"

"삼백 정도입니다."

"뭐라? 삼백? 삼천이 아니라 삼백이란 말이냐?"

"그러하옵니다."

그러나 다음 순간, 적의 수가 터무니없이 적다는 얘기에 그만 상부의 자만심이 폭발하고 말았다.

"어디냐? 놈들은 지금 어디에 있느냐? 지금 즉시 출정하겠다."

상부는 자신의 위명을 드높일 기회라 생각되자 서둘렀다. 그러나 이어지는 보고는 맥이 빠지는 내용이었다.

"말씀드리기 송구하오나, 그들은 이미 말을 돌려 돌아갔다고 합니다."

"무엇이! 여봐라, 어서 내 칼을 가져오너라!"

상부는 적이 완전히 추격을 벗어나버릴까 봐 마음이 급해졌다. 부하들의 만류에도 불구하고 상부는 단 오백 기만 거느린 채 서둘러 앞으로 달려 나갔다. 정예군 오백이면 까짓 이름도 없는 모용선비 삼백 정도는 사정없이 토멸할 수 있으리란게 상부의 계산이었다.

"어서, 어서 서둘러라! 놈들이 돌아가버리면 안 된다."

그러나 반나절을 쉬지 않고 달렸는데도 모용선비의 군사는 눈에 띄지 않았다. 이제 막 단풍이 내려앉기 시작하는 산과 평원에는 고구려군의 말발굽 소리만이 울렸다.

"폐하, 이제 그만 돌아가셔야 합니다. 날이 어두워지면 군사를 움직이기가 어렵습니다."

"내 이놈들의 뼈를 추리고 살을 씹어 먹을 참이었는데 도망을 쳐버리다니!"

그렇게 상부가 헛심만 쓰고 군사를 돌려 돌아가는 중이었다.

"슈우우웅!"

갑자기 허공을 가르는 파열음과 함께 화살이 날아와 군사들이 쓰러지기 시작했다.

"앗! 적이다."

방금 전까지만 해도 적이 안 보인다고 길길이 날뛰던 상부였지만 정작 매복했다 달려나오는 일단의 적군을 보자 사색이 되고 말았다.

"이, 이놈들이 매복을 하고 있었구나. 어서, 어서 적을 맞아 싸워라!"

상부의 외침에 군사들이 싸움에 나섰지만, 이미 상부의 자만심에 전염된 상태라 군사들은 전혀 경계를 하지 않은 탓에 속수무책으로 죽어 나가기 시작했다.

"폐하, 어서 피하십시오. 위험하옵니다."

"그래, 어서 가자. 빨리 길을 터라."

상부가 호위대의 보호를 받으며 간신히 목숨만 살려 남쪽으로 달아나는 참이었다. 개떼처럼 쫓아오는 모용선비의 군사들이 상부의 말에 거의 달라붙는 순간, 갑자기 앞에서 거구의 사나이 하나가 긴 창을 휘두르며 말을 몰아 짓쳐들어오는 게 보였다. 사나이는 혼자 미친 듯이 창을 휘둘러 순식간에 선비 병사들을 쓰러뜨리기 시작하더니 입에서 천둥소리를 토해냈다.

"신성태수 고노자의 부장 갈구가 여기 왔다. 이놈들아, 순순히 목을 내놓아라!"

순간 선비 병사 하나가 칼을 빼들고 상부의 등을 베어갔다. 그러나 그의 칼끝보다 갈구의 창이 빨랐다. 갈구가 상부를 스치며 허공중에 팔을 쭉 뻗자 병사의 팔이 나무토막처럼 땅바닥에 툭 떨어져 내렸다.

"태왕 폐하, 고노자 태수의 명령으로 갈구가 왔사옵니다. 이제 심려치 마시옵소서!"

모용선비의 병사들은 갑자기 나타난 갈구와 고구려군에 대항해 칼을 휘둘러보았지만 신성 군사의 용맹함을 당할 수 없었다. 신성태수 고노자는 국토의 최전선을 지키는 장수답게 무예가 출중하고 기상이 웅혼했으며, 병사 하나하나를 제 살붙이처럼 여겼다. 그가 보낸 부장 갈구의 무예 역시 대적할 자가 없어 그의 등장으로 전세는 일거에 역전이 되었다. 모용선비 군사들은 달아나기 바빴고, 기세가 오른 고구려군은 달아나는 적을 쫓아가 베었다. 싸움이 수습되고 나자 상부가 장수를 보고 물었다.

"네 이름이 갈구라고 했더냐?"

"그러하옵니다."

"너의 무공이 실로 놀랍도다. 갈구, 이제부터 너를 마대장군에 봉하노니 앞으로는 짐이 어디를 가든 곁에서 호위하도록 하라!"

"목숨을 걸고 명을 받들겠나이다."

상부는 긴 회상의 날개를 접으며 고개를 끄덕였다.

"그래, 너라면 을불을 이길지 몰라. 아니, 분명 이길 거야."

"폐하, 소장이 곁에 있는 한 모든 근심을 거두어주옵소서."

이런 갈구를 향해 상부는 두루마리 한 쪽을 내밀었다.

"서전에서 올린 것이니 보아라."

상부에게는 직찰대 말고도 서전(西殿)이라는 또 하나의 비밀조직이 있었다. 누가 속해 있는지는 창조리조차도 몰랐지만 사람들은 이 서전이 조정과 백성을 철두철미하게 감시하고 있다는 사실만큼은 확고하게 알고 있었다. 서전은 독자적으로 형부를 만들어 역모가 의심되는 신하는 대소를 가리지 않고 잡아들여 고문했는데, 누구든 이 서전의 형부에 끌려가면 끝이었다. 갈구가 지휘하는 직찰대와 상부가 직접 운영하는 서전이 두 기둥이 되어 십 년 가까운 세월 동안 상부의 권력을 떠받치고 있었던 것이다.

상부는 서전을 통해 조정의 누가 누구와 만났는지, 무슨 말을 했는지 낱낱이 꿰고 있었다. 아무리 가까운 사람과 나눈 대화라 하더라도 이튿날이면 토씨 하나 틀리지 않고 상부에게 보고되었고, 그것은 곧 무참한 결과로 이어지곤 했다. 상부는 을불이 신성의 동맹제에 나타난 이후 이 서전으로 하여금 을불의 행적을 쫓도록 엄명을 내렸고 서전은 온 나라를 헤집었다.

"아니, 그놈이 숙신으로 향하고 있사옵니까?"

"보면 모르겠느냐? 과거 안국군 휘하에 있던 저가라는 놈이 그간 을불을 보호해 왔다가 이제 무슨 연유인지는 몰라도 을불과 같이 숙신으로 향한다고 한다."

"폐하, 이제 을불은 끝이옵니다. 바로 변경으로 미친 듯이 달려가겠습니다."

"그래, 무슨 대가를 치르든 반드시 을불을 잡아라! 기필코 을불을 잡아야 한다."

"분부 받들겠나이다."

갈구는 궁에서 나오자 즉각 직찰대원들을 대동하고 숙신으로 통하는 변경을 향해 달렸다.

백제의 자객

칠흑같이 어두운 그믐밤, 검은 옷을 입은 사나이들이 진평군의 태산성 밖 큰 나무 아래로 속속 모여들기 시작했다. 사나이들은 하나같이 날렵한 몸매에 검은 복면을 쓰고 있었는데 어둠 속에서 내뿜는 예리한 눈빛으로 보아 결코 평상인들이 아니었다. 이들은 한 치 앞도 보이지 않는 컴컴한 길을 마치 환한 대낮인 양 능숙하게 내달렸다.

그중에는 짧은 칼을 허리에 차고 있는 사람도 있었고 예리한 표창 몇 자루를 가슴에 품고 있는 사람도 있었지만, 보통의 무사들처럼 긴 칼이나 무거운 병장기를 든 사람은 하나도 없었다.

"모두 돌아왔느냐?"

맨 먼저 와서 기다리고 있던 중년의 사나이가 누군가를 찾다가 약간은 불안한 기색을 감추지 않은 채 물었다.

"걸치가 안 보입니다."

사나이들 중 하나가 역시 긴장감이 묻어나는 목소리로 대답했다.

"너희 중 누가 걸치와 같이 갔더냐?"

두 사내가 나섰다.

"저희가 같이 가긴 했지만 낙랑성에 못 미쳐 헤어졌습니다. 저희는 옷감 장수 패거리에 섞였고, 걸치는 차 파는 무리에 뒤섞여 낙랑으로 들어갔습니다."

"거기서 만나거나 소식을 듣지는 못했느냐?"

"네, 여기서 만나기로 했기에……."

"그렇다면 낙랑에서 무예총위 양운거가 죽었다는 소식도 못 들었느냐?"

"듣지 못하였습니다."

"저도 들은 바 없습니다."

중년의 눈가에 잠시 서렸던 기대감은 사내들의 대답에 그대로 사그라지고 말았다.

"실패로구나!"

중년의 입가에서 탄식에 이어 분노의 한숨이 스며 나왔다.

"양운거가 명이 긴 놈이로구나. 걸치의 실력이면 충분히 가능하다고 생각했는데……."

이들 검은 옷을 입은 사내들은 백제의 내법좌평 난도가 각지에 놓아 보낸 세작과 자객들이었다. 난도는 분서왕의 특명을 받고 백제 각지에서 무예가 강하고 경공이 뛰어난 자들을 뽑아 갖가지 훈련을 시킨 후 주변의 나라들에 놓아 보내고 있었다. 특히 이번에는 걸치라는 무예가 뛰어난 자객을 낙랑에 보내 무예총위 양운거를 제거하려 했는데 실패로 돌아간 것이었다. 그건 을불이 밤중에 양운거의 저택을 찾아갔다가 담장 너머로 무련장을 정탐하고 있던 걸치를 우연히 목격하고는 돌멩이를 던져 그의 존재를 알렸기 때문인데, 이들로서는 그 사실을 알 수가 없었다.

난도가 양운거를 제거하려는 이유는 그가 낙랑 군사들의 무예 훈련을 책임지고 있는 것 외에도 또 하나의 중요한 이유가 있었다.

일 년 전, 낙랑이 말갈 용병들을 거느리고 백제에 쳐들어왔을 때 호남아였던 책계왕은 몸소 군사를 거느리고 낙랑군을 막으러 나섰다가 양운거의 칼에 목숨을 잃었다. 양운거는 뛰어난 무예로 겹겹이 둘러싼 근위병들을 뚫고 왕의 심장에 칼을 넣었고, 책계왕은 비명도 지르지 못한 채 불귀의 객이 되고 말았던 것이다. 책계왕의 맏아들로서 왕위를 이어받은 분서왕은 그날 이후 양운거라는 이름 석 자를 꿈에서도 잊지 못했고 특별히 좌평 난도에게 그의 암살을 지시했던 터라, 걸치의 암살 실패는 이들 모두에게 엄청난 부담으로 다가왔다.

내법좌평 난도의 저택.

진평에서 돌아온 중년의 사나이가 난도 앞에 무릎을 꿇은 채 저간의 사정을 보고한 후 변명처럼 한마디를 덧붙였다.

"낙랑태수를 암살하는 게 차라리 양운거를 죽이는 것보다 쉬울지 모릅니다."

난도는 고개를 끄덕이지 않을 수 없었다. 자신 역시 전쟁터에서 양운거를 보았는데 그의 무예는 보통의 장수들과 아예 차원이 달랐던 것이다. 난도의 이마에 잠시 서늘한 기색이 감돌았지만 이내 기색을 회복하고 물었다.

"그 밖에 큰 변화는 없느냐?"

"좌평 어른, 지금 낙랑에는 실로 엄청난 일이 벌어졌습니다."

"무슨 소리냐?"

"최비라는 자가 낙랑을 장악했습니다."

"최비?"

"예, 동해왕의 빈객이었는데 황제의 성지를 들고 낙랑으로 와서는 순식간에 성을 점령했습니다. 병력도 없이 사신의 신분으로 낙랑성을 점령해버린 것도 대단하지만, 그를 따르는 진의 영웅들이 속속 낙랑으로 모여들고 있다 합니다."

"낙양에서 낙랑으로 사람들이 온다는 말이냐, 그를 따라서?"

"그렇습니다. 소문으로는 이미 낙랑이 오히려 본국 조정보다 훨씬 강대하다고도 합니다. 제가 떠날 즈음에는 유주자사가

낙랑태수 최비에게 문안을 드리러 온다는 말도 있을 정도였습
니다."

"유주자사가 수하인 낙랑태수에게 문안을 드리러 온다? 그
최비란 자가 그렇게나 대단한 자란 말인가?"

"낙랑의 뒷골목에는 최비가 장차 천하의 주인이 될 거란 소
문도 돌아다닙니다."

"음!"

난도의 얼굴에 근심이 깊게 서렸다. 왕은 낙랑군의 손에 서
거한 부왕을 잊지 못해 날이면 날마다 복수를 채근하는데, 낙
랑에 그토록 비범한 인물이 출현했다면 그건 보통 일이 아니
었다. 난도는 낭패한 기색을 떨쳐버리려는 듯 말을 바꾸었다.

"고구려의 사정은 어떠하냐?"

"왕은 주색잡기에 빠져 있습니다."

"그건 듣던 중 반가운 얘기로다."

비로소 난도의 얼굴에 일말의 안도감이 서렸다.

선왕이 대방군을 도와 고구려와 전투를 벌인 이후로 고구
려는 백제의 우환거리였다. 본시 책계왕은 고구려와 대립하는
것을 내켜하지 않았으므로 자신의 장인인 대방태수가 원군을
청해왔을 때 당황하지 않을 수 없었다. 하지만 고심 끝에 그는
아내 보과의 애원을 받아들여 대방에 원군을 보냈고 고구려
군을 물리쳤지만 이후 고구려와 원수지간이 되고 말았다. 그

런 만치 지금 고구려왕이 학정과 주색잡기에 골몰하고 있는 것은 그나마 다행이었다.

다음날 난도는 궁으로 들어갔다. 분서왕은 후원을 홀로 거닐다 난도가 들어오자 반색을 하며 물었다.

"그래, 낙랑에 갔던 자객은 돌아왔는가?"

"폐하, 소신에게 벌을 내리소서."

"실패했단 말인가?"

"그렇사옵니다."

"양운거라는 놈을 죽이는 게 그리도 어렵단 말인가!"

분서왕은 양운거라는 이름 석 자를 증오하고 또 증오했다.

"쉬운 일일 거라고는 생각지 않았지만 이번 자객은 상당한 무예가라기에 기대하고 있었는데 참으로 애석하구나."

"송구하옵니다. 이번에는 더욱 고강한 자를 뽑아 보내겠습니다."

"양운거는 선왕의 원수일 뿐만 아니라 앞으로 우리가 낙랑과의 전쟁을 치르기 위해서는 반드시 제거해야 하는 인물이다. 그러므로 이 일은 군사 수천을 양성하는 것보다 그 중요성이 더하면 더했지 결코 덜하지 않다."

"깊이 명심하겠습니다."

난도는 세작들로부터 전해 들었던 낙랑과 고구려의 형세를 왕에게 아뢰고는 깊은 근심에 잠긴 채 궁을 나섰다. 그러고는 그길로 병관좌평의 집을 찾아갔다.

"폐하께서 전력을 다해 양운거를 살해하라고 하명하시기에 일격필살의 자객을 보냈지만 실패하고 말았습니다."

"걸치라는 자를 보낸 걸로 아오만······."

"그는 꼭 해낼 것으로 믿었는데 성과가 없었습니다. 폐하의 명령이 지엄하니 이 나라 최고의 무사를 찾아 다시 보내야 할 것 같은데, 과연 누가 적임자인지 몰라 이렇게 좌평 어른을 찾았습니다."

병관좌평 진웅은 빙그레 웃었다.

"하하, 세작을 키우는 분이라 그런지 소식이 빠르기도 하구려."

"무슨 말씀이신지요?"

"시침을 떼는 겁니까, 아니면 정말 모르는 겁니까?"

"아니, 저는 폐하의 지엄하신 분부를 받고 걱정이 되어 들른 것뿐입니다."

"그렇다면 아주 잘 왔어요. 사실은 바다 건너 계룡산에 계시는 동림거사께서 비범한 무사 한 사람을 내게 소개시키려 오신단 말입니다. 모레 저녁에 오시기로 했으니 내법좌평께서도 그때 오셔서 같이 보면 되겠군요."

"웬만한 무사라면 어림도 없습니다. 아시다시피 지금까지 보낸 자들의 무예 또한 만만치 않았지만 이번에 보낸 걸치는 그 야말로 최고의 수준이었음에도 실패했으니까요."

"동림거사가 그렇게 가벼운 분은 아니니 기다려봅시다."

"그분은 어떤 분이지요?"

"도가 한없이 깊지만 결코 나타내지 않는 분입니다. 모악산에서 도를 깨친 후 세상에 나서지 않고 계룡산에 은거하고 있지요. 지난번 내가 바다 건너 갔을 때 찾아뵈었더니 무예 그 이상을 깨친 무사 얘기를 하셨습니다. 아마 백제에서 최고수일 거라 하더군요. 그래서 내가 꼭 보고 싶다고 했더니 이번에 함께 오신다고 뱃길로 인편을 먼저 보내왔습니다."

"호. 백제에서 가장 뛰어난 무사라고요?"

"그렇다 합니다."

난도는 가슴 설레는 기대감을 갖고 돌아갔다. 그리고 이틀 후 다시 진평의 집을 찾았다.

"바둑이나 한 수 두며 기다려봅시다."

난도는 고개를 끄덕였다. 두 사람의 바둑이 한창 어우러질 무렵 누군가 대문을 두드리는 소리가 들렸다. 하인이 나가는 소리에 이어 낯선 목소리가 정원을 지나 방으로 전해져 왔다.

"주인과 손님 모두 바둑 삼매경에 빠져 계시는군요. 돌 놓는 소리가 한껏 기백을 머금었습니다그려."

동림거사는 돌 놓는 소리만으로도 바둑의 형세를 짐작한다는 듯 웃음 섞은 인사말을 나직한 목소리에 실어 보내왔다. 두 사람은 자리에서 벌떡 일어나 문을 열었다.

"먼 길을 오셨습니다. 거사님의 목소리는 여전히 비자나무에 조개 바둑알을 놓는 소리보다 더 청아합니다."

병관좌평 진웅의 목소리에는 짙은 반가움이 묻어났다. 난도가 눈을 들어 동림거사를 바라보니 과연 한눈에 보기에도 평범한 사람 같지 않았다. 인자한 표정과 부드러운 눈매에는 결코 범상치 않은 기운이 감돌았고, 붉고 두꺼운 입술에는 세상에 대한 확고한 자신감이 배어 있었다. 난도의 눈길이 호기심을 가득 머금은 채 즉각 동림거사의 곁에 서 있는 사나이에게로 옮겨갔다.

"음!"

그러나 다음 순간, 동림거사의 자태를 보고 가졌던 큰 기대가 무참하게 무너져 내리면서 난도의 입에서는 자신도 모르게 실망스런 한숨이 새어 나왔다. 사나이에게서는 무사라고 할 만한 어떤 기운도 느껴지지 않은 탓이었다. 무인 특유의 형형한 기색이나 날카로운 살기도 없이 그저 평범하게 생긴 얼굴에 밋밋한 눈빛을 띠고 있는 사나이를 보자 난도는 잔뜩 머금었던 기대가 한순간에 무너져 내렸다.

"이리 올라오시지요."

진웅 역시 난도와 비슷한 기분이 들었는지 얼마간 맥 빠진 목소리로 두 사람을 방 안으로 안내한 다음 난도를 소개했다.

"처음 뵙습니다. 난도라 합니다."

난도가 고개를 숙이자 동림거사 역시 말없이 고개를 숙여 보였다. 그러고는 곁에 선 사나이를 돌아보며 말했다.

"소개하지요. 이 사람은 가히 최고의 솜씨를 지닌 무사로 지금은 계룡산에 저와 같이 있습니다."

"계룡산에요? 거기는 마음을 닦는 사람들의 수행처가 아닙니까? 무인이라면 천하를 주유하며 비무를 하는 게 올바른 수련법이 아닌가요?"

어딘지 야유가 들어 있는 듯한 진웅의 물음에 동림거사는 빙긋이 웃으며 대답했다.

"무란 본시 몸을 움직이는 기술이지만 그것도 높이 올라가면 정신이 중요한 모양입니다. 이 사람 비사는 지난 일 년간 단 한 번도 몸을 움직이지 않고 동굴에서 가부좌를 틀고 앉아 있기만 하더군요."

"글쎄, 그러니까 이 사람은 무인이 아니라 마음을 닦는 사람이란 얘기지요. 혹 거사님께서는 그가 비무를 하는 걸 본 적이 있습니까?"

"없습니다."

"한 번도요?"

"네."

"저는 오랜 동안 숱한 전쟁을 겪으며 수많은 무사를 다루어 왔기에 얼굴만 보아도 그 사람의 무예를 짐작할 수 있습니다. 게다가 여기 계시는 내법좌평께서는 자객을 다루는 분이라 저보다도 사람 보는 눈이 훨씬 매섭습니다. 오늘 거사님께서 백제 제일의 무사를 데려오신다는 말씀에 큰 기대를 걸고 기다리던 참인데, 지금 내법좌평의 안색을 살피니 실망이 큰 듯합니다."

진웅은 난도를 빗대어 자신의 불만을 전했다. 두 사람은 기대가 컸던 만큼 실망 또한 큰 게 사실이었다.

"하하, 그래요?"

동림거사는 두 사람의 반응에 개의치 않고 조용히 찻잔을 들어 한 모금 마신 다음 옆을 돌아보며 말했다.

"이보게, 비사. 이 두 분을 위해 잠시 자네의 실력을 보여주지 않겠나? 한 번도 이런 대접을 받아본 적이 없겠지만 오늘은 실례를 용서하게나. 아무래도 대륙에는 대륙의 규칙이 있는 모양일세."

진웅은 칼 한 자루 지니고 있지 않은 비사라는 무사를 도무지 신뢰할 수가 없었다. 뿐만 아니라 동림거사가 비사를 신주받들듯 하는 게 마뜩찮아 그의 헛된 믿음을 시원하게 깨뜨려주고 싶었다. 난도 역시 의아함을 한껏 머금은 표정으로 비사의 얼굴을 주시했다. 남루한 옷차림에다 생김새도 그저 평범한 농군에 불과해 보이는 비사는 앞에 놓인 찻잔을 들어 차분히 들이켠 다음 자리에서 일어났다.

"병장기가 필요하지 않은가?"

진웅이 물었지만 비사는 대답이 없었다.

"비무를 하자면 상대가 필요하지 않겠나?"

다시 진웅이 물었지만 비사는 고개를 가로저을 뿐이었다.

"병장기로 상대와 겨루는 비무를 보고 싶네. 혼자 허공을 향해 권식을 펼치는 걸로는 자네의 실력을 알 수 없지 않겠나?"

계속되는 진웅의 재촉에도 비사는 여전히 아무 대답 없이 방문 쪽으로 걸어가서는 문턱에 올라섰다. 그러고는 방바닥에 비해 약간 올라와 있는 좁은 문턱 위를 네댓 걸음 왔다 갔다 하더니 이내 다시 자리로 돌아와 앉아버렸다. 그러자 진웅의 눈이 모로 접히며 언짢은 기색을 숨기지 않았다.

"왜 그러는가? 무예를 보여준다더니 갑자기 마음이 바뀌었나?"

진웅의 힐난에 비사는 빙그레 웃었다.

"내가 권식이 의미가 없다고 해서 그러나? 설마 병장기를 안 가지고 왔다고 변명하려는 건 아니겠지?"

비사의 흔들림 없는 목소리가 방 안에 울렸다.

"저는 이미 보여드렸습니다."

"무엇을? 자네의 실력을 말인가?"

"그렇습니다."

"지금 저 문턱을 몇 발짝 걸어 다닌 게 자네의 실력이라는 건가?"

"그렇습니다."

"하하하하! 하하하하!"

진웅은 터져 나오는 웃음을 주체하지 못했다.

"내법좌평님, 오늘은 그냥 차나 한잔하시고 백제 제일의 무사는 내일부터 찾아보기로 하시지요. 대륙과 반도의 장사를 모두 모아 실력을 겨루게 한 다음 그중 장원하는 자를 뽑으면 되는 게 아니겠습니까?"

그러나 어느 순간부터인가 난도의 표정은 자못 심각해져 있었다. 그는 비사를 한참 바라보더니 차분하게 물었다.

"한번 설명을 해보게. 문턱을 걸어 다닌 게 어째서 자네의 실력인지를."

"저는 문턱을 걷지 않았습니다."

비사의 대답에 진작부터 치밀어 오르는 분노를 참고 있던 진웅이 차가운 목소리로 내쏘았다.

"그게 문턱이 아니면 뭐란 말인가?"

비사가 여전히 무표정한 얼굴로 대답했다.

"저는 천 길 낭떠러지를 걸었지요. 강한 비바람이 몰아치는

데다 길이 한 발자국 넓이도 되지 않아 몸의 균형을 잡기가 어려웠지만 그럭저럭 해냈습니다."

"뭐라? 문턱이 아니라 천 길 낭떠러지라고? 게다가 강한 비바람이 몰아쳐?"

"그렇습니다."

"거참 요사스런 자로고! 도대체 예까지 와서 이 무슨 사이비 짓이란 말이냐? 나는 이 나라의 병관좌평이다!"

그러나 흥분한 진웅과 달리 난도의 얼굴은 차츰 펴지더니 종내는 입가에 잔잔한 미소가 번졌다.

"듣고 보니 조금은 이해할 수 있을 것 같네. 자네는 천 길 낭떠러지 위에서도 저 문턱을 걷는 것과 같이 흔들리지 않는 사람이란 걸 얘기하고 있구먼. 그럼 오늘은 이만하고 내일 여기 대륙의 무사들 중 한 사람과 겨루어보게. 아무리 그래도 자네의 실력을 알아야 무얼 맡기든 말든 할 게 아닌가?"

"어른께서는 어찌 저를 죽인 후 일을 맡기려 하십니까?"

"그게 무슨 말인가?"

"아까 병관좌평께서 어른은 자객을 다루는 분이라고 말씀하셨는데, 그렇다면 저를 자객으로 쓰고 싶다는 말씀이 아닙니까?"

"만약 자네의 실력이 검증된다면 그럴 작정일세. 대가는 충분히 치르겠네."

"자객의 생명은 그 은밀함에 있는 법입니다. 스스로도 자신이 자객이라는 사실을 의식하지 말아야 하는 법인데, 온 무사들에게 소문을 낸 후에 자객을 보낸다면 먼저 죽음을 주고 다음에 일을 시키는 것이 아닙니까?"

갑자기 난도의 얼굴이 붉게 물들었다.

"제가 거사님을 따라 바다를 건너왔을 때는 이미 모든 게 다 준비되어 있다는 뜻입니다. 반도에서 듣기를 선왕께서 양운거라는 낙랑의 장군에게 목숨을 앗기셨다는데, 저에게 맡기고자 하는 일이 바로 그것과 관련된 게 아니겠습니까?"

난도는 말없이 고개를 끄덕였다.

"임금을 해한 자를 참하는 일은 모든 백성의 할 바, 맡겨주신다면 해내겠습니다."

난도는 크게 깨우쳐지는 바가 있었다. 이 사람 비사는 일개 자객이 아니었다. 보통 자객이란 목숨을 담보하는 대가만 충분히 지불하고 나면 그 다음은 마치 수족처럼 움직이는 자들이었다. 부리기에 편하고 작은 일에는 그지없이 세심하지만 일을 보는 큰 눈이 없는 것이 자객들의 공통점이었고, 항상 그 점이 난도 자신의 걱정거리였다. 그런데 비사는 오히려 일을 보는 눈이 앞서 있어 자신을 부끄럽게 만들고 있는 것이다.

난도는 오로지 비사의 무예만을 검증하려 들었지만, 지금 이 순간 난도는 그의 말에서 더 큰 믿음의 한 자락을 발견하고 있었다. 문턱을 걷고 내려와서는 낭떠러지를 걸었노라고 태연히 말하는 비사의 태도가 맹랑하게 보이기도 했지만, 대가만을 바라고 호언장담을 늘어놓는 자들과는 거리가 있는 것 같기도 했다.

"그리고 대가는 필요 없습니다. 양운거라는 자가 정말 강하다면 그게 제게는 가장 큰 대가입니다."

비사의 마지막 말이 난도의 모든 걱정거리를 한 번에 날려버렸다. 난도는 얼른 일어나 비사 앞에 예의를 갖추고 다시 앉았다.

"비사, 이 못난 사람을 용서하게. 이제껏 큰 인물을 보지 못해 이렇게 옹졸한 모습을 보였네. 백성 된 도리로 선왕의 복수를 한다는 말을 들으니 다만 부끄러워질 뿐이네."

비사 또한 같이 자세를 가다듬었다.

"선왕께서 적의 침략을 무찌르기 위해 군사를 이끌고 당당히 나가신 것은 모든 백성의 자랑이며 최전선에서 적장의 일격에 운명을 달리하신 것은 모든 백성의 가슴에 새겨진 치욕인데, 무사 된 자로서 어찌 복수를 결심하지 않을 수 있으며 그런 일에 어찌 대가를 바랄 수 있겠습니까? 저는 이 길로 낙랑으로 떠나 양운거라는 자의 명을 거두겠습니다."

"이 길로? 대왕 폐하를 뵙고 떠나게. 대왕께서도 흐뭇해하실 걸세."

"그것은 법도가 아닙니다. 자객이 어찌 하지도 않은 일을 가지고 대왕을 뵙겠습니까? 적의 목숨을 거두고 나서도 마찬가지입니다. 자객은 대왕을 뵈어서는 안 됩니다. 저는 이 길로 떠나겠습니다."

비사는 말을 마치자마자 바로 일어나 나가버렸다. 난도가 얼른 바지춤을 뒤지며 일어나 따라 나가려 했으나 동림거사가 제지했다.

"저런 사람에게 은자가 무슨 필요가 있겠소?"

난도는 비로소 자신의 행동이 어리석었음을 깨닫고는 도로 자리에 앉았다.

"정녕 기인이군요. 어쩐지 이번에는 양운거를 잡을 수 있을 것 같은 기분이 듭니다."

오랫동안 난도의 얼굴에 서려 있던 수심이 천천히 걷혀들기 시작했다.

깊고 깊은 계략

낙랑을 떠난 을불은 저가와 함께 숙신으로 향했다. 을불은 말 위에서 아영이란 매우 특별한 여자에 대해 생각했다. 너무 총명해 남자들의 세상을 마음대로 조종할 줄 아는 여자. 그녀는 이미 선비의 족장 모용외를 흔들고 있었다. 자연스레 을불의 생각이 아영에게서 모용외로 옮겨갔다.

거칠고 거친 남자. 세상을 발 아래로 내려다보는 무모할 정도의 오만함. 그러나 그에게는 분명 영웅의 기상이 있었다. 역발산기개세의 패기와 때로 보이는 소름 끼치는 냉정함. 거기에 비하면 자신은 아직 아무것도 아니었다.

"후유!"

을불의 입가에서 절로 한숨이 새어 나왔다.

"무슨 일로 그러십니까?"

옆에서 말머리를 같이하고 있던 저가가 물었다.

"내 처지를 생각하니 마음이 무겁습니다."

"그러시겠지요. 그러니 힘을 키워 상부를 몰아내고 얼른 고구려를 부강하게 하는 길로 가셔야지요."

"낙랑의 부(富)와 모용외의 무(武)를 생각하면 언제 그런 날이 올지 아득하기만 합니다. 그들은 날로 힘을 키워 가는데 나는 내 나라 안에서조차 행적을 숨기고 다녀야 하는 형편이니……."

"일단 숙신 땅에 들어서면 한결 기분이 나아지실 겁니다. 저도 과거 안국군 전하를 모시고 거기서 장구한 세월을 보냈습니다만 산세가 깊고 웅장하여 새로운 기상을 불러일으키는 곳입니다. 거기에서 좀 지내시다 보면 생각지 못한 힘이 생길 것입니다."

저가는 고구려를 떠나기 전 여기저기 널려 있던 재산을 처분해 금으로 바꾸어둘 것을 수하에게 지시했던 터라 몇몇 성을 다니며 수하들을 만나 동행했고, 숙신 가까이 있는 광녕성에서는 기다리고 있던 양우를 비롯한 무사들을 만나 합류했다.

"무사히 오신 걸 보니 마음이 놓입니다. 짐은 숙신으로 보내 보관 중입니다."

을불은 고구려 땅에 접어들고 나서 몇 번 검속에 나선 군사들을 만났지만 과거처럼 의심을 받거나 하지는 않았다. 저가를 비롯한 일행의 모습이 여유롭고 힘이 있어 보이는데다 을불의 모습 또한 비범하였기에 군사들의 의심이 미치지 않은 까닭이었다. 그러나 이들이 어느 주막에 짐을 풀었을 때 군사들과는 사뭇 다른 인상을 풍기는 무장을 한 사내 열 명 남짓이 막 떠나려다 말고 날카로운 눈길로 을불 일행을 지켜보더니 도로 자리에 퍼질러 앉았다.

"먹구름이 끼는 걸 보니 비라도 오려는 모양이야. 여기서 술이나 한잔 더 하면서 날씨를 보고 떠나는 게 낫겠어."

그들 중 하나가 흰소리를 쳐대는 걸 보던 을불이 낮은 목소리로 저가에게 말했다.

"태연하게 행동하는 게 좋겠습니다."

"마음에 걸리는 것이라도 있으십니까?"

"아무래도 저들의 분위기가 심상치 않군요."

그들을 등지고 앉은 을불은 태연한 척 몇 가지 음식을 시켜 일행과 나누어 먹었다. 불안한 눈길로 을불의 어깨 너머를 살피던 저가가 낮게 속삭였다.

"말씀이 맞는 것 같습니다. 술을 따라만 놓고 아무도 입에 대지를 않습니다. 게다가 무기를 숨기고 있는 듯하니 서둘러 일어나는 것이 좋겠습니다."

을불 일행은 대충 끼니를 때운 뒤 자리에서 일어섰다. 그리고 얼마 가지 않아 사내들이 뒤를 따르는 기척을 느끼고는 저가가 을불에게 말했다.

"아무래도 우리를 쫓는 것 같습니다. 게다가 일반 병사들과는 분위기가 다른 것이, 도성에서 특별히 보낸 자들인 것 같습니다.”

을불은 잠시 무언가를 골똘히 생각하더니 저가에게 물었다.

“여기서 숙신 땅까지 얼마나 됩니까?”

“제법 먼 거리입니다.”

“그러면 도망칠 수만은 없는 노릇이군요.”

이때 눈매가 날카로운 자가 두 사람 사이에 끼어들었다. 일전 여노에게 패배한 양우였다.

“입을 막는 것이 어떻겠습니까? 저들은 열둘에 불과하니 잡을 수 있을 겁니다.”

“아니, 내게 생각이 있습니다.”

을불은 몸을 돌려 뒤편의 사내들에게로 다가갔다. 돌연한 을불의 행동에 놀란 것은 비단 저가와 일행만이 아니었다. 사내들 또한 예기치 못한 을불의 근접에 적잖이 당황하는 듯했다. 그런 와중에 을불이 큰 소리로 인사를 건넸다.

“저는 다루라 합니다. 보아하니 상당한 무예가들인 듯싶어 실례를 무릅쓰고 이렇게 인사를 여쭙습니다.”

“무슨 일이오?”

“저희는 숙신으로 가는 길입니다. 그런데 산세가 험하고 일행 중에는 무예가 깊은 자들이 많지 않아 혹시 변을 당할까 걱정됩니다. 숙신으로 가는 길이면 동행해주시면 어떨까요? 사례는 충분히 하겠습니다."

그러자 사내들은 서로 눈짓을 교환하더니 그중 하나가 실망스런 기색으로 입을 열었다.

"우린 급히 평양성으로 가야 하오."

"아쉽게 되었군요. 아무래도 초행길이라 불안한데……."

을불은 진심으로 아쉽다는 듯한 표정으로 대답하고는 일행에게로 돌아왔다. 저가는 속으로 적잖이 놀랐다. 손에 피 한 방울 묻히지 않고 적을 따돌리는 을불의 기지가 놀라웠다.

"정녕 왕손님의 기지에 또 한 번 놀랐습니다."

그러나 을불의 표정은 밝지 않았다.

"이걸로 다 끝난 것 같지 않군요."

"왜 그렇게 생각하십니까? 저들을 따돌린 것 아닙니까?"

을불은 고개를 저었다.

"하나같이 만만치 않아 보이는 저들의 모습이나 평양성 운운하는 걸로 보아 저들은 틀림없이 조정의 특별한 명령을 받은 자들입니다. 이곳 변경에 저런 자들이 하나도 아니고 열둘이나 출몰했다는 사실은 저들이 우리의 움직임을 알고 있다는 조짐으로 받아들여야 합니다."

"그럼 저들이 되돌아올까요?"

"당장은 순간적 기지에 넘어갔지만 역시 의심을 완전히 거두지는 않을 것입니다. 저들만이라면 큰 문제는 아니겠지만 어쩌면 이 부근이 검산도해(劍山刀海)일지 모릅니다."

저가의 표정이 어두워졌다.

"그렇다면 여기 마대장군 갈구라는 자가 와 있을지도 모릅니다. 그자의 무예가 고강하다는 소문이 있는데, 아까 그들이 직찰대라면 아마 틀림없이 그럴 것입니다."

"직찰대라……."

중얼거리며 무언가를 곰곰이 생각하던 을불이 급히 말에 올라타면서 외쳤다.

"저가 공께서는 가던 길을 계속 가십시오. 제게 생각이 있습니다."

을불은 저가와 일행을 남겨둔 채 말을 달려 사내들을 쫓아갔다.

"기다리시오!"

도로 마을 어귀에 접어들던 사내들은 말을 타고 달려오며 소리치는 을불을 알아보았다.

"왜 자꾸 그러시오?"

을불은 사내들을 발견하자 서둘러 말에서 뛰어내리며 외쳤다.

"사실은 여러분이 나라의 사람임을 알아보았습니다. 그래서 아까 접촉했던 것입니다."

"뭐라?"

"아까 저와 함께 있던 자들은 역적의 도당입니다. 특히 선두에 있던 자는 저가라는 역적인데, 우연히 들은 바로는 그들 중왕족이 있는 듯합니다. 그자들은 역모를 꿈꾸는 게 틀림없습니다. 하여 도움을 청했던 것인데 알아듣지 못하시기에 이렇게 도망쳐 나왔습니다."

저가라는 말에 사내들은 대경실색했다.

"혹시 그 왕족의 이름을 들었느냐?"

"을불이라 합디다."

을불이라는 말에 사내들은 앞뒤 돌아볼 겨를도 없이 칼을빼들고 말에 올랐다. 을불이 그들을 급히 말렸다.

"저들을 얕보아서는 안 됩니다. 대부분이 무예에 능하다 하더이다."

막무가내로 말에 박차를 가하려던 사내들이 멈칫했다. 그중 우두머리로 보이는 자가 말했다.

"이자의 말이 맞다. 우선 마대장군께 여쭈어야 하겠다. 그동안 너희들은 멀찍이서 그들을 따르며 감시하라!"

을불의 짐작대로 수상한 자들은 이들만이 아니었다. 우두머리는 마을 어귀에 세워놓은 말을 타고 을불과 함께 급히 달렸다. 과연 멀지 않은 곳에 이십여 명의 사내들이 무기를 든채 모여 있었다. 우두머리는 그중 기골이 크고 얼굴이 험상궂은 남자 앞으로 달려가 말에서 뛰어내렸다. 그가 바로 직찰대의 대장, 마대장군 갈구였다.

"찾았습니다! 을불을 찾았습니다!"

"정말이냐?"

"이자가 고변한 자입니다."

"역적의 도당이 확실하냐?"

갈구가 을불을 노려보며 물었다.

"예, 확실합니다."

을불의 말에 갈구가 우두머리를 바라보며 크게 호통을 쳤다.

"당장 잡아오지 않고 어찌 너만 온 것이냐!"

"이자의 말이 그들의 무예가 상당한 수준이라기에 섣불리 행동하지 않았습니다. 수하들이 감시하는 중인데 멀리 가지는 못했을 것입니다."

"잘했다. 자칫 잘못 손댔다 도주라도 시켰으면 큰일 날 뻔했다."

갈구는 을불의 안내에 따라 이십여 명의 사내들과 더불어 저가 일행을 쫓기 시작했다. 사내들은 하나같이 무예가 높고 기마술에 능하여 머지않아 그들을 따라잡을 수 있었다. 멀찍이 저가 일행의 모습이 보이자 갈구는 순식간에 말을 몰아 앞으로 달려 나가며 소리쳤다.

"멈추어라!"

저가 일행은 말을 타고 나타난 사내들을 보자 기겁을 했다. 처음 그들은 을불이 사로잡힌 줄 알았지만 이내 사내들을 뒤따르고 있는 을불의 모습을 보고는 뭔가 알 수 없는 일이 벌어지고 있다고 생각했다. 하지만 갈구의 달려드는 기세가 워낙 사나운지라 깊이 생각할 여유가 없었다. 저가의 무사들은 숨겨둔 병장기들을 빼들고 저가를 보호하는 대형으로 섰다. 맨 앞에 서 있던 양우가 한 걸음 앞으로 나서며 갈구를 맞상대했다.

"이놈들이 역적이 틀림없구나!"

창을 꼬나든 채 말에서 내리는 갈구의 얼굴에 만족스런 미소가 피어올랐다.

"어떤 놈이 을불이냐?"

아무도 대답을 하지 않자 갈구의 눈길이 일행 중 젊은이들의 얼굴을 획 훑고 지나갔다.

"흐흐, 네놈이로구나!"

개중 얼굴이 희멀건 젊은이의 얼굴에 그의 시선이 멎더니 입에서 음산한 웃음이 새어 나왔다.

"그럼 네놈은 저가렷다!"

다시 갈구는 저가를 보며 외쳤다.

"어르신, 저놈을 살려둘 수 없게 되었습니다."

양우는 일행을 둘러싼 사내들의 눈빛에 기가 질렸지만 수년간을 저가에게 의탁해 살아온 마당에 꼬리를 뺄 수는 없었다. 다른 무사들 역시 마찬가지였다. 저가는 을불만 무사할 수 있다면 자신을 포함한 일행 모두가 죽어도 좋다고 생각하고는 먼저 싸움을 벌이고자 했다. 저가가 을불로 지목된 젊은이에게 의미심장한 눈빛을 보내자 그는 고개를 끄덕였다. 물론 끝까지 을불로 행세하다 죽음을 맞으라는 얘기였고, 젊은이 역시 알아들었다는 답이었다. 저가가 젊은이에게 깊이 고개를 숙였다.

"을불 왕손님, 소신이 미욱하여 위험에 처하게 되었나이다. 여기는 소신이 막겠으니 어서 도망하십시오."

저가의 말에 즉각 갈구의 앙천대소가 터져 나왔다.

"크하하하, 감히 나 마대장군 앞에서 도망을 친다고! 쥐새끼들의 발버둥이 귀엽기만 하구나!"

저가가 고개를 끄덕여 신호하자 커다란 장창을 들고 앞을 가로막은 갈구를 향해 양우가 번개처럼 달려들었다. 그는 땅을 박차고 올라 허공에서 칼을 비스듬하게 긋는 듯하다가 갑자기 일직선으로 칼끝을 비틀어 갈구의 명치를 찔러 갔다. 이미 죽음을 각오하고 내뻗는 칼끝이라 기세가 사나웠지만 갈구는 별로 당황하는 기색이 없었다.

"어딜!"

양우도 약한 무사가 아니었지만 갈구에 비할 바가 아니었다. 갈구가 피하지 않은 채 무서운 기세로 창을 마주 휘두르자 금세 양우는 칼을 물리고 말았다. 수세에 몰린 양우는 주춤주춤 뒤로 물러서며 칼을 몇 번 마주치다가 결국 무기를 놓치며 가슴팍에 큰 상처를 입고 말았다.

"윽!"

"송사리가 어디 감히 이 마대장군에게 맞서느냐!"

부상당한 양우를 구하려고 무사들이 달려 나왔으나 갈구가 마구 휘두르는 삼지창에 크고 작은 상처를 입으며 물러설 뿐이었다. 그 사이 갈구의 부하들은 어느새 저가 일행을 둥글게 포위했다. 이십여 명 직찰대의 칼이 일행을 겨누자 곧 싸움의 승패가 결정나고 말았다.

"저놈이 을불이 틀림없으렷다!"

갈구는 거듭 확인하려 하였으나 아무도 대답이 없자 을불을 불렀다.

"맞습니다. 이자가 을불, 저자가 저가입니다."

을불이 젊은이와 저가를 손끝으로 가리켰다. 갈구가 창을 들어 젊은이에게 겨누며 물었다.

"정녕 네놈이 을불이냐!"

젊은이가 대답하지 않자 갈구는 한층 더 위협적으로 젊은이에게 창을 들이댔다.

"을불이냐고 물었다. 대답하면 살 것이되 대답하지 않으면 이 자리에서 죽을 것이다. 태왕께서 어차피 네놈의 생사 따위는 상관치 말라 하셨으니까."

그래도 젊은이가 대답하지 않자 갈구는 창을 부하에게 넘긴 다음 칼을 빼들고는 높이 쳐들었다.

"이놈이!"

막 젊은이를 내리치려는 순간이었다. 갈구의 칼이 떨어지기 직전, 커다란 목소리가 그를 멈추게 했다.

"을불은 여기에 있다!"

갈구는 순식간에 자신의 목에 와 닿은 칼의 감촉을 느꼈다. 을불이 일갈과 함께 칼을 뽑아 갈구의 목에 겨눈 것이었다.

"모두 무기를 내려놓고 꿇어라. 그렇지 않으면 이자를 죽이겠다!"

갈구는 어안이 벙벙한 얼굴로 을불을 쳐다보았다.

"네놈이?"

"그렇다! 내가 바로 왕손 을불이다!"

을불의 시퍼런 칼날이 갈구의 목에 스치자 붉은 피가 흘러내렸다. 머뭇거리는 부하들을 향해 갈구의 명령이 떨어졌다.

"무기를 내려놓고 꿇어라!"

제 아비보다 갈구를 더 따르는 직찰대원들이 지시를 따르자 저가의 수하들이 무기를 빼앗고는 그들을 포박하였다. 곧 수십 명의 직찰대가 결박당한 채 무릎을 꿇고 앉아 을불의 처결을 기다리는 신세가 되었다.

갈구가 억울한 목소리로 외쳤다.

"내가 속았구나!"

"상부의 명령으로 나를 잡으러 왔는가?"

"그렇다."

"나를 어찌하라 하였는가?"

"흐흐! 어차피 역적의 몸, 사로잡든 죽이든 마음대로 하라 하셨다."

을불이 하늘을 바라보며 크게 탄식하였다.

"나는 아무 죄도 짓지 않았다. 나뿐 아니라 나의 부친도, 또 숱하게 죽어간 조정의 충신들 모두 아무런 죄를 짓지 않았다. 그런데 어찌 상부는 모두를 역적으로 몰아 죽이는가!"

그러고는 갈구를 바라보며 말했다.

"네가 상부의 심복 갈구인가?"

"그렇다."

"이제 내게 사로잡혔으니 나와 함께 가지 않겠느냐?"

을불의 말에 갈구는 코웃음을 쳤다.

"하! 내가 비록 네게 속아 우스운 꼴이 되었으나 나라의 큰 장군이다. 어찌 코흘리개를 따라 숨어 살며 비루한 목숨을 잇겠느냐?"

이때 가슴팍을 부여잡고 있던 양우가 나서며 소리쳤다.

"왕손님이시다! 네놈이 무엇을 믿고 그토록 무례하게 구느냐!"

"왕손이라……."

갈구가 이죽거렸다.

"이 마대장군은 을불이 곧 죽을 왕손이라는 사실만 안다."

"이놈이!"

양우가 좀 전의 패배를 복수하려는 듯 외침과 함께 칼을 뽑아 갈구를 단숨에 벨 듯 달려들었으나 을불이 이를 가로막았다.

"목숨이 바람 앞의 촛불인데도 이렇게 담대한 걸 보면 고구려의 재산입니다. 그냥 보내주도록 하지요."

"왕손님!"

"안 됩니다!"

"이자들은 보통 무사가 아닙니다. 저승사자들입니다."

"살려주면 우리가 죽을 것입니다."

을불은 손을 내저어 무사들을 제지한 후 갈구를 보며 말했다.

"너는 나를 다시 쫓을 것이냐?"

"두말하면 잔소리다."

갈구가 을불을 노려보며 대답했다. 을불이 다시 물었다.

"내 너를 살려줄 테니 사흘 동안만 나를 쫓지 않기로 약속해라. 어떠냐?"

"같잖은 소리! 나를 놓아주면 바로 네놈들의 목을 따 태왕께 가져갈 것이다."

"마음대로 해라. 그러나 잘 생각해보아라. 이 자리에서 죽는 것보다는 사흘 후에 쫓는 게 낫지 않겠느냐. 나는 네 부하들이 명령에 따라 바로 무기를 버리고 꿇는 것을 보고 너를 죽이고 싶은 마음이 없어졌다. 여느 부하들이라면 상관이 죽든 말든 나를 잡으려 하지 않았겠느냐?"

"……."

"이토록 충성스러운 부하들을 이 자리에서 모두 죽이겠느냐, 아니면 사흘 뒤에 나를 쫓겠다는 약속을 하고 살리겠느냐?"

갈구는 잠깐 생각하더니 고개를 끄덕였다.

"그러도록 하지."

을불은 기어코 갈구와 그의 부하들을 놓아주도록 명령하였다. 말과 무기를 모두 빼앗긴 터라 갈구와 부하들은 맨몸으로 걸어 돌아가야만 했다. 갈구가 번뜩이는 눈으로 을불을 한 번 쏘아보고 등을 돌려 사라지자 그에게 상처를 입은 양우가 을불 몰래 저가에게 대들었다.

"어찌 왕손님께서는 저들을 놓아주라 하십니까. 저는 목숨을 걸고 싸웠는데, 억울합니다."

"왕손님의 지혜가 매번 놀라우니 그저 따르는 것이 좋겠다."

저가의 말에 양우는 아무 대답도 하지 못했다.

을불에게 패퇴한 갈구는 직찰대 본진을 만나자 이를 악물고 수하들에게 외쳤다.

"오늘의 일을 누구도 발설하지 말라!"

이 일이 새어 나가면 그는 상부의 신뢰를 잃을 것이었다.

"지금 당장 저들을 쫓는다!"

백 명가량의 말 탄 무사들이 제각기 무기를 꼬나들고 갈구의 명령에 따라 말을 달렸다.

"아직 역적의 무리가 멀리 가지 못했을 터, 당장 쫓아가 모조리 사로잡아라!"

갈구가 추격을 시작할 즈음, 을불은 양우를 불렀다.

"긴히 부탁할 것이 있소."

"말씀을 낮추십시오. 저는 이미 왕손님을 모시는 무사입니다."

그러나 을불은 그 말에는 대꾸도 없이 말을 이었다.

"일행의 지휘를 맡아주시오."

"무슨 말씀이십니까? 왕손님께서 직접……."

"아니오. 일행을 두 갈래로 나누려는 것이오."

"제가 미욱하여 명확히 알아듣지 못하겠습니다. 자세한 가르침을 내려주십시오."

"갈구라는 자는 약속을 지키지 않을 것이오. 그자의 얼굴을 보니 하관이 각지고 입이 작아 성정이 급하고 심성이 얕은 자였소. 아마 돌아가 정비를 마치는 대로 바로 추격해올 것이오."

양우가 분한 표정으로 외쳤다.

"왕손님께서는 그것을 아시면서도 그자를 돌려보내셨습니까?"

"나에게 계책이 있으니 나를 믿어주시오."

그제야 양우는 을불에게 고개를 숙였다.

"알겠습니다. 그런데 적이 쫓아오면 어떻게 해야 합니까? 맞부딪치기에는 우리의 수가 너무도 적고 마대장군이라는 자의 무예가 상당해서 불리할 듯싶습니다."

"이 길을 보시오. 좁고 험한 산길이 아니오? 비록 저들이 강한 자들이라 해도 산속으로 깊이 들어가면 행동에 제약을 받을 수밖에 없소. 게다가 저들은 우리를 뒤따라야 하기에 우리가 이끄는 대로 이끌리게 되어 있소. 나는 일당백의 장소로 저들을 이끌 것이오. 칼을 뽑을 수도 없고 날아오는 화살에 몸을 피할 수도 없는 곳으로 말이오. 저들은 자신들의 무용을 믿기 때문에 아무 겁 없이 우리를 뒤따를 것이오. 나는 결정적

장소에서 결정적 순간에 저들을 기습할 거요. 알겠소? 이 싸움은 약졸 열이 강병 일백을 이기는 싸움이오."

양우는 을불의 지혜에 깊이 감탄하였음에도 입술을 깨물며 말했다.

"제가 왕손님을 도와 싸우지 않고 뒤에 처져 나머지 일행을 이끌도록 하는 것은 부상을 당한 까닭입니까? 저는 아직 누구보다도 용감히 싸울 수 있습니다."

"아니오. 아까 갈구가 들이쳤을 적에 유일하게 나서서 그와 맞선 것이 바로 양우 형이었소. 이 계책의 성패는 나머지 일행이 얼마나 태연하게 걸을 수 있느냐에 달렸소. 그러니 양우 형이 지휘를 맡아달라는 거요."

그제야 양우는 고개를 숙이며 을불에게 외쳤다.

"왕손님은 사람의 마음을 사시는 분입니다. 어찌 이 한 몸을 아끼겠습니까!"

곧 을불이 일행 중에서 몸이 날랜 자들을 골라 검은 옷을 입히고 활을 나누어주니 그 숫자가 열 명이었다. 대부분이 저가의 집에서 머물던 무사들이었다.

"저가 공께서 키워낸 무사들이 이토록 믿음직스러울 수가 없습니다."

을불은 저가에게 치하를 한 후 이들을 이끌고 산속으로 숨어들기 시작했다. 워낙 걸음이 날래고 체력이 좋은 이들이라

산속에서도 쉴 새 없이 주위를 살피며 좋은 지형을 탐색했다. 그중에서도 가장 몸이 날랜 을불이 여기저기 뛰어다니며 지세를 살폈다. 그런 을불을 멀리서 바라보는 저가의 입가에 흡족한 미소가 피어올랐다.

"대대로 가장 뛰어난 장수였던 고구려의 태왕이 상부에 이르러 맥이 끊겼거늘, 왕손님이 저리도 영명하시니 정녕 하늘의 도움이로다!"

"장군, 길이 좁아집니다."

산길로 접어들자 직찰대원 하나가 갈구에게 보고했다. 그러나 갈구는 들은 척도 않고 미친 듯이 걸음을 옮길 뿐이었다.

"산세가 깊은 것이 매복이 있을지 모릅니다."

"여기는 전쟁터가 아니다! 적은 고작 이십여 명의 오합지졸이다. 그따위를 보고할 시간에 걸음을 옮겨라!"

갈구는 분노와 부끄러움에 정신이 팔려 다른 생각을 할 수 없었다. 다 잡은 을불을 놓친 것은 물론 사로잡힌 신세가 되었다 풀려난 사실이 알려지면 끝장이라는 생각이 자꾸 조급증을 불러일으켰다.

"뛰어! 뛰란 말이다!"

그에게 을불 일행과의 싸움 따위는 문제가 아니었다. 좀 전처럼 속임수에 당하지만 않는다면 그깟 시골 무사들쯤은 식

전 해장거리도 안 될 터였다. 그러나 그들이 산속으로 숨어버리기라도 한다면 또다시 찾아내는 데에 얼마나 시간이 걸릴지 알 수 없는 일이었다. 한참 미친 듯이 걸음을 옮기던 갈구의 눈에 멀찍이 나뭇가지 사이로 사람들이 걸어가는 모습이 보였다.

"저놈들이 아직 멀리 가지 못했군."

갈구의 얼굴에 비릿한 웃음기가 흘렀다.

그즈음 을불은 희미한 인기척으로 갈구가 근처에 다다랐음을 눈치채고 있었다. 적이 쉽사리 움직일 수 없는 지형을 골라 몸을 숨긴 을불과 수하들은 이미 활을 겨눈 채 적을 맞이할 채비를 마친 상태였다. 양우 역시 적들의 기척을 느끼고는 더욱 여유 있게 걸었다.

을불은 양우에게 신호를 보내 일행을 멈추게 했다. 열 대의 활이 팽팽하게 겨누어진 가운데, 점점 발걸음 소리가 가까워지더니 마침내 갈구의 모습이 드러났다. 나뭇가지가 사람의 시야조차 가리는 무성한 숲 사이로 갈구를 필두로 한 직찰대가 한 줄로 늘어서서 바삐 걸어왔다. 제아무리 체력이 강한 자들이라고는 하지만 험한 산길인데다 갈구의 성화로 장시간을 뛰다시피 했으므로 이미 체력이 고갈된 상태였다. 직찰대는 숨을 헐떡이면서 신경질적으로 나뭇가지를 헤치며 걸어왔다. 그러고는 휴식을 취하느라 멈춰 선 양우 일행을 보자 앞뒤 생각할 겨를도 없이 달려들었다.

"쇄애애앵!"

그때였다. 을불의 시위를 떠난 화살 한 대가 바람을 쪼개며 날아 갈구의 뺨을 길게 스쳤다.

"엇!"

그것을 신호로 십수 개의 화살이 날았다. 직찰대원 하나하나를 정조준한 화살들이 맹렬한 기세를 품고 그들의 몸에 박혀들었다.

"매복이다!"

누군가 외쳤을 때는 이미 반절에 가까운 직찰대원이 화살을 맞고 쓰러진 뒤였다. 화살이 날아든 곳을 알지 못하여 사방을 살피던 갈구는 곧 나뭇가지 사이로 몸을 숨긴 채 활시위를 한껏 힘주어 당긴 을불의 모습을 발견할 수 있었다. 을불의 화살은 이미 시위를 떠나고 있었다.

"윽!"

갈구는 허벅지에 깊이 박힌 화살을 보아야만 했다. 그리고 그가 아픔에 몸을 움츠리는 사이 다음 화살이 날아들어 이번에는 그의 어깻죽지에 꽂혔다. 동시에 을불의 고함이 산중을 울렸다.

"잡아라!"

곧 태반이 넘어진 직찰대를 향해 을불의 무사들이 달려들었다. 중상을 입고도 마지막까지 남아 칼을 휘두르던 갈구는 필사적으로 싸웠으나 종내는 칼을 놓치고 말았다. 그가 무너지자 나머지 직찰대원들도 칼을 놓고 무릎을 꿇을 수밖에 없었다.

승부가 완전히 가려지고 나서 을불이 갈구 앞에 나섰다.

"마대장군, 어찌 사나이의 약속을 어겼는가?"

"어차피 이대로는 돌아갈 수 없는 몸, 차라리 나를 죽여라!"

"그건 안 될 말! 주군을 잘못 만났을 뿐, 너는 고구려의 이름난 무인이다. 이렇게 가치 없이 죽어서야 되겠느냐? 돌아가라! 여봐라, 어서 너희들의 장군을 모시고 산을 내려가 치료해주어라! 피를 심하게 흘리니 서둘러야 할 것이다."

을불의 한마디에 직찰대원들은 갈구를 들쳐 업고 산을 뛰어 내려가기 시작했다. 이번에도 양우를 비롯한 일행들은 을불의 처사를 이해할 수 없다는 듯 고개를 갸웃거렸다. 한 번도 아니고 두 번씩이나 다 잡은 갈구를 놓아주는 속내를 알 수 없었다. 양우는 차마 을불에게 묻지는 못하고 다시 저가에게 불만스런 소리를 쏟아냈다.

"그런데 왕손님께서는 왜 저자를 또다시 놓아준 것입니까?"

저가가 역시 이번에도 갈구를 놓아주는 것이 이해가 가지 않는 터라 을불에게 다가가 조심스럽게 물었다.

"왕손님, 저희들의 우둔한 머리로는 왜 거듭 저들을 살려 보내는지 이해하기 어렵습니다. 저자는 용맹한데다 직찰대 역시 무서운 자들인데 궤멸시킬 기회를 몇 번이나 그냥 놓아버리시는 게 도저히 이해가 가지 않습니다."

"저자의 목숨이 우리의 안전입니다."

"네?"

"갈구나 직찰대나 이번에 당한 굴욕을 그대로 상부에게 전할 수는 없지 않겠습니까? 불과 이십여 명에게 두 번이나 잡혔었다는 게 드러나면 갈구는 처형당하고 직찰대원들 역시 상부의 분풀이 대상이 될 것입니다."

"……"

"그러니 저들은 상부 앞에서 입을 모아 우리의 세를 엄청나게 과장할 수밖에 없습니다. 아마 천 명 혹은 이삼천 정도의 규모라고 떠벌릴 것입니다. 그러면 상부는 대군을 꾸리지 않는 한 함부로 군사를 숙신에 보낼 수 없습니다. 불과 이십여 명에 불과한 우리에게는 일만 대군이나 일이백 규모의 군사나 당하기 어렵기는 마찬가지입니다. 일만은 동원하기 어렵고 일이백은 밥 먹듯 쉬우니 오늘 일은 상부가 수시로 군사를 보내는 걸 피하기 위함입니다."

'아! 참으로 멀리 내다보는 분이시다.'

저가는 감동한 나머지 아무 말도 없이 고개를 숙인 채 몸을 돌리고 말았다. 저가로부터 을불의 뜻을 전해들은 양우와 무사들은 모두 말없이 그 자리에 엎드려 을불을 향해 절을 했다. 모두 마음속으로 앞으로는 을불이 지옥불에 뛰어들라 해도 그리 할 것이라 다짐하고 있었다.

산을 내려온 을불 일행은 마침내 고구려의 마지막 경계로 접어들었다. 을불의 지략으로 그 무시무시한 갈구와 직찰대를 물리친 뒤라 일행의 발걸음은 가볍기만 했다. 지나치는 마을에서 말을 새로 산 일행이 숙신으로 가는 길을 서두를 때였다. 요란한 말발굽 소리와 함께 일갈이 들려왔다.

"멈추어라!"

을불이 돌아보니 뒤에서 십여 기의 군사가 달려오고 있었다.

"말을 멈추지 말라! 뒤를 돌아보지 말라!"

을불의 외침에 따라 일행은 말을 달렸다.

"아뿔싸!"

길모퉁이를 돌아들자 소달구지를 끌고 걸어가는 한 무리의 농군들이 앞을 가로막았다. 을불 일행은 말을 멈추지 않을 수 없었다.

"멈추어라! 나는 정예장군 여노다!"

외침과 함께 곧 십여 기의 군마가 달려왔다.

"여노!"

검은 갑주의 장수는 바로 여노였다.

"왕손님!"

"자네가 어떻게 여길!"

반가움에 들뜬 을불의 목소리가 여노의 굵직한 음성에 파묻혔다.

"일전 저더러 변방으로 가라 한 분이 누구였습니까?"

을불은 말에서 훌쩍 뛰어내린 여노를 부둥켜안았다. 전혀 뜻하지 않은 곳에서 장수의 갑주를 입고 나타난 여노를 보니 벅찬 감동이 밀려왔다.

"어떻게 된 것인가?"

"저는 그길로 왕에게 돌아가 거두어 달라 청했습니다. 원하는 관직을 말하라는 왕에게 변방을 지키는 장수가 되고자 한다 하였더니, 저를 정예장군으로 임명하고 이곳으로 보내더군요. 이 땅에 온 후로 계속 사람을 보내어 왕손님의 자취를 쫓았습니다. 숙신을 향한다는 얘기를 듣고는 길목인 이곳에 이르실 줄 알았습니다."

"역시 자네는 하나뿐인 내 친구일세. 자네만 곁에 있으면 내 천하에 무엇이 걱정이겠는가!"

두 사람의 이야기가 길어지자 저가가 끼어들었다.

"어찌 여기 서서 말씀을 다 나누려 하십니까. 편한 곳에서 천천히 이야기를 나누시지요."

그날 밤 을불과 여노, 저가 세 사람은 밤늦도록 대작하며 만취했다. 그리고 아침이 되자 을불은 여노와 아쉬운 작별을 나누었다.

"돌아올 때 보아야겠네."

"숙신으로 가실 것입니까?"

을불이 술을 마시는 내내 벗의 말투로 돌아와줄 것을 요청했지만 여노는 이제는 친구보다 주종의 관계가 앞선다며 한사코 존대를 버리지 않았다.

"그래야지."

"생각 같아서는 제가 함께 가고 싶지만 여기서 군사를 키우며 길목을 지키는 것이 더 나을 듯합니다."

"고맙네."

두 사람은 굳게 손을 맞잡았다.

양운거

최비가 낙랑성을 장악하고 나자 성안의 분위기는 예전과 비교할 수 없을 만큼 달라졌다. 그간 외척들의 폭정과 황족인 사마씨들 간의 분쟁에 등을 돌린 낙양의 많은 문무관들과 이들을 따르는 수많은 사람들이 낙랑성으로 모여들었고, 이들 모두가 한마음으로 최비의 지휘를 따르니 낙랑은 그 어느 때보다도 빛나는 황금기를 맞이하게 되었다.

최비가 무엇보다 중시한 것은 군사력이었다. 전쟁의 승패는 뭐니 뭐니 해도 일차적으로는 군사의 수에서 판가름 난다. 제아무리 훌륭한 장수들이 있다 한들 군사의 숫자가 절대 열세인 상황에서는 이길 수 없는 것이다. 최비는 그간 쌓여온 낙랑의 곳간을 헐어 병사들을 배불리 먹이고 수시로 술과 고기를 제공했다. 그러자 낙랑 이외의 지역에서도 병사가 되고자 하는 이들이 수없이 몰려들었다. 최비는 그중에서도 건장하고 날랜 이들만을 뽑아 체계적으로 훈련시켰고, 낙랑의 군사는 그야말로 하루가 다르게 강병 중의 강병으로 되어갔다.

낙랑성의 경계 또한 삼엄했다. 성벽을 따라 수백 명의 수졸이 위압적인 모습으로 돌아다니며 순찰을 하고, 성안 곳곳에서는 대오를 지어 행진하는 병사들의 모습이 심심찮게 보였다. 청년들은 물론 어린아이들까지 이같은 분위기에 고무되어 나무칼을 들고 겨루며 놀았다.

그런 낙랑의 길을 한 사내가 걸어가고 있었다. 허리춤에 찬 칼이 아니면 무사라고는 생각하기 힘들 정도로 평범한 사내. 바로 난도가 보낸 백제의 자객 비사였다. 한가로이 걷다 길거리에서 칼싸움을 하며 노는 아이들을 발견한 그가 다가가 말을 건넸다.

"참 잘하는구나."

"아저씨는 누구예요?"

"나는 너희처럼 무술을 배우려는 사람이야. 지도해줄 스승님을 구하는 중이란다."

"나한테 배우게요?"

아이를 따라 비사도 웃었다.

"네가 아는 사람 중에 스승님이 되어줄 사람이 있을까?"

"장씨 아저씨요. 우리 아버지보다 더 세요. 얼마 전엔 병사가 되셨는데 나라에서 돈도 많이 받는대요."

"그래? 장씨 아저씨보다 센 사람도 있을까?"

"교위 나리들이 장씨 아저씨를 가르치니 더 세지 않을까요?"

"그럼 교위 나리들이 가장 세니?"

"네."

"그럼 교위들 중에 가장 센 분은?"

"양운거 총위님이요."

아이는 나이답지 않게 줄줄이 꿰어댔다. 무를 숭상하는 분위기가 급속히 퍼진 탓에 낙랑의 무예총위 양운거는 어린아이들까지 다 아는 유명인이 되어 있었다.

"그렇구나. 그 양 총위님이 어디 사시는지 아니?"

"네."

영리하게 생긴 아이는 친절하게 양운거의 장원 위치를 가르쳐주었다. 비사는 아이의 머리를 쓰다듬고 동전을 하나 꺼내어 주었다.

"감사해요."

신나서 뛰어가는 아이를 웃으며 바라보던 비사는 예의 그 한가로운 걸음걸이로 양운거의 장원 앞에 도착했다. 찬찬히 장원을 뜯어보며 주위를 배회하던 비사는 반나절이 지나 어둑해진 후에야 양운거의 모습을 볼 수 있었다. 먼발치에서 지켜보던 비사는 양운거의 목소리를 듣고 나서 그 자리를 떠났고, 곧 주막을 찾아 들어가 여러 사람 사이에 끼어서 잠을 청했다.

새벽녘이 되어 눈을 뜬 비사는 몰래 일어나 소리 나지 않게 움직였다. 어느새 검은 옷으로 갈아입은 비사는 양운거의 장원 근처에 도착해 한참 주위를 살피다 한쪽 구석에 쭈그리고 앉았다. 그리고 그는 땅을 파기 시작했다.

날이 밝아오기 전 그는 담장 밑에 생긴 구멍에 흙을 덮어 흔적을 가리고는 다시 주막으로 향했다. 그렇게 닷새 동안 그는 같은 시간을 이용하여 땅굴을 팠다.

엿새째 되는 날, 그는 더 이상 땅굴에서 나와 주막으로 돌아가지 않았다. 이미 땅굴이 장원 안쪽까지 이어진 까닭이었다. 얼마간의 음식을 챙겨간 그는 몸 하나가 간신히 지나갈 만한 폭의 땅굴 속에서 며칠을 보냈다. 그가 하는 일이라고는 오로지 땅 위를 지나가는 자들의 체중을 느끼는 것뿐이었다. 그와 지상 사이의 얇은 흙이 그곳을 밟고 지나가는 자들의 체중을 알려주었다. 땅속에서 지낸 지 나흘째, 이전에 들었던 양운거의 목소리와 함께 그의 체중이 느껴졌다. 비사는 흐릿한 미소를 지으며 그 무게감을 온몸으로 기억해두었다. 이제 다시 머리 위로 양운거의 체중이 느껴지는 순간만을 기다리면 될 것이었다.

이레가 지났다. 그동안 비사는 마치 벌레처럼 땅속에 엎드려 최소한의 물과 음식만으로 견디며 때를 기다리고 있었다. 드디어, 비사에게 양운거의 체중이 다시 느껴졌다. 무겁지도 가볍지도 않은 체중. 언제든 도약할 수 있도록 뒤꿈치를 살짝 들고 걷는 무인의 가벼운 발걸음. 비사는 십여 명의 장원 사람들 중에서 양운거의 걸음을 정확히 식별해냈다. 그리고 오랫동안 감겨져 있던 비사의 눈이 마침내 떠졌다.

비사는 호흡을 가다듬었다. 양운거가 걷는 방향으로 몸을 틀어 마지막 호흡을 고른 후 뽑아둔 칼을 손에 잡았다. 그러고는 칼을 위로 찔러 원을 한 바퀴 그린 후 왼손으로 흙덩이를 밀었다. 밝은 햇살이 쏟아지자 비사는 눈을 감았다가 다시 천천히 떴다. 오랜 지하 생활로 온전한 시력을 회복하기는 어려웠으나 어차피 그에게 눈이란 있으나 없으나 마찬가지였다. 비사가 머리를 지면으로 내밀자 예상대로 양운거가 등을 보인 채 걷고 있는 게 보였다.

소리 없이 땅 위로 올라선 비사는 순식간에 양운거의 바로 뒤에 다가섰다. 그때까지도 양운거는 비사의 존재를 눈치채지 못하고 있었다. 비사는 한 줄기 미풍조차 만들지 않고 칼을 들어 양운거의 목을 베었다.

"헉!"

천운이었을까. 마침 뒤편의 그림자에 놀라 번개처럼 몸을 돌리던 양운거는 목 대신 어깻죽지를 길게 베이며 피를 뿌렸다.

"웬 놈이냐!"

큰 상처를 입었지만 양운거는 명색이 낙랑 제일의 무인이었다. 재차 비사가 수평으로 베어갔지만 양운거는 본능적으로 엎드리며 칼을 피했다.

"호얍!"

비사는 기합을 넣으며 땅바닥에 엎드린 양운거의 등판을 찍었다. 전광석화 같은 칼놀림에 비호같은 몸놀림이 이어졌다. 이번에는 비사의 칼끝이 양운거의 둔부를 찍었다. 양운거는 옆으로 구르며 항상 지니고 다니는 칼을 뽑아들었다. 그러나 일단 선제 기습을 당한데다 이미 만만치 않은 부상을 입은 터라 양운거는 제대로 비사를 당할 수 없었다.

"으윽!"

양운거의 입에서 신음이 터져 나왔다. 칼을 든 양운거의 팔이 비사의 칼에 베이며 다시 피가 튀었다. 비사는 내심 놀라고 있었다. 소문은 익히 들었지만 양운거의 무예가 이 정도일 줄은 몰랐던 것이다. 그는 한층 독기를 품고 양운거를 베어 나갔고, 양운거는 몇 군데 상처를 더 입은 채 금세 피투성이가 되고 말았다.

비록 양운거가 저항불능이 되었지만 비사는 결코 얕보는 법도 없었고 손을 늦추는 법도 없었다. 일검 일검 베고 찌르고 휘둘러가는 그의 모습은 마치 춤을 추는 듯했다. 칼은 바람을 베고 빛을 베고 그림자를 베고 양운거를 베어 나갔다. 오로지 깊은 수련을 통한 본능에 의해 이리저리 몸을 피하던 양운거는 결국 목젖을 찔러오는 칼끝을 보는 순간 마지막임을 절감했다. 그러나 양운거는 그 순간에도 눈을 감지 않고 터질 듯한 눈빛으로 비사를 쏘아보았다.

"쐐애앵."

칼끝이 양운거의 목젖을 찌르려는 찰나, 비사는 갑자기 칼을 물려 바람을 가르며 날아드는 화살을 피했다.

"아버지!"

날카로운 비명이 눈부신 햇살 사이를 뚫고 날아들었다. 소청이었다. 활쏘기 연습을 마치고 돌아오던 그녀는 다급한 상황임을 느끼고는 급히 화살을 쏘았던 것이다. 일단 화살을 피한 다음 주저하지 않고 양운거를 향해 칼을 날리려던 비사는 다시 칼을 거둘 수밖에 없었다.

"쐐애애애앵."

이번엔 두 대의 화살이 날아왔다. 비사는 흘깃 고개를 들어 화살이 날아온 방향을 바라보았다. 어느새 젊은 남자까지 합세하여 활을 쏘아대고 있었다. 워낙 민첩한 동작인데다 한 발 한 발 정확하고 힘이 실려 있었기에 비사는 양운거에게로 칼끝을 돌리지 못하고 계속 화살을 피할 수밖에 없었다. 핏덩어리가 되어 뒹굴고 있는 양운거의 목숨을 빼앗는 데는 단 일검이면 충분할 텐데도 화살은 그 일검의 여유를 주지 않았다. 그러나 비사의 경지란 워낙 뛰어난 것이었다. 그는 땅바닥을 굴 렀다. 화살이 위로 지나가는 틈을 타 양운거의 옆까지 굴러간 그는 적의 심장을 향해 마지막 칼을 찔러 넣었다.

"쨍!"

그러나 물컹한 심장의 느낌 대신 날카로운 쇳소리가 칼날에 서 울려 나왔다. 양운거는 기적적으로 손에 쥐고 있던 칼로 비 사의 마지막 검을 막아낸 후 정신을 잃었다. 동시에 사방에서 고함소리가 터져 나오며 무사들이 달려들었다. 이번에도 비사 는 한 칼을 더 쓸 찰나의 시간이 모자랐다. 급히 몸을 일으킨 비사는 한달음에 솟구쳐 올라 장원 밖으로 사라져버렸다.

"아버지!"

모두들 어안이 벙벙한 가운데 소청의 비명소리만이 장원에 길게 울려 퍼졌다.

열흘이 넘도록 생사를 헤매던 양운거는 소청의 지극한 간 호 끝에 깨어났다. 열흘간 단 한 숨도 자지 않고 아버지를 돌보 는 소청의 정성에는 의원들도 혀를 내두를 뿐이었다.

"아버지, 너무 무서워요!"

양운거가 깨어나자 소청은 그간 참았던 눈물을 마구 쏟아 냈다. 양운거는 소청의 등을 부드럽게 어루만지며 자객에 대해 생각했다.

'도대체 어떤 자인가. 세상에 그토록 무서운 고수가 있었단 말인가. 아무리 기습을 당했다고는 하나 이 양운거가 이렇게 처참하게 당할 수 있는가. 설사 기습이 아니라 하더라도 과연 내가 그를 당해낼 수 있었을 것인가.'

시간이 지나자 양운거의 몸은 차츰 회복되었다. 보통 사람 같았으면 열 번은 죽었을 테지만 워낙 무예로 단련된 몸인지라 그는 깊은 상처를 딛고 기적처럼 몸을 일으켰다. 스스로의 힘으로 팔다리를 옮길 수 있게 되자마자 그는 최비를 배알하기 위해 태수전을 찾았다.

"신 양운거가 태수님을 뵈옵니다."

"오오, 양 장군. 그래 상처는 어떠한가?"

"심려해주신 덕분에 이제 자력으로 움직일 수 있을 만큼은 되었습니다."

"큰 다행이로다. 그런데 어찌 이렇게 나오셨는가. 집에서 더 충분히 요양을 해야 할 몸이. 내가 먼저 갔어야 하는데, 이거 참 경우가 아닐세. 어서 집으로 돌아가 푹 쉬시오."

최비는 양운거의 피습을 안타까워하며 회복을 기원해주었고 다른 중신들도 모두 양운거를 위해 한마디씩 해주었다. 그러나 아까부터 최비의 표정을 유심히 관찰하고 있던 요동장군 진조는 집으로 돌아가는 양운거를 장군부로 불러 차를 한 잔 권했다. 약간의 안부 인사가 끝나자 진조는 은근한 목소리를 조심스럽게 밀어냈다.

"양 대부, 그대를 해한 자가 대단한 자객임은 알겠소. 그러나 그대는 낙랑의 상징적인 인물 무예총위가 아니오? 즉 모든 병졸과 교위, 그리고 무사들에게 무술을 가르치는 직위란 말이오."

"……."

"그런 그대가 일개 자객에게 당했다는 사실을 낙랑 백성들은 어떻게 받아들이겠소?"

양운거는 일순 허를 찔리는 느낌이었다. 진조는 바로 자신의 직속상관으로 누구보다 자신을 보호해주어야 할 사람이었지만 바로 그런 사람이 정통으로 급소를 찔러오는 것이었다.

"지금 우리 낙랑은 한참 무예를 숭상하는 분위기에 가득차 있소. 게다가 새로운 태수가 낙랑을 접수하고 나서는 본국에서 장수들이 물밀듯 밀려오고 있지 않소?"

"……."

"태수의 입장도 좀 고려해야 하지 않겠소? 아마 그분은 양 대부가 오늘 정전에 불쑥 나타난 것에 대해 상당히 놀랐을 것이오."

"무슨 말씀이신지?"

"양 대부가 오늘 정전에 고개를 내민 건 태수의 뜻을 몰라도 한참 모른 처사였소. 태수는 자객에게 당한 양 대부의 모습을 누구도 보게 하고 싶지 않았을 거란 말이오."

"음."

양운거는 머릿속이 하얘지며 갑자기 끝없는 나락으로 떨어지는 느낌이 들었다.

"사실 그동안 많은 사람들이 태수께 자천타천으로 무예총위 자리를 청하고 있었소. 그러나 태수는 이제껏 입도 벙긋하지 않으셨소. 바로 당신에 대한 한없는 신뢰요. 하지만 오늘 당신이 이토록 상한 모습을 많은 사람들 앞에 드러내고 말았으니 태수는 사사로운 정으로 당신에게 특혜를 베풀고 있다는 비난을 피할 수 없게 생겼소."

양운거는 자신의 생각이 짧았음을 깨달았다. 거동할 수 있게 되자마자 급히 태수를 찾아 인사를 드리는 게 올바르다고 직선적으로 생각한 게 잘못이었다. 양운거는 이제 자신을 찔러오는 이 은근한 목소리가 무엇을 말하는지 확연히 깨닫고는 고개를 들고 허허 웃었다. 이놈의 정사(政事)는 단순하고 직선적인 무예와는 달라도 한참 달랐다. 양운거는 담담한 목소리로 물었다.

"본 총위가 어떤 태도를 취하는 게 옳습니까?"

"태수를 편하게 해드리는 게 도리가 아니겠소?"

"알겠습니다. 직을 내놓지요."

"그게 전부가 아니오."

"……"

"잠시 낙랑을 떠나는 게 어떻겠소?"

"그건 누구의 생각입니까?"

"말은 내가 하지만 어찌 나만의 뜻이겠소? 태수를 제외한 모든 사람들이 양 대부와 새로운 낙랑을 떼어서 생각하고 싶어 하지 않겠소?"

"……"

양운거는 한참 생각하다 선선히 고개를 끄덕였다.

"알겠습니다. 떠나겠습니다."

"미안하오. 내가 본국에 거처를 알선하겠소."

"그럴 필요는 없습니다. 천지에 이 양운거가 한 몸 의탁할 데가 없겠습니까?"

"고맙소. 그러면 아예 태수께 가서 인사를 드리기로 합시다."

요동장군 진조는 그길로 양운거를 태수에게로 데려갔다. 최비는 양운거가 직을 내놓고 낙랑을 떠나겠다고 하자 눈이 휘둥그레졌다.

"양 장군, 그게 무슨 말이오. 집에서 안정을 취하고 몸이 나으면 직을 수행해야지 왜 직을 내놓으며 가긴 어디로 가겠다는 거요?"

양운거는 진심으로 자신을 걱정하는 최비의 얼굴을 대하자 울컥 설움이 솟았다. 그러나 그럴수록 자신이 낙랑을 떠나야 한다는 생각이 굳어졌다.

"태수께서 저를 간곡히 걱정하시는 마음은 이 가슴속에 영원히 묻어두겠나이다. 하지만 얼마 전에 당한 일을 잊기 위해서는 얼마간이라도 여기를 떠나는 게 낫겠다는 생각이 들었습니다. 신의 결심을 받아주옵소서."

최비의 의아한 시선이 곧장 진조에게로 옮아갔다.

"진조 네 이놈! 네가 양 장군에게 뭔가 쓸데없는 소리를 한 게 아니냐?"

양운거는 이처럼 난처한 상황에 어찌 대처해야 할지 몰라 잠시 멈칫했으나 이내 앞으로 성큼 나서며 머리를 숙였다.

"결코 아니옵니다. 신에게는 낙랑을 떠나는 것이 진정 필요하옵니다."

최비는 양운거가 거듭 청하자 결국 고개를 끄덕였다.

"그러면 언제 어디에 있더라도 소식을 전하게."

최비는 마지못한 듯 양운거의 퇴직과 출성을 허락하고 태수부 밖까지 나와 양운거를 배웅했다. 하지만 양운거가 가고 나자 최비는 진조를 향해 알 수 없는 미소를 던졌다.

기실 진조는 평소 최비가 양운거를 어떻게 생각하는지 잘 알고 있었다. 비록 겉으로는 양운거를 극진히 생각하는 것처럼 행동했지만 낙랑을 점령한 후로 새로운 인물들을 영입해오던 최비에게 있어 양운거는 구세력을 대표하는 눈엣가시였다. 낙랑성 점령 당시 모든 관리들에게 현상을 유지해주기로 약속했던 탓에 최비는 양운거 또한 그 자리에 그대로 놓아두었지만 언젠가는 새로운 인물로 대치하리라 기회를 노리고 있었던 것이다.

이날로써 대세는 정해졌다. 평소 양운거를 따르던 무사들의 문안이 차츰 뜸해지더니 종내는 하인들 중에도 떠나는 자가 생겼다.

스승이 직을 내놓고 낙랑을 떠난다는 소식을 접한 방정균은 깊은 고민에 휩싸였다. 새로운 태수 밑에서 어느 정도 자리를 잡아가고 있었던 정균은 스승을 따라 낙랑을 떠나야 할지 여부를 결정하기가 힘들었다. 자신이 보기에 이제 스승이 다시 낙랑에 돌아온다는 건 요원한 일이었다. 설사 낙랑에 돌아온다 하더라도 다시 높은 관직을 얻을 수는 없다는 생각이 들었다. 이러한 스승을 따라 나서는 건 자신 역시 비슷한 운명에 처하는 일이었기에 그는 오랜 동안 번민하다 달이 훤히 뜬 어느 날 밤 소청을 밖으로 불러냈다.

"스승님은 좀 어떠셔?"

"생각보다는 회복이 느리셔. 처음에 상처가 빨리 아물어 안심을 했지만 기가 많이 상하셨나 봐. 그런데 오빠는 요즘 왜 그렇게 뜸해?"

"응, 아니. 일이 좀 있어서……. 그런데 스승님은 결심을 바꾸지는 않으시려나?"

소청은 말없이 고개를 가로저었다.

"왜 그렇게 힘든 길을 가시려는 거지? 너는 어떡하고? 그리고 나는⋯⋯."

"말씀은 안 하시지만 그게 그렇게 간단한 일이 아닌가 봐. 정사란 건 속사정이 복잡한 거 같아."

"어디로 가시려고 해?"

"아직 정해진 건 없어. 오빠가 생각해봐."

"내가? 응, 그래, 그래야지."

소청은 당연히 정균이 같이 가는 걸로 생각하고 있었고, 그에 따라 정균은 마음이 더욱 무거워졌다. 정균은 소청의 얼굴을 보는 게 부담스러워지는 걸 느끼며 시선을 하늘에 훤히 떠 있는 둥근 달로 옮겼다. 자신의 지나온 삶이 저절로 떠올랐다.

먹고살기가 그렇게나 어려웠던 어린 시절 산골의 작은 마을을 떠나 낙랑으로 오던 일, 저잣거리를 헤매다 소청의 눈에 띄었던 일, 소청이 아버지를 졸라 굶주린 배를 채워주던 일, 갈 곳 없는 자기를 받아 무술을 가르쳐주고 낙랑의 관리로 등용시켜주던 일, 봄이면 소청과 같이 꽃구경 다니던 일, 여름이면 시원한 계곡을 찾아 물장구치고 가을이면 산으로 밤을 주우러 다니고 겨울이면 하얗게 내린 눈을 밟으며 소원을 빌던 일들이 주마등처럼 뇌리를 스치고 지나갔다.

친누이와 다름없는 소청, 친부보다 더 가깝게 느껴지는 양
운거.

"기왕 결정한 거 빨리 떠나려고 해. 바로 글피. 사람들의 눈
길이 싫어 해가 떨어지면 떠날 거야. 오빠도 성문 밖으로 와."

"음, 그래. 알았어."

정균은 막상 소청을 보자 한마디 묻고 싶었던 말을 차마 입
밖에 꺼내지 못하고 돌아왔다. 정균은 두 가지 약속을 받고 싶
었던 것이었다. 하나는 아예 이 밝은 달 아래서 혼약을 올리자
는 것이었고, 또 하나는 만약 양운거가 회복을 하지 못하면 낙
랑으로 돌아오자는 것이었다. 그러나 소청의 가련한 얼굴 앞
에서 정균은 차마 하고 싶은 말을 다 할 수 없었다.

소청을 만나고 온 후로도 정균의 갈등은 계속되었다. 고민
끝에 그는 일단 출근을 했다. 오늘은 태수의 열병식이 있는 날
이었다. 교위인 그는 군병들의 앞에 서서 열병식에 참여했다.
떠나더라도 열병이 끝나고 가야겠다고 생각하며 서 있는 정균
앞에서 군사들을 둘러보던 최비가 걸음을 멈추었다.

"네 이름이 무엇이냐?"

"방정균이라고 하옵니다."

"오, 네가 방정균이냐? 너의 무예가 그리도 출중하다면서?"

"과찬이옵니다."

정균은 태수가 자신의 이름을 알고 있다는 사실에 몸이 하

늘로 붕 떠오르는 것 같은 기분을 느꼈다. 최비는 보통의 태수가 아니었다. 쓰러져가는 진을 되살리든 아니면 자신이 새로운 나라를 세우든 무언가 큰일을 낼 사람이라는 소문이 파다했고, 이미 진의 많은 문신과 무신들이 최비의 밑으로 들어와 최비는 진의 황제 못지않은 권세를 가지고 있었다. 정균의 눈에 최비는 천하에서 가장 강하고 높은 사람이었다. 그런 최비가 도열한 숱한 장군과 상관들에게는 눈길 한 번 주지 않다 일개 교위에 불과한 자신의 앞에 우뚝 멈춰 서서는 이름을 물어왔고, 더군다나 자기 이름까지 알고 있는 것이었다.

"그래, 어디 실력을 한번 볼까? 여봐라!"

최비의 지시가 떨어지자 즉각 몇 사람의 무사가 정균의 앞에 섰다. 검을 든 사람, 도를 잡은 사람, 쌍도끼를 을러멘 사람, 모두 그간 낙랑에서는 볼 수 없던 사람들이었다.

"이들 중 상대를 하나 골라보아라."

최비의 말에 정균은 직감적으로 기회가 왔다는 걸 느꼈다. 옛 태수를 보위하던 무사들은 태수의 몰락과 함께 자연히 사라지고 있었고 좋은 자리는 모두 최비가 데리고 온 새로운 무사들에 의해 채워지고 있는 판에 비로소 공식적으로 실력을 보일 기회가 찾아온 것이다.

정균은 차분한 눈길로 무사들을 살폈다. 모두 다섯의 무사들은 제법 씨알이 굵어 보이는 게 만만치는 않아 보였지만 그렇다고 당하지 못할 것 같은 기분이 들지도 않았다. 이마의 힘줄이 불끈 솟아난 장사형 무사가 먼저 눈에 들어오자 정균은 눈길을 빠르게 옆으로 옮겼다. 다음으로 눈에 들어온 키가 크고 몸집이 호리호리한 무사는 큰 힘은 없어 보였지만 이상할 정도로 큰 키가 어딘지 불길했다. 세 번째의 애꾸는 눈이 하나 없어 상대적으로 수월할 것도 같았지만 표정이 여간 표독해 보이지 않아 그도 피하고 싶었다. 네 번째 눈에 들어온 사나이를 보자 정균은 급히 다음의 사나이에게로 눈길을 옮겼다. 마지막 사나이는 미남형이었다. 미남이 이런 무사들의 대열에 합류해 있다는 것 자체가 이미 그의 실력을 증명하는 일이라 정균은 먼저 봐두었던 네 번째 사나이에게로 눈길을 되돌리며 고개를 끄덕였다. 그를 지목한다는 뜻이었다. 정균은 이미 네 번째 사나이를 볼 때부터 그를 상대로 지목해 두었었다. 평범한 외모에 평범한 키, 이리저리 눈길을 돌리며 정균의 신경을 분산시키려 하는 시도를 정균은 놓치지 않았다. 스승 양운거는 싸우지 않고도 상대를 알아보는 법을 일러주곤 했는데 바로 거기에 딱 부합되는 자였다. 그럼에도 정균이 그를 찬찬히 살피지 않고 바로 다음 사나이에게로 눈길을 돌린 건 최비에게 자신이 가장 약한 사나이를 고른다는 느낌을 주지 않기 위해서였다.

"하하하! 방정균, 역시 듣던 대로 머리가 좋은 청년이로군.

우둔한 자는 싸우고 나서 이기지만 현명한 자는 싸우기 전에 이기는 법이지. 그럼 네가 한번 방 교위의 칼을 받아보아라. 이름이 무언가?"

무사는 태수가 이름을 물어주자 황송한 듯 황급히 고개를 숙였다.

"전두라 하옵니다."

그러나 최비는 전두가 허리춤에 차고 있던 검을 빼들자 고개를 가로저었다.

"목검으로 하라! 장래가 촉망되는 젊은 장수를 다치게 할 수는 없는 일 아닌가!"

정균은 진검도 괜찮다고 말하려다 꾹 눌러 참았다. 어차피 진검으로 하나 목검으로 하나 질 일은 없겠지만 태수에게 겸손을 보이는 것도 필요하다는 생각이 들었다. 군사들이 비켜서 둥근 자리를 만들고 목검이 건네지자 정균은 먼저 목검을 들어 태수에게 예를 취한 다음 멀거니 이 모양을 바라보고 서 있는 전두를 향해 전광석화처럼 검을 찔러 갔다. 정균은 마치 공식처럼 상단을 두 번 찌르고 크게 한 번 휘두른 다음 몸을 낮추는 상대의 그림자를 느낌과 동시에 하단을 향해 크게 목검을 휘둘렀다. 바로 양운거가 창시한 박상격하의 한 수로 거개의 상대는 이 수에 의해 무너지곤 했다.

그러나 전두는 뜻밖에도 방정균의 의도를 다 알고 있다는 듯 자연스럽게 아래로 몸을 숙임과 동시에 목검을 땅에 세우면서 옆으로 휘둘러오는 방정균의 공격을 간단하게 막아냈다. 순간 방정균은 가슴이 철렁 내려앉았다. 고수였다. 너무나 세련되고 부드러운 몸동작은 그가 겉보기와는 달리 일생을 대결 속에서 살아온 사람이라는 사실과 만약 진검으로 겨루었으면 자신이 피를 흘릴 뻔했다는 위기감을 느끼게 했다. 이 갑작스런 느낌이 정균을 당황하게 만들었다. 순간 전두는 정균의 이 바늘끝만 한 심리적 허점을 꿰뚫고 번개같은 손놀림으로 연달아 몇 수 찔러 왔다.

"어엇!"

정균은 본능적으로 상대의 수를 받아냈지만 정균의 동작은 그저 허공을 가르고 날아드는 목검을 막아내기에만 급급할 뿐 다음 공격을 위한 준비가 전혀 없었다. 눈 깜짝할 새 수십 합이 교환되었고 경지가 높지 않은 일반 군병들이 보기엔 어느 정도 균형이 맞는 것 같았지만 고수가 보기에 이미 승부는 기울어져 있었다. 그리고 그 사실을 누구보다 잘 아는 사람들은 바로 두 당사자였다. 정균의 이마에 차츰 땀방울이 배더니 종내는 줄줄 흘러내렸다. 급소에 이어 또 다른 급소를 파고드는 전두의 계산된 공격은 침착하고 여유가 있었지만 땀을 비오듯 흘리는 정균의 방어에는 방향도 목적도 없었다.

"그만!"

숨이 턱에 차오른 정균이 목검을 떨어뜨리기 직전 돌연 터져 나온 최비의 목소리가 전두의 검무를 중단시켰다.

"무승부야!"

전두는 즉각 최비를 향해 고개를 숙이고 뒤로 물러섰다. 정균도 얼른 자세를 바로잡고 고개를 숙인 후 뒤로 물러났다.

"이제 너희는 진법을 겨루어라!"

순간 전두의 얼굴에 당황한 기색이 피어오르더니 한 무릎을 땅에 꿇고 말했다.

"태수님, 소인은 진법에 대해서는 하나도 아는 바가 없사옵니다."

"정균, 너는?"

"내세울 바는 못 되지만 한번 펼쳐보겠습니다."

"좋다. 혼자서라도 한번 펼쳐보아라!"

태수의 지시가 떨어지자 정균은 즉각 고개를 숙인 후 군사들 앞으로 걸어갔다. 오색 깃발을 든 사령병이 달려 나오자 정균은 조금도 망설이지 않고 가슴속의 답답함을 한 번에 털어내려는 듯 우렁차게 외쳤다.

"차륜진을 전개하라!"

정균의 목소리에 이어 사령병이 오색기를 펄럭이며 지령을 전하자 군사들은 날쌔게 움직였다. 정균은 진형의 마지막 대열에 선 군사들이 급히 달려 차륜진을 완성하자마자 곧바로 다른 진형을 주문했다.

"전대는 학익진을 펼치고 후대는 팔패진을 전개하라! 발걸음을 짧게 하여 흙먼지를 일으켜라!"

한껏 분노한 듯한 정균의 목소리에 군병들은 정신없이 뛰어다니며 진형을 전개했다. 먼지가 뿌옇게 피어오르는 한가운데서 군병들이 이리 달리고 저리 뛰면서 진형을 전개하는 모습은 보는 사람으로 하여금 엄숙함과 더불어 감동을 느끼게 만들었다.

"오오!"

최비는 탄성을 연발하며 한참이나 방정균이 진법을 펼치는 걸 보더니 이윽고 손을 들어 저지시키고는 정균을 곁으로 불렀다.

"네가 일신의 무예는 양운거의 십분의 일에도 못 미치지만 진법은 열 배를 능가하는도다. 정균 너는 타고난 진법가로다. 내 이제 너를 효성장군에 임명할 테니 일단 낙랑의 가장 큰 관문인 위추관을 지키고 있거라. 여봐라, 군도를 가지고 오너라!"

최비는 즉석에서 정균을 여러 계급 특진시키고 군도(軍刀)를 정균에게 주었다.

"일찍이 보지 못한 군재로다. 앞으로 언제까지나 측근에서 나를 보좌하도록 하라!"

정균은 다시 한 번 날아갈 듯한 기쁨을 맛보았다. 태수는 완전히 패했던 시합을 마지막 순간 중단시켜 무승부로 판결하고는 개인 무사라면 당연히 할 줄 모를 진법 대결을 시켜 자신을 승자로 만들어주었고, 그에 그치지 않고 효성장군으로 임명한 것이었다.

"태수님!"

최비는 한 번 웃어 보인 다음 그 자리를 떠났지만, 태수의 배려에 감동한 정균은 한참이나 그 자리에 한 무릎을 꿇은 채 일어나지 못했다.

그날 밤 태수는 낙랑의 고관들만 모인 가연루의 술잔치에 정균을 불러 같이 어울리게 했고 그곳에서 가장 인기 있는 기생까지 붙여주었다.

"어머! 이렇게나 새파란 분이 어떻게 고관대작들과 어울리셨을까? 태수님의 총애가 이만저만이 아닌 모양이네?"

정균은 가슴속 저 깊은 곳에서부터 솟아나는 영웅심을 주체할 수 없었다. 또한 이제 인생의 길이 열리고 있다는 생각에 떨리는 가슴을 주체할 수 없었다. 그간 양운거의 지나치게 조심스런 처신 속에서 끝없이 강요당했던 수양의 지루함을 일거에 털어버리는 기분은 뭐라 표현할 수 없을 만큼 상쾌한 것이었다. 그 상쾌함은 정균으로 하여금 지금 양운거와 소청이 성문 밖에서 기다리고 있다는 사실을 외면하게 만들었다.

"결국 안 오는군요."

성문 밖에서 양운거 부녀는 서로를 마주 보지 못하고 눈을 내리깔았다. 초라한 수레를 세워두고 이들이 기다리던 사람은 방정균이었다. 그들 부녀는 더 이상 기다려봐야 그가 오지 않으리라는 것을 깨닫고는 말없이 길을 떠났다. 그러나 정작 문제는 이들이 갈 곳이 없다는 데 있었다. 무예총위 양운거, 그의 명성은 드높았던 만큼이나 떨어지는 속도 또한 빨랐다. 양운거가 자객에게 당했다는 소문은 순식간에 낙랑성을 떠돌았고, 쫓기듯 성을 떠나는 그의 뒤에서 사람들은 손가락질을 해댔다.

몇 날 며칠 동안 배신감에 몸을 떨던 소청의 눈이 빨갛게 달아올랐다. 낙랑이 자신들을 이렇듯 무참하게 버릴 거라고는 단 한순간도 생각해본 적이 없었다. 소청의 분노는 결국 눈물로 이어졌다. 보름달이 환하게 뜬 들판에서, 소청은 소홍주를 들이켜다 끝내 눈물을 보였다. 두 뺨을 타고 흘러내리는 눈물 사이로 흰 이를 드러내며 처연하게 웃는 딸의 모습을 애처롭게 바라보던 양운거의 귓가에 뜻밖의 말이 흘러들었다.

"아빠, 우리 고구려로 가요."

소청의 말에 아직 완전치 못한 몸을 수레에 의지하고 있던 양운거는 조용히 딸을 바라보다 고개를 끄덕여주었다. 소청이 고구려를 떠올린 이유는 다루를 염두에 두고 있기 때문이라는 것을 양운거 또한 모르지 않았다. 자신이 간세였음을 자백하는 편지 한 장 달랑 남긴 채 말 한마디 없이 떠났고, 어느 날 자객으로부터 자신을 보호하기 위해 모습을 드러내기도 했던 그에게는 양운거로서도 남다른 정이 살아 있었다.

그렇게 양운거는 초라한 수레에 앉은 채 소청과 함께 고구려로 떠났다.

〈2권에 계속〉